老婆急急如律令

4 完

白糖 著

風文創 667

風 文創
667

目錄

第八十六章

「欺人太甚！」季雲流看見金蠶的體型瞬間膨脹，也怒了。

就算這人負了妳，當初妳也是心甘情願跟著人家，搞過一次情蠱也就算了，還要人家性命就有點說不過去，尤其還是當著自己面用這種邪術要對方的命！不能忍！

「九娘，燃了這張道符給舅舅喝下去。」季雲流一手扔去一張道符，再從荷包中掏出幾張，接著抓來一把剪刀開始剪小人。那些小人剪得粗糙，道法卻不粗糙。

很快，一張又一張的小人如同活的一樣，向著水盆中躍進去。

九娘不懂道法，抓著道符完全不會憑空燃出火焰，只好借助燭火。她一邊燒著道符，一邊看到那些紙做的小人就像鬼魅一樣，由水盆中穿過去，直直撲向那身體脹大的金蠶。

九娘看得心裡發涼，嚇得手一抖，快速把燒盡的道符按進水碗中，端起來去給沈漠威喝。

「三魂真子，七魄玉女，」季雲流手上結印不停，還拿著另一張道符做指引。「陰陽五行，八卦三界……」

轟隆隆，外頭天空響了一道巨雷，似乎要下雨了。

「親爹、親爹，你再等等，再等等劈我……」季雲流一聽這雷聲，手上快速，口中更加快速。「……六甲六丁，助我滅精，妖魔亡形……」

九娘餵完了沈漠威，心驚膽戰地站著，生怕一個雷劈下來，屋中橫梁塌了，砸在季雲流腦門上。

水盆中的金蠶與那些鬼魅一樣的小人纏鬥在一起，但在阿依那處看不見紙人，只見那金蠶挺起、壓下，身體不斷伸縮，急得跑出屋外大喊：「趕快派人去沈府幫我殺了那個道人！再不殺了那個道人，我保證等下景王府侍妾肚子就會破了！」

「九娘，來看看這兒是哪？」季雲流見阿依出了門，連忙喊她認路。「趕緊認一認！」

「約莫是城西的四合院中。」九娘仔細地辨認，盯著站在門外的小廝的腰牌。「姑娘，眼前這小廝似乎是哪家王府的侍衛。」

「可看出來是哪家王府嗎？」季雲流問她。京城中，想做皇帝的王爺可真不少。

「隔得有點遠，看不出來……姑娘，可要奴婢現在就派人去一趟城西的四合院中？」

季雲流連連揮手。「去去去，讓人去通知寧表哥，讓他帶足人手去城西那兒收一收，順道讓他派人在沈府前頭接應我一下。」

屋外，天上又響起滾滾的巨雷，雷聲越來越響，越來越近。

季雲流一頓，脖子一縮，從揮手立即變成招手。「九娘，妳回來，不要去了，妳讓舅舅的小廝去通知寧表哥。這響雷打得我挺害怕，妳留下來我心安一點……」

常在河邊走，哪能不濕鞋啊……

玉珩剛下朝，正欲去戶部當值，就看見站在宮門外團團轉的顧賀。

顧賀口齒清楚，很快講明前因後果。

「沈大人中了蠱？本王這就去看看。」打發了顧賀，玉珩立即策馬往沈府奔。

上次的情蠱他沒有見過，只聽季雲流提及，這沈漠威的蠱解了又中，由這事可看出這下蠱人已經從巴蜀來到京中，加上景王府侍妾肚子中的蠱……

兩人的蠱會不會出自同一人之手？

玉珩想到此處，開口便道：「六娘子去沈府是因沈大人中蠱一事，不可再與任何人提及。」

顧賀立即應道：「小的知曉。」

當初初來京中，他以為他家少爺是中邪才上吐下瀉，他去鋪子買道符驅邪時遇到高人指點，才得以救了少爺。少爺成親後，他才知原來那指點自己的高人便是季六娘子。

這份救命之恩他銘記在心，怎麼可能會將季六娘子的事說出呢？

玉珩翻身上馬，顧不得京城道上不可策馬奔騰的規矩，揚鞭縱馬。

沈府外頭，與阿依同謀的男人派出一個侍衛模樣的人，在門房那打探到底是誰入了沈府？

沈漠威自從中情蠱被解之後，對下人管束甚嚴，從不讓下人把府中的事透出去半分，否則重罰。

「你說什麼?你家師父?」門房聽了他尋人的話，連連擺手。「這兒沒有你家師父，更沒有什麼道人落下什麼東西，你趕緊走，趕緊走，不走我就報官了!」

門房滴水不透，給銀子、威脅全然不怕，假扮高人弟子的侍衛無法，只好訕訕地離開。他走下臺階，抬首正好看見駕馬而來的玉珩，腳步一旋，立即想往一旁的牆角躲去，可還沒來得及在玉珩到來之前躲好，沈府的側門處，宛如一道風似地颼出一個人影。

那人無頭無腦地衝出來，連門房出聲問他去哪裡都沒應聲，直直撞在臺階上的侍衛，兩人疊在一起，從臺階上滾下去。

「你長不長眼!沒見這是沈府大門啊，堵在門口處是做什麼?!」沈漠威身旁的小廝得了九娘吩咐，心中焦急，不等人起身，揚聲就大罵。

侍衛躺在地上，耳聽馬停的嘶叫聲，眼見玉珩索利地下馬，卻推不開壓在自己上頭的小廝。

玉珩把手中鞭子往席善那兒一扔，幾步過來，奇怪地道：「發生了何事?」

能做大臣身邊貼身小廝的都不是尋常人，他立即認出玉珩。「穆王殿下!」他匆匆行個禮，指著侍衛道：「這人在沈府前頭鬼鬼祟祟，今日我家老爺身體不適，也不知道是不是這人搞的鬼，還請穆王殿下作主!」

門房一聽也覺得不對勁，接著道：「這人塞給我五兩銀子，自稱是什麼道人的弟子，還說他師父過來幫我家老爺作法，落了東西，所以才過來的……」

道人的弟子？季雲流可沒有什麼弟子。

玉珩聞言，伸手拽住那侍衛，一把將人拖進沈府內。

小廝還得去通知寧慕畫，此刻跟著玉珩進了門內，又低聲把九娘說的提了提。

玉珩轉首吩咐席善同他一道過去。如今沈府外頭有人明目張膽地詢問，難保暗中沒有人盯著，對他下手。

席善同小廝走了，玉珩讓人塞了侍衛的嘴，而後大步流星地趕去沈漠威所在的正院。

阿依吼完外頭的侍衛，跑進屋裡，再瞧瓦甕中的金蠶。

那金蠶似乎被一隻無形的手壓住，整個身體都縮在一起，本來拳頭大小的金蠶，如今被擠壓得只剩食指大小。

「我與沈郎的事情與你何干，如此礙手礙腳！」阿依毫不猶豫，拿著小刀，一刀割破手指，鮮血滴滴，滾落在金蠶上頭。「沈郎，既然你寧死都不過來跟我求情，那你便去死吧！」

金蠶從小在毒蟲中吞食百蟲，又食阿依的精血長大，此刻得到這麼多精血，頭部一挺，整個身子立起來，像皮球一樣地膨脹。

扶著腹部站在一旁觀看的沈漠威見狀，指著水盆顫聲道：「六姊兒，那東西又脹起來了……」還未說完，似乎腹中有感應一般，又是一陣劇痛難忍，張口哇一聲，吐出一口鮮血。

「九娘，扶著舅舅。」季雲流沒空細瞧沈漠威的狀況，貼了張道符在沈漠威身上。「舅舅，您莫要擔心，吐著吐著就會習慣了。」

金蠶形體暴脹，把那幾個紙影小人全數彈到瓦甕的一旁。

「難道就妳有血，我就沒有血嗎！」季雲流又快速地剪出小人，小人很快順著水盆再爬過去，她再一割自己手腕，鮮血迸了出來，一鼓作氣，全數流進那水盆中，被小人吸進肚子。

道法之人的血液蘊藏靈氣，平日用一、兩滴點在額上都能法力大增，何況這樣的血流如注，這回真是下了血本。

紙人得了血液，嘻嘻而笑，四肢靈活得同活人一般，雙手一併，直向水盆深處，朝金蠶躍了過去。

適才得了一絲生機、反敗為勝的金蠶，這次直接被紙人一腳踹翻過去，而後還未等牠翻身，紙人一腳踏在牠頭頂，瞬間，金蠶整個頭部崩裂，死透了。

「啊，阿金、阿金……」水盆中，傳來阿依聲嘶力竭的叫喊。

「轟隆隆！」外頭的驚雷聲更大了，一個巨響震下來，似乎正響在沈府的上頭。

「雲流！」玉珩被人帶到正院，從外間快步過來，掀起簾子喊了一聲，可雷聲太大，被淹沒在響雷中。

「啰嚓！」滾滾雷聲直下，屋簷上的橫梁真的斷裂開來。

那橫梁在季雲流上方，當頭就砸了下來。

「姑娘！」九娘驚慌失措，丟開沈大人，往她奔去。

「雲流！」玉珩掀開簾子就見到這驚人一幕，來不及作他想，縱身一躍撲過去，抱著季雲流，一起避開當頭砸下來的橫梁。

「轟！」橫梁的倒塌讓正房都受了影響，屋頂上的瓦片啪嗒啪嗒地掉下來。

屋外的人聽到聲音，紛紛湧進來，只是瓦片跟天上下刀子似的，讓眾人的腳步都受阻。

九娘慢上一步，眼見玉珩撲向季雲流，卻被掉下來的橫梁擋了視線，沒瞧見兩人如何。

她心頭急切，一面喊著「姑娘」，一面頂著掉落的瓦片就想尋人。

「七爺？」季雲流在適才千鈞一髮之際被玉珩撲開，被護在他的胸前，這會兒躺在地上，睜眼就去看他是否受傷？「你沒事吧？」

玉珩倒是沒有受傷，心中亦擔心，同樣去查看季雲流。「妳沒事吧？」

「沒事……」季雲流還未說完，再瞧一眼掉落的瓦片，來不及慶幸死裡逃生，抓起他就道：「七爺，咱們得出去，這房子也許要塌了！」

玉珩順著季雲流目光瞧了屋頂一眼，迅速爬起來抱起她，提上一口氣就往外頭跑。

眾人也全數往外奔。

瓦片掉落得越來越快，水盆被打翻，發出撞擊地面的巨響。很快，正房屋簷上的瓦片彷彿商量好一樣，「轟」一聲一起落下去。

「都出來了嗎？都出來了嗎？」

「好像都出來了……」

沈府的人呆呆站在院子裡，眼睜睜看著好好的房子就這般塌了一個大洞，不知道該說些什麼？

驚雷就驚雷吧，為何人家都沒事，獨獨正院的正房塌了呢？

天色陰沈沈的，勁風捲著地上的枯葉，天際響雷轟隆隆地不停歇，伴隨著閃電。雷電一道而來，似乎天道早已有了要劈的對象一般。

這情勢果真相當詭異駭人。

季雲流被玉珩打橫抱著，愣愣看著天際的閃電，縮了縮脖子，把頭埋進玉珩的脖子裡，在他耳邊苦兮兮哀求。「七爺，咱們能不能跟你阿爹商量商量，讓我們早點成親啊？」

他身上帶有紫氣，可逢凶化吉，她若能每天待在玉珩身邊，得一絲半縷的紫氣環繞，也不會被天道追著天打雷劈了。

嘖，就算明日立即成親也是完全沒問題的啊……

沈府正院的正房塌了，沈夫人把大家都帶到廂房中。

眾人似乎被這麼一塌都嚇怕了，就連平日精明爽利的季雲流被玉珩放下來，還是不管不顧地抓住他的衣角不放。

玉珩拉回她的手，看見手腕上那傷口，攏眉問：「為何受傷了？」

季雲流看了一眼，「哦」了一聲說：「適才腦一熱，非要跟人家拚血……」

「拚血？」玉珩眉頭攏得更深了，心中明白，口中卻忍不住。「那人是貓是狗……那樣不值一文，也值得妳跟她拚血？」

說著，從腰間掏出隨身帶的金瘡藥，倒在傷口上，再掏出手帕幫她包紮。

沈漠威臉上同樣沾了滿臉的灰，半躺半坐在椅上，看著對面的兩人在那親親熱熱地包紮摸小手，艱難地開口道：「六姊兒，我腹中的蠱……可、可解除了嗎？」

「舅舅莫要擔心，那主金蠶已死，您腹中的這隻也撐不住多久，只要每日以水吞服雄黃、蒜子、菖蒲這三樣東西，七日便能痊癒。」季雲流道：「舅舅若擔心，把荸薺切片曬乾為末，每早空心白滾湯送下，也可防蠱的。」

「好好好，真是太好了！六姊兒，妳乃我的大恩人！」說著，他讓沈夫人扶起來，顫著深深一揖，表示若她有所需，必定萬不推辭之類，而後再吩咐家中所見之人，今日之事若洩漏半句出去，他必定不饒。

玉珩見她精神不佳，也不多留，直接帶人回去。

等他坐上馬車，到底是帶人回穆王府，還是去季府？好猶豫。成親真的是個讓兩人都省事的活！

玉珩瞧了瞧昏昏欲睡的季雲流，知她這是道法虛耗過多之故，於是沈吟一聲，直接帶著人回穆王府，順道讓沈府派人去稟告季府，沈夫人與六娘子相談甚歡，讓六娘子留宿沈府幾日。

這讓人揹鍋的手段，他這一世也是越發信手拈來了。

待玉珩將季雲流安放到自己床上，才到書房聽席善回稟之後的事情。

「七爺，小的與他出沈府後，路上果然遇到兩個阻攔的。小的見兩個刺客身手也不錯，便與他分開，讓他去稟告寧世子，小的先去城西的宅子那邊探探情況……」席善站在案桌後頭，講得詳細。

席善躲在城西胡同口的必經之處，細數匆忙經過的人，因他知對沈大人下蠱的是苗疆的年輕女子，因此特別留意非京城人士的女子。

果然皇天不負有心人，還真讓他等到了要等的人經過。

「那個阿依長得白白淨淨，個子小小的……」在這時候，席善還要評價一下沈大人外室的容貌。「長得確實有幾分姿色……」見玉珩眯眼看自己，席善連忙挑出重點。「七爺，小的看見帶著阿依走的侍衛身上掛著牌子，那牌子，小的看得清清楚楚！」

玉珩放在桌上的右手敲擊著桌面，催促席善的下一句。

席善也不賣關子，直道：「那侍衛是琪王府的人。」

玉珩心中一沈，面上倒是沒有顯出什麼詫異之色。

他握手成拳，看著前頭的鎮紙，寂靜半晌後才開口。「這些事，你可全數告訴了寧慕畫？」

琪王乃是他嫡親皇叔。上一世，他自始至終都沒有想過，原來這個皇叔是意在皇位……

「小的說了。」席善道：「小的暗中跟蹤了阿依與侍衛，見他們在一家京城的悅來客棧住下，便派人去把這事告訴寧世子。」

寧慕畫得知此事，辦事效率也不是蓋的，直接將人馬分成兩撥，一撥去城西的宅子裡看看可有什麼蛛絲馬跡留下，一撥親自帶著，奔向了悅來客棧抓阿依。

席善講完阿依的事，又講了沈府門外抓到的奸細。「那人嘴硬得很，怎麼都不說，還幾次三番想咬舌自盡，小的就把他交給大理寺處理了，阿依估計也已到了大理寺認罪。」

第八十七章

席善猜得不錯，阿依已經被抓捕。

寧慕畫這頭抓了阿依，那頭的侍衛也從城西宅子裡，搜出被埋在花木下頭的養蠱器皿。

大理寺卿陳德育把嚴刑逼供的招數通通發揮出來，琪王府訓練有素的侍衛還好，仍有寧死不屈的精神，而阿依很快就在蠱反噬與酷刑下招架不住了，畫押承認了景王府宋姨娘假肚子的事情。

至於自己背後指使之人，是琪王還是誰，她確實真的不知曉。

她說，自己因憤恨沈漠威，便從巴蜀來到京中，在悅來客棧外頭，遇到一個愛玩鬥蟲的少年，對蟲類瞭若指掌的阿依很快引起了那少年的興趣。

阿依要在京中安頓，需要掩護，而少年需要阿依的蠱，兩人一拍即合。少年尋了城西的宅子給她，還尋侍衛保護，而她便幫忙讓人在景王府的宋姨娘飯菜中下蠱。

但大理寺想去京中的王府搜查，沒有皇帝的口諭可不行。陳德育手腳迅速，寫了摺子，馬不停蹄地送到皇宮中。

皇帝打開摺子，坐著看了一會兒，再看著下頭，沈默了許久，終於開口。「寧統領，你的手下親眼見到那送下蠱者離開的侍衛，真佩戴著琪王府的牌子？」

寧慕畫也不隱瞞。「回皇上，確實無誤。」他抽出席善描繪的侍衛畫像，呈上道：「臣已經查過此人，正是琪王府的一等護衛。」

皇帝猛一抬手，重重拍了下御案。「啪！」沈靜的書房中，只聽見皇帝咆哮道：「琪王乃是朕的親弟弟，他在京中做逍遙王爺做了幾十年，會用一個景王府妾室小產的事情來辱了玉家列祖列宗的名頭？誣陷皇親國戚是何罪，你們可知曉！只怕你們粉身碎骨都擔不起這個誣陷的名頭！」

琪王受皇帝喜愛，這是陳德育知曉的事，如今面對皇帝聖怒，他伏在地上，口中卻道：「微臣不敢誣陷琪王爺，但這事證據充足，為了我大昭——」

「證據充足？」皇帝不等陳德育說完，一摺子砸在他頭上。「什麼叫證據充足？陳德育，你可知曉你是在說誰要造反？那是朕的親弟弟！那是琪王，大昭的琪王！」

皇帝氣得胸口直疼，氣都喘不過來了。

琪王從來不聞朝政，早朝時，想來就來，不來就不來，手中無朝權、無兵權，府中就那幾個侍衛，因此他這個做皇帝哥哥的，也從來不管束他。

琪王娶妻不娶貴女，二十歲下江南遊玩時，帶了個婉約的姑娘，請求他這個哥哥賜婚，婚後更是不納妾，生下長子之後，連女兒都未生。

這麼多年，活得不讓皇帝猜忌的弟弟，竟然是要、是要奪皇位？

「皇上……」陳德育就算怕死怕到額頭全是汗，背後全濕透了，還是不改自己的堅持。

「既然有了琪王府的線索，怎麼也要去琪王府搜查一遍，才能還琪王清白啊！」他伏在地上，以死諫言道：「還望皇上准許微臣帶人去琪王府搜查。」

「陳德育，」皇帝此時已冷靜下來，從案桌後頭走出，站在他前頭。「你進了琪王府，若未查到琪王的罪證，你要承擔什麼，自個兒可知曉？」

陳德育手腳冰涼，咬了咬嘴，三叩頭。「微臣願以項上人頭做抵，若琪王府中未搜查出什麼，微臣願以死證琪王清白，必定不讓世人誣陷琪王，不讓皇上與琪王之間傷了和氣。」

寧慕畫就跪在一旁，眼角瞥向陳德育，略略吃驚了會兒，而後斂了心神，亦請旨道：「皇上，下臣願同陳大人一樣，以項上人頭去景王府，帶景王府的姨娘去大理寺審查。」

而後，兩人被皇帝踹出御書房，被踹出來的同時，得到了去景王府抓捕的口諭。

至於琪王府，皇帝依舊堅持，大理寺必須有了確鑿無誤的證據，才可進琪王府搜查！

大理寺卿與寧世子難兄難弟了一回，陳德育見寧慕畫直奔景王府，不禁道：「寧統領，你可千萬要將景王的宋姨娘帶過來。」

季雲流被玉珩抱回來之後，一直睡到天黑。

待起床用過晚膳，兩人在花園中散步，其間，席善跑來把寧慕畫抓住宋之畫的事給稟告了。

玉珩見她精神奕奕，只怕也睡不著的模樣，不由道：「大理寺已抓住阿依。所謂的蠱術我從未見識過，如今既然有現成的人在大理寺，咱們一道去大理寺瞧一瞧吧！」

兩人便坐馬車到大理寺。為了不引人注意，玉珩命席善直接將馬車行到大理寺後院，可下來的時候，竟然遇到了秦千落。

秦千落看見玉珩拉著季雲流下車，走到她旁邊，探頭輕笑道：「嘿嘿，師姑婆今日可算一解這兩月的相思苦，不用對月泣血了。」

「妳為何也在大理寺這兒？」這人年紀小小，講起不害臊的話卻是長江後浪推前浪，季雲流明智地轉移話題。「難不成大理寺還需要妳來作證？」

「阿依被蠱反噬，太醫院的御醫全數聞蠱變色，世子便讓我來替阿依瞧一瞧。」秦千落婚事將近，今日一身石榴紅衣裳的她更是紅光滿面。她指了指後頭帶藥箱的流月。「其實這些蠱，我亦只在書籍中見過，還未見過現成的，也是私心求世子讓我見識一下。」

說白了，她同季雲流一樣，都是走後門的。

正說著，大理寺獄丞跑過來，邀請三人進大理寺後堂。

這種關係皇家皇權的事情，可不僅僅是大理寺審一審、穆王從旁聽一聽就算了，如今是大昭王爺皇帝的嫡親弟弟，自然要三司會審才能定案。

三司會審非小事，此刻大理寺自然要查宋之晝肚中是不是真的是蠱，才可驚動刑部與御史中丞。

陳德育雖押了項上人頭在皇帝桌上，卻連琪王府的大門都沒進去。如今為了能定罪，自要使出所有看家本領來。

後堂側殿中，陳德育坐在主桌審問，寧慕畫則坐在一旁聽審。下頭，御醫上官江軟著腿、臉色慘白地站著，宋之畫則跪在阿依的另一邊。宋之畫口中依舊塞著白帕子，連手腳都被綁了個結實。

季雲流由玉珩帶進去時，陳德育微微一怔，而後同寧慕畫一道起身行了個官禮，似乎未見到她一般，揮手讓人再搬來三張椅子，讓三人都坐於一旁。

「穆王殿下，」陳德育讓主簿把審問的供詞卷宗拿到玉珩面前，讓他過目。「阿依已經全數招供，說景王侍妾肚中的便是她下的神蟲蠱。此蠱能讓人腹中脹大、吞人精血，能在腹中養上數月之久。」

玉珩翻著卷宗，環視一圈。「那阿依呢？」

陳德育道：「她情況穩定了一些，下官便讓她在側房口述要她下蠱的人的面貌。」他辦事迅速、事無巨細，把那些大夫替宋之畫把脈全是喜脈的事都說了。

「那可曾知曉，阿依到底是透過景王府的何人給景王侍妾下的蠱？」

「阿依說，她只負責把蠱放入燕窩粥，自有人會把燕窩盅端走，也不知曉景王府接線人是何人？下官本想問一問景王府的宋姨娘，只是這宋姨娘似乎接受不了自己肚中是蠱的事實，只要口中拿出帕子，便會言詞激烈。」

對於這樣不配合的證人，陳德育也是深感無奈。

聞言，季雲流把目光移到跪地的宋之畫身上。

她面色慘白，就算被綁了手腳、塞了口，依舊激烈掙扎著，似乎根本不信自己肚中懷的不是皇家子嗣。

「下蠱之人已經在此，只需給宋姨娘解個蠱，不是便能知她懷孕的真假？」

陳德育更加無奈。「回殿下，這蠱蟲凶殘，且在宋姨娘肚中已兩月有餘，已經食掉宋姨娘大部分精血，可謂與宋姨娘融為一體，阿依說，她自己亦是無法解此蠱。」

這話似乎刺激了宋之畫，她心神激動，面孔扭曲，整個人蹦起來又落下去。

秦千落看季雲流。「師姑婆，妳能解嗎？」

季雲流從荷包中掏出幾張道符。「有沒有用，我亦不知，妳就把道符當成妳的藥材，配上幾帖藥給宋姊姊試一試吧。」想了想，她再抽出幾張道符遞向玉珩。「七爺，解蠱就算有法子，還是需要些時日，但若只想讓宋姊姊看到自己腹中是何東西，那也是有法子的。」

玉珩看著她手上的道符立即明白過來。他讓人將道符化成灰，融於水中，叫獄丞將水給宋之畫灌下去。

陳德育揣著沈甸甸的人頭，也顧不上季雲流的荷包中，為何能源源不絕地掏出道符來，立即讓獄丞照辦。

口中的帕子被拿開，獄丞一手掐住宋之畫下巴，讓她張口，咕嚕咕嚕把那碗符水全灌下去。

眾人的目光全在宋之晝身上，緊緊盯著她的肚子與口，深怕錯過一瞬的畫面。

「啊……」不久，她便開始腹痛。一陣陣的腹痛難以忍受，她伏在地上直打滾。

陳德育直接站起來，從案桌探頭緊盯著。

不一會兒，她腹中湧上一股血腥味，一口噴在地上。那從腹中湧上的血水中，爬著許多白蟲，裡頭還有無數蟲卵。

不只口中，就連她的下體同時流出血液與白蟲……

這情景嚇壞了一旁眾人，也令宋之晝絕望了。她連喘息的氣力都沒，跪在地上，再無其他言語。

最後，陳德育問什麼她便回答什麼。

照宋之晝的口供看來，她在景王府亦有一間小廚房，那燕窩就是廚房中的廚娘燉的。第一次食用時，她覺得有些怪味，只是除了在季府吃過幾次官燕之外，她從來沒有嚐過血燕，以為這樣的怪味是血燕的腥味，也沒有多加注意。

獄丞再把宋之晝口中的廚娘與丫鬟全帶上來審問。廚娘見了官威，不敢隱瞞半句，招供道，她那日貪嘴偷吃了宋姨娘所食用的血燕，於是有人給她送來另一盅已燉好的血燕時，沒有懷疑，就直接端給宋姨娘吃了。

再審問御醫上官江，上官江與廚娘的口供大同小異。

上官江在太醫院已久，但一直未有建樹，在皇宮中，不只後宮妃子要爭寵上位，朝中大臣要力爭上游，就連太醫院的御醫都不甘落後。上官江因在太醫院一直是個可有可無的存在，於是這次景王府姨娘診脈的事便落到他身上。

「下官坐馬車去景王府的途中，忽然途中遇到黑衣刺客……」上官江意識清醒，聲音顫抖地招供。「那刺客拿著刀子威脅下官，讓下官給宋姨娘診脈時，就說一切安好便可，該寫的寫，該開的藥繼續開……下官進了景王府，替宋姨娘把脈，發覺她是喜脈，只是體虛……於是、於是下官就開了一些強身健體與安胎的藥材……」

正審問著，大理寺少卿把阿依描述、畫師描繪的人像呈上來。這張畫像讓陳德育一看，立刻旋風般颳到玉珩的旁邊。

他呈上畫像，向玉珩鄭重道：「殿下，時辰緊迫，下官今晚便要稟告皇上，要求三司會審此案！」

玉珩垂首一瞧，上頭畫的正是琪王府的小王爺玉瑠。

玉瑠認識了會下蠱的阿依，讓阿依對宋之畫下了一個蠱，讓人誤認為她懷了皇家子嗣。只要阿依不死，人證、物證俱在，就怎麼也容不得瑠小王爺抵賴了。

但阿依受蠱反噬，已經奄奄一息，因此陳德育才要求連夜會審。

大理寺為大昭鞠躬盡瘁，要連夜辦差，玉珩肯定不阻止，但時辰不早，他亦受不得心上人受不眠不休之苦，當下便讓人把季雲流送回去。

秦千落隨季雲流一道。走時，她給阿依與宋之畫分別開了幾帖藥。

藥被獄丞送到偏殿給兩人，阿依看著那藥，同生無可戀的宋之畫冷笑著說了一句。「若還能活下去，就好好活著吧！妳看看我，我如今為那男人後悔了，可卻已沒命再從頭來過……」

宋之畫一身髒亂不堪，也沒人過來幫她洗洗。她靠在牆角，看著慘白月光從廂房的窗戶照進來，照在自己手上，癡癡傻傻地一笑。

好像在紫霞山中，她早就被人告知了，莫要妄動啊……

刑部尚書林幕被人告知，大理寺稟告皇上，琪王與瑠小王爺意在造反，已經請兩人去大理寺審問時，差點從椅子上滾下去。

林幕抓著桌子，哀號一聲道：「這個陳狗，好好做皇上的走狗不就好了，怎就這般多事，竟然說琪王要造反！這般胡亂誣陷，他怎麼不說他會飛天遁地呢?!」

哀號的林幕而後便真的接到聖旨。茲事體大，關乎江山社稷，他匆匆忙忙穿了官服就趕去大理寺。

眾人在正堂等了一會兒，御史中丞周平君也趕到。同林幕一樣，他也是匆忙連夜趕來「加班」的。

三司會審徹夜而行。可讓幾人沒有想到的是，玉瑠入了大理寺後，直認不諱，半點也沒有拖延地道：「我認罪。」

小王爺站在那兒，直接把自己對宋之畫的厭惡給說了，說她這個女子水性楊花、貪慕富貴，他替景王不值得，便想到用下蠱來整一整宋之畫。

至於什麼造反，玉瑠拍著自己胸口說：「幾位大人，麻煩你們看看我，本王天天鬥鳥鬥蟲都來不及，怎會有工夫去造反？」

他站在那舉例，什麼侍衛只有三個，加上小廝也就七個人，還能憑藉七個人去造反？還有什麼每月的月錢就多少兩、每日花費是多少，結交的朋友又是誰……一樣一樣地數過來，讓主審的林慕與周平君深深覺得，陳德育就是完全瘋了才想得出琪王府要造反！

線索到了玉瑠這兒就斷了，再往上查需要時日，陳德育就算打了雞血，喝了一鍋十全大補湯，也不能再安個造反的名頭給琪王府。

這事上摺子到了皇帝手中，皇帝一批，玉瑠玩心過重，拿皇家子嗣戲玩，剝奪瑠王爺封號，在府中反思一年、不得出府；琪王教子無方，剝奪琪王封號，改成琪伯爵，在府中反思三月，不得出府。

追查了一天一夜的琪王府造反案就此結案。

對於皇帝這樣的結案，陳德育第一個不服氣，他的項上人頭都義正詞嚴地押下去了，甚至雞飛狗跳地連夜折騰，怎會相信瑠小王爺只是為了戲玩而已？

玉珩對這結果亦是不信服。

前一世的他若遇到此事，還會信瑠小王爺的這番說詞，但如今結合江夏反賊之案，以及上一世留下未解的種種疑惑，他同陳德育想到了一塊，定不是那般簡單。

只是，皇帝已經寫了判詞，眾人不服氣也好，不信服也罷，自是要遵從這個判詞結果。

第八十八章

過沒多久，便迎來了秦千落的添妝之日。

如今朝中格局變動，蘇內閣被皇帝革職，景王府醜聞滿天飛，琪伯爵被罰在家思過……見風使舵者，哪個不知曉寧慕畫在皇帝面前正當紅。

秦府女兒寶貝，寧伯府炙手可熱，添妝的婦人簡直要踩破秦府的大門。

添妝之日同小娘子間的聚會沒差多少，此時涼風習習，牡丹花飄香的樹影下，眾人喝著香茗、吃著糕點，笑鬧了一會兒便聊起京中一些八卦事。

季雲流與秦千落坐一道閒閒聽著。

其中聊得興起，一個小娘子神神秘秘道：「妳們可知道嗎？佟大娘子被皇上賜給太子為側妃！」

嘩！這話猶如大河湧出堤壩，小娘子們都沸騰起來。

「當真？」

「曾經的京城第一美人，竟、竟是給太子做了側妃？」

「太子殿下二十有五了吧，可佟大娘子只有十五年華……」

在場的小娘子說這話，自然有羨慕，也有心底暢快的。太子雖二十有五，但膝下無子，若佟大娘子生了長子，日後太子登基，她亦是富貴榮華；但曾經的第一美人給人為妾，嫉妒的小娘子們心裡又是說不出的暢快。

秦千落作為主人，聽了這八卦事，直接站起來道：「今日這些只是咱們眾姊妹私下說些體己話，當不得真，大家出了這個門都忘了吧。」

私下裡說太子的事，傳出去都是要不得的事。勛貴人家出來的，個個也不傻，哪裡會給自己找麻煩，如今有臺階肯定會順著下。

眾人頷首，這事就這麼揭過去了。

添妝幾日後，秦千落便從秦府歡歡喜喜出閣。

她出閣時，秦羽人還在紫霞山中閉關，賀禮是秦羽人讓小米兒轉手給送請帖上山的家丁帶下來的。

出閣前一夜，季雲流被秦千落神神秘秘地拉入房中，給她瞧秦羽人送的賀禮。

「師姑婆，這是我大伯翁託人帶來的賀禮，他說讓我將這個放在床頭七七四十九日，再焚燒掉。師姑婆，這兩張到底是何道符？」

季雲流看著道符，哦了一聲，解釋說：「這是兩張陰陽和合符，能助妳與寧世子郎情妳心俱有意，閨房纏綿不捨，夜夜交頸到天亮……」

秦千落：「……」如此夜夜奮戰，寧世子不會精啥人啥了嗎？

見她面色泛紅，季雲流也不再逗她，一勾她鼻尖笑道：「傻瓜，我同妳說笑的。妳大伯翁讓妳放置床頭四十九日，約莫是為你們作了一場陰陽和合術。道符有靈氣與氣場，能將妳與寧世子氣場融合，日後生活更和美。妳放心好了，妳與寧世子定會白首偕老。」

說著，她亦送上自己的賀禮。「我道法沒妳大伯翁高深，這是之前畫的求子符，妳也一道壓在床頭七七四十九日，再把它焚燒了吧。」

與什麼玉器珠釵相比，這兩樣才合秦千落心意，自然是不客氣地接過。

秦千落出閣之後，京中平平靜靜過了一個多月，京城下雪的第三日，佟大娘子被抬入太子東宮中。

玉琤愛美人，這是刻入骨髓都改不掉的事，如今皇帝因他年過二十六一直無子嗣這事，給他指了京城第一美人為側妃，玉琤哪裡有不愛的道理？

當下，佟大娘子被抬入太子府後的第三天，玉琤就借賞雪宴替佟側妃補了個喜宴，宴請京中達官貴人。

一大早，玉琤守在門口迎客，迎來了玉珩。

玉珩來得很早。自從上次沈府作法除蠱，他將季雲流送回去後，一個多月一直沒見過她。為了不讓玉琳抓到把柄，他可是把這顆滔滔不絕的思念之心壓到了箱底。

今日可名正言順地見人，自然要早早到場。

玉琤見狀，心中感動。自己抬個側妃，其他兄弟全然不插手，只有這個七弟如此勞心勞力。

「七弟，這麼冷的天，你早早便到這兒幫本宮迎客，本宮真是欣喜。」玉琤站到門廊下頭，雙手套在白狐套筒中，一副貴公子派頭。「待會兒本宮讓丫鬟端碗薑湯給你祛祛寒。昨夜裡本宮睡得晚，今日都快睡過頭了。」

想到剛被抬進門的佟氏，玉琤整個人彷彿年輕了十來歲。「七弟，你是不知，本宮今日為了挑揀衣裳，眼都挑花了。不瞞你說，這衣裳本宮早早就讓人備好了，只是佟氏美啊，太美了，本宮與她年齡相差甚大……今日下人說她穿了一身紫紅緞襖，本宮可不就要再換衣裳了嗎？唉……」

「大哥風華正茂，佳人在側，必定匹配，大哥自不必憂心。」玉珩淡定如初。「且大哥乃是東宮之主、一國儲君，佳人心生敬仰都來不及，怎會不喜歡？」

對於上一世指親給自己的佟大娘子，他真的是沒半點留戀，得知她被皇帝指給太子做側妃時，還讓席善去查了查，可有何人對指婚側妃的事推波助瀾？

得知林慕去宮中打點過，玉珩冷笑一聲。

佟相這個勾當做得好，還能讓姻親去賣自己女兒！

林慕嫡親妹妹所嫁的便是佟相，只怕上一世在佟相看來，自己也只是個賣女兒的對象而已。

「唉，七弟，你有所不知……」玉琤對佟氏似乎是真的喜愛，在年輕貌美的佟氏面前，就連玉琤這情場老手都有些不自信了。「本宮這幾日都感覺力不從心，本想一展雄風……卻不想總是草草收場。唉，早知道我在年少時，便不那般留戀二弟送的那些女子了……」

玉珩那張沈靜淡泊、不透心思的臉，在玉琤肆無忌憚吐出這些放蕩語句時，終於轉為震驚。

太子年過二十六，開始力不從心？他如今還未有子嗣，卻連房事都力不從心，這裡頭除了玉琳送的那些美姬、禁藥之外，是否亦有反賊的手段？

謀害太子身體，這罪名可誅九族，玉琳就算有意要奪太子之位，至少不敢這麼明目張膽地在太子還未被廢除時，就對太子下如此毒手吧……

玉琤見玉珩面上震驚，以為他在擔心大婚之後的閨中房事，作為大哥，又是過來人的玉琤諄諄教導。

「七弟，你如今年輕，正值知情事為何物的年紀，切不可被府中那些通房蠱惑幾句，便與她們亂來。這種事還需跟心儀之人……與心儀之人共赴巫山，那種滋味，嘖！七弟，大哥跟你說……」

玉珩默默看著他的臉。這太子一朝得了新歡，魂魄都飛走，已然全傻了。他能傻到把皇家顏面扔到九霄雲外，自己當然不可能跟著一道缺心眼。

「太子殿下，」玉珩垂了眼簾。「這兒乃是東宮大門之地，人來人往的，太子殿下想讓您的閨房秘事傳得人人皆知，也不該在這種地方砸皇家顏面。」

「我——」玉琤陡然驚醒，一把扯過侍從手中的狐毛手筒，尷尬一笑。「七弟你說得對，是本宮言詞輕浮了……」

正說著，便見到了景王府的馬車。

看見那頭下車的玉琳，玉琤頓時眼睛一亮，放開玉珩，幾步過去。「二弟，怎地來得這般晚，本宮在此等你都等急了！」他一瞧玉琳身後，又嗤一聲。「二弟，你的愛妾宋姨娘呢？怎沒有帶她過來？」

玉琳就知玉琤是哪壺不開提哪壺，直接抬起手拱了拱，打算就此進去。

若不是怕御史參他一本，他都不願來這賞雪宴，抬個妾而已，也當得如此？

玉琤站這兒，除了接一接佟氏的父親佟相，就是等著慫對玉琳的，怎願意就這般放過他？「二弟，本宮之前便講過，心腸黑太久便要爛掉。你瞧瞧你如今臉色，拿個鏡子去照照，本宮瞧著你就是一副有血光之災的模樣……」

玉琳一聲不吭，玉琤越發得寸進尺，連季雲流何時來了都未曾注意。

玉珩一見季府馬車，當下迎過去，親手拉了人下馬車。見她身子似乎單薄了些，他不禁想起上次觸怒天道，有驚無險，攏眉開口。「上次幫妳舅舅除蠱，耗費如此多精力，今日太子的賞雪宴，這麼冷的天，妳即便不來亦無妨。」再見季雲流盯著前頭的玉琳卻不回答，不解地道：「怎麼了，可是有什麼不對？」

「哦，」季雲流回神，也不隱瞞。「七爺，景王最近是怎麼了？真的同太子所說，他烏雲罩頂，有血光之災了。」

她自從上次對玉琳施用捅簪子大法，滿打滿算也有三、四個月未見人，如今一見，竟然一副黑氣冒頂之相。

「嗯？」玉珩聞言就向玉琳望去。「他有血光之災？」

季雲流頷首，想了想，道：「景王多次借運，運道由盛轉衰，若原本是運道極強之人，一次轉弱之後，便會一直衰敗下去。如今景王黑雲蓋頂，只怕他就算躲了這次的血光之災，也難逃衰敗厄運了……」

「原來運道還有有此之說……」玉珩瞭然，不過也不在意玉琳的烏雲蓋頂。他就算明日便暴斃，玉珩也只喜不憂。

這個時辰，正是來客最多之時，寧伯府的馬車停在影壁後。

馬車中，早早就看見季雲流的秦千落，待馬車停下後便掀開簾子喊一聲。「師姑婆！」

寧慕畫見下頭的下馬凳還未安放妥當，自家嬌妻便要下馬車，連忙伸手一把拽住她。

「妳小心些，都快是當娘的人了，切不可魯莽傷著自己！」

秦千落嗔道：「還早著呢，你也不怕被別人笑話。」

「我的妻子懷有身孕，我為何要怕別人笑話？」寧慕畫一面說，一面自己下了馬車，手一伸，將秦千落也帶下馬車，接過丫鬟遞出來的暖手爐，用手套筒包了，再仔細地給她套上。「天冷，別凍著了手。」

秦千落滿面嬌羞地「嗯」了一聲。

果然是君子報仇十年不晚，這招恩愛大法閃瞎了季雲流與玉珩的眼。

季雲流默默收回目光，對玉珩道：「七爺，時辰不早了，咱們還是趕緊進去吧。」自己明明賜婚在前，如今人家不僅嬌妻在側，連娃兒都有了。玉珩心中悵然之意自然沒比季雲流好上多少，「嗯」了一聲，便與她一道入了大門。

入了二門，兩人便要分道而走。季雲流由丫鬟帶路，秦千落從後頭幾步躥上來，與她並肩而行。

「幾個月了？瞧寧世子那小心樣。」

「我與世子成親才一個多月，自然這才一月多。師姑婆，這事除了我府中，他人尚未知曉，待會兒妳可不能漏出去呢。」

「嗯哼，適才妳夫君不是喊得挺大聲的？」

「哎呀，師姑婆，妳就別笑話我了……」

兩人並肩低低笑語而去。

這邊，寧慕畫也與玉珩走在往正院而去的道上。

寧慕畫滿面春風，嘴角不語自先翹；玉珩目視前方，眼不見他那春風模樣。「太子今日同我講了一件事。」

寧慕畫如今也算是同他坐在一條船上，一聽玉珩這麼說，斂眉低聲問：「太子說了什麼？」

「太子說他娶了側妃，側妃很嬌媚，可他卻力不從心……」玉珩聲音雖小卻坦然，也沒有半點嘲笑的意味。「還有，太子年已二十六，膝下卻只有一女，長女已近七歲了……」

「七爺的意思是這不是偶然？」寧慕畫聲音壓得也低。他去過江夏，也是琪伯爵案子的主要聽審人。「實不相瞞，七爺，我內子曾說過，男子若長期食用棉籽油，有可能會在生育子嗣方面有礙……我曾在查江夏反賊時，查過東宮一段時日，如今看來，太子約莫真的長期食用棉籽……」

玉珩神情一斂。「這些東西在宮中為禁物，太子是如何接觸到的？」

寧慕畫沈聲道：「這些東西必定要長期服用，只怕在東宮的廚房中便有此物，而對太子下毒的人，正是東宮中極有管事權的人……」

玉珩霍然轉目向寧慕畫瞧了過去。

寧慕畫面對這警告眼神，神態坦蕩。「這段時日，下臣一直派人查琪伯爵府與反賊的事。太子之前遣送了許多歌姬出府，有些歌姬為謀生活，在花樓掛牌，下臣派人挨個兒去詢問過，太子在外頭用膳為數不多，大都是在東宮；而東宮每十日會運入棉籽，說是摻雜其他飼料餵養馬匹。還有一件巧合的事，東宮的管事廚子，正是太子妃大丫鬟的丈夫。」

玉珩雙手將前頭的毛斗篷攏到左右兩側，抬首瞧了上頭被雪壓著的松葉。

瞧了一會兒，他垂下首說：「事關皇家子嗣，暫時不可外透出去。這事我先去探一探太子口風，咱們再打算。」

寧慕畫應聲。

本在門口迎客的玉琤進了府裡頭，如今大門無人，二門也沒人。此時下人稟告太子妃，長公主的馬車將要到了。太子妃為了顯示賢德大度，笑著讓佟氏一道與自己去二門處迎接長公主。

「妹妹新過府，府中一切若不熟悉的，儘管來問本宮便是。咱們都是一家人，一同服侍太子的，當不得這般客氣……」太子妃邊走邊道，說得極客氣。

佟氏與她腳步差了一步，跟在後頭。

太子妃的手自出亭之後，便一直攏在毛皮套筒中，如此目不斜視又姿態高傲地說出這番話，就算講得極客氣，佟氏依舊覺得太子妃彷彿對下人說話一樣。

佟側妃垂下眼簾，應了一聲。「是。」

她滿心酸楚，無法訴說。得知自己被皇帝指給太子做側妃的那一日，她掛過白綾上横梁，卻被丫鬟救下來，母親抱著她哭得肝腸寸斷，直說她若死了，整個佟府該如何是好……

佟氏正想得入神，身後的丫鬟伸手輕拉了下她斗篷，她抬首，驀然看見前頭站在青松底下的玉珩。

他正抬首瞧上頭的松葉，青松上的厚雪與身上的白色斗篷呼應。他頭戴紫金冠，白衣勝雪，眉目如畫，恍若畫中的翩翩男兒郎。

「穆王、寧世子。」太子妃也瞧見站在樹底下的兩人，輕笑一聲，對玉珩略略見禮。玉珩與寧慕畫作揖回禮。

佟氏連忙收回目光，站在太子妃後頭見禮。從未見他穿過白色衣袍……

這會兒的她已經不敢再多看玉珩一眼，只怕多那一眼，便忍不住滾出滿目的眼淚。

也許是心有所念，自從被皇帝指親，她每日總會作夢，夢中的她亦被皇帝指親了，可指親的對象是七皇子。

在皇后的生辰宴上，七皇子對她溫柔而笑，那笑容可以讓她此生都沈醉下去。

「兩位皆是府中貴客，在這兒可莫要拘謹。長公主過府，本宮與佟側妃得去迎一迎，兩位請自便。」佟氏不敢看的時候，太子妃已與兩人說完，往前頭走了。

佟氏鼓著勇氣，抬首飛快瞥了玉珩一眼，只見他目光向左，看著一旁的寧慕畫，全然沒有半點看自己的樣子。

也許，自己根本從沒有入他眼中。

佟氏在斗篷下頭的手攏在一起，指甲險些都快把自己的手掌戳破。

玉琤就算貴為太子，哪一樣是能與七皇子比的？

比起七皇子眼中的柔情似水，太子對自己又哪裡是真心愛意！

第八十九章

太子有喜，眾人喜笑盈盈，待月上半空、曲終人散，玉琤趁著興致，讓人傳話要玉珩留下。

玉珩本就想探太子口風，送了季雲流離去，很快折回來，手一揮，說自己與太子再喝，把屋中伺候的撤了個乾乾淨淨。

今日玉琤心中高興，喝得酩酊大醉，玉珩看著，試探道：「大哥，你不是要跟我講你府中後院的那些事？」

玉琤想了想，頷首認真道：「對！後院的事！後院都是女人，這女人……女人的事對你來講十分重要，你如今正是血氣方剛之年，定要記得千萬不要與府中那些丫鬟——」

府中除了粗使婆子，根本沒有丫鬟的玉珩還未等玉琤講完，立即「嗯」了一聲。「大哥的話，弟弟必定謹記。」他目光落在玉琤臉上，慢慢道：「大哥，喜姊兒如今已快七歲，大哥可就沒有想過再給喜姊兒添上幾個弟弟妹妹？難不成大哥怕庶長子生在前頭，因此給府中侍妾都服了避子湯？」

子嗣這問題不僅是皇帝的心頭病，也是玉琤的心頭病。

喝高了的玉琤重重一搖首。「本宮哪裡會讓府中妾室服用避子湯！七弟，本宮跟你講，佟氏若能替本宮誕下長子，本宮必定許她后位！她那樣美，生的小娃娃肯定也美得緊……」
沒醉的玉琤敢在東宮大門口說男女床事，醉了更加不得了，直接說起日後登基之事。
但玉珩如今不想揪著他錯誤不放、拉下太子之位。大昭只得皇權百年，朝中人心不穩，朝外反賊虎視眈眈，前一世他無知無畏，苦苦乾熬，以為皇位便是一切；這一世經歷得多，有了季雲流、有了牽掛，反而有了更多顧慮。
「大哥寵愛佟側妃，」玉珩道：「太子妃娘娘打理東宮事宜有方，佟側妃懷上嫡長子也是遲早的事。」
「唉！」玉琤藉著酒勁嘆息。「七弟，你是不知道，本宮因為膝下無子的事，還懷疑過蘇氏對我下了什麼藥……」
來了！玉珩正襟危坐。
「本宮就是因為懷疑蘇氏，這麼多年才與她不和睦……唉，本宮有苦難言啊，本宮才不是見色就心喜之人……」
玉珩挑重點問：「大哥，你無子嗣之事懷疑過太子妃娘娘，可在府中查證過什麼沒有？」
「自然是有啊！」玉琤抬頭看他一眼，又垂下頭，頓了頓，努力回想。「怎麼會沒有去查，本宮還讓二弟在我府中好好查過……二弟說蘇氏溫婉大方，把東宮事務處理得很好，沒有問題……」

想到玉琳，玉琤瞬間一個激靈就酒醒了，倏然抬起頭，猛然一拍桌子。「好啊！這事可不就是二弟做的嗎！」

這聲音響得連外頭的太監都聽到，一眾太監正瑟瑟發抖，就聽吱一聲，玉琤親自過來打開厚重房門，陰著臉。「羅祥，你去把景王給本宮喚過來！說我有話問他，若是不將人帶過來，你們都提頭來見！」

外頭的太監嘩啦啦跪了一片，為首的不敢怠慢，很快就讓人快馬加鞭去追景王了。

待玉琳聽見東宮侍衛的傳喚後，氣得頭頂都快冒出煙來。

自從霧亭之事後，太子就對他百般刁難，如今宴席都結束了，還讓人把他給追回來；他說不來，侍衛竟然還拿刀子威脅他。

豈有此理，簡直不可理喻！

東宮的人全是仗勢欺人的狗東西！他定要拉了太子這個草包下位，狠狠羞辱他一頓！

玉琳就算氣極了，但從小心機深沈的他也不是吃素的，站在馬車上就不走，一臉你奈我何的模樣。

侍衛僵持了半天，玉琤那兒也很快得到了信。

一想到是玉琳送給他一個又一個的歌姬，這次也肯定是玉琳給他那些侍妾下了避子湯，讓自己一直沒有子嗣……這火苗上來後怎麼都壓下不去。

「好啊，他不過來，我還不能過去不成?!」玉琤惡狠狠甩了斗篷上肩膀，接過馬鞭，就帶著一群侍衛殺氣騰騰地出了府。

待馬車剛進王府，玉珩還未沐浴更衣，寧石便匆匆過來稟告，說太子策馬趕上了景王的馬車，兩人在官道上大打出手，被順天府的捕快知曉後，上報到宮中，太子與景王如今都被帶入宮中了。

玉珩手一頓，「嗯」了聲，道：「既然這事引起了父皇注意，過不了多時，太子府中誰是牛鬼蛇神就能全數知曉了。」

而皇帝對兩個兒子一頓痛罵後，果然金口大開：徹查！外有反賊，內有人對太子下藥使他不孕，這事必須徹查！

京城中，從夏到秋再到冬，可謂事情一件接一件，季府倒是同往常一樣，平日裡該如何，如今還是如何。

九娘提著食盒去給季雲流送飯，將將掀起簾子，第一個念頭就是廳中為何這般黑……一抬首，便看見季雲流坐在圓凳上，正對著桌上放置的水盆專心看著。旁邊的美人蕉與她一道，維持一樣的姿勢。

那水盆四周……竟然還貼了道符！

「姑娘！」九娘眼珠子都快掉出來，整個人被道符嚇了個神魂不附體。她疾步跑過去。

「七爺說過，您不可再——」

季雲流抬起頭，攏著眉，食指放在唇邊，做了個「噓」的手勢。

美人蕉抬起花朵，扭了扭枝幹，用枝葉同樣做了個噓聲的手勢。

九娘被這一人一花的手勢弄得幾欲暈厥過去。上次的沈府天劫還歷歷在目呢，但主子面前自己放肆不得，只得一顆心都提起來，踮了腳去看水盆。

一探頭，那水盆映出的玉琳入了她的眼中。「姑娘？」

美人蕉立即抬起碩大的花朵，對她再做了個噓聲的手勢。

自家姑娘果然是天仙下凡、非同凡響，連朵花都能教得像八哥鳥一樣！

水盆中的玉琳剛剛從皇宮出來，臉帶怒意地接過下人手中的斗篷，坐上了馬車。馬車中，小廝拿著棉巾，正在給他擦臉。

季雲流不再看水盆，抬首解釋道：「二皇子烏雲蓋頂，運道開始衰弱。我昨日在東宮見到他時，就覺得他定是中了邪法之術，所以拿了根七爺的頭髮，用至親血緣關係尋了尋景王。」

「邪法？」九娘一驚。

季雲流看著九娘。「我懷疑對景王下邪法之術的，便是上次對穆王下邪法的那個道人。」

九娘大驚失色。「姑娘，上次那道人，您不是將他給斷了生機？」怎麼又捲土重來了？

「他一定是有同謀。」季雲流一拍手背，想了想，嘆息道：「唉，這些道人就是討厭，子子孫孫能無窮無盡。殺了個你，來了個師父，殺了你師父，來了個師姑；好了，滅了滿門吧，還跑個姘頭出來！於是又是無窮無盡的一波子子孫孫，師兄、師弟、師父……唉，冤冤相報何時了啊！」

這時，玉琳下了馬車往府內走。兩人見玉琳終於到了外頭，不再是坐在馬車裡，紛紛再探頭看。

張禾去做事，季雲流見玉琳進了院子，拿起剪刀，開始剪道符小人往水盆裡扔。

「姑娘？」九娘看著她一舉一動，道：「您這樣……是想幫景王嗎？」上次剪紙小人，也是為了幫沈大人對付阿依。

「我得瞧一瞧到底是誰在背後作法？」季雲流不抬首，繼續往水盆裡扔道符。「若是之前那批道人，對付完二皇子，只怕下一個輪過來又是七爺與我了。」先下手為強，沒錯的！

九娘看著被她剪出來的紙人腳一蹬，向水裡的玉琳躍過去，連忙把頭探得更近一些。

那些小人從水盆中一直躍到玉琳的身邊，站在玉琳肩上、背上，嘻嘻哈哈、手舞足蹈地無聲笑鬧著。

「天門開、地門開，千里童子助吾尋物來……」季雲流雙手做了幾個結印，唸了段咒語，那些小人便圍著玉琳的身體開始搜索。

「……你去讓羅祥把東宮的那些禁藥全銷毀，在大理寺去東宮搜查前，把東西全部處理乾淨，再仔細瞧一瞧，之前遺留在東宮還有什麼不利的證據……」玉琳吩咐張禾收拾東宮下藥的殘尾，忽然感覺冷風一颳，整個人瞬間縮起來，連忙抬首瞧了瞧四周。「怎麼又下雪？這都下三天了，還真是沒完沒了！」

水盆外頭，九娘看見的景象是那些小人在玉琳身上躥來躥去、摸來摸去……大約過了半刻鐘，小人嘻嘻哈哈地從他衣襟內捧出一團黑色的東西。

「果然是煞氣！」季雲流看見那團黑色的氣體，手執道符，唸咒召回那些小人。而後，小人捧著那團黑色的東西從水面躍上來，討好一樣地把那團東西捧到季雲流手上。

九娘指著她手中的東西。「姑娘，這團黑氣是什麼？為何會在景王的身上？」

季雲流攤開手，用道符分出一股黑氣，解釋道：「這是煞氣，講通俗些便是陰邪之氣。這團氣若長期在人的身上待著，便能讓人容易有血光之災，死於非命。」

九娘震駭。「這樣的陰邪之氣也能透過道法之術放在人身上，讓人一直帶著？」

「尋常的陰邪之氣，要一件陰邪之物長期放置在那兒，使得人長期吸入或受其影響甚久，才會起作用。不過這團煞氣濃厚，還帶著怨氣，只怕不是尋常的不吉之物所形成的。」季雲流把分出來的煞氣往道符中一裹，再把一團黃紙扔進水盆中。「徹見表裡，無物不伏……」

九娘聽得更吃驚。什麼東西還能帶著怨氣？

水盆中的那團黑氣在道符中化開來，黑氣融在水裡，被已經浮在水面上的紙人全數吸收進去。

紙人得了黑氣，好似又活了一般，舉起雙手，浮在水面搖動著。

紙人雙手搖了好久，九娘也看了好久，覺得自己一點也沒有看懂，於是問道：「姑娘，它是想要說什麼嗎？」

季雲流想了想，九娘站在一旁，期待地看著她，卻見她猛然一拍美人蕉。「小蕉蕉，它說了什麼？」

美人蕉被季雲流一拍，整朵花猝不防及，直接撲騰一下鑽進水中。它在水中咕嚕咕嚕一會兒，然後又發出一陣陣啪嗤啪嗤的聲音，嚇得九娘整個傻眼，伸手就想把它抓起來。

「不用擔心，它在與那團黑氣溝通。」季雲流倒是神色淡定，等了一會兒，見美人蕉還在水中啪得不亦樂乎，二話不說，從水中將花朵提上來。「你是在與鬼魂談戀愛啊？搞這麼久！」

美人蕉張開花朵，對季雲流噴出一大口水，頭一句便是：嘿，那團黑氣原來還挺帥的！

季雲流被噴了一臉的水，不緊不慢地掏出一張道符，微微一笑，傾城道：「嗯？有多帥？」

那嘴角冷笑、手中執符、如同鬼魅的季雲流讓美人蕉瞬間一涼，趕緊用最虔誠的姿勢擺著枝葉替她擦臉，認錯道：神仙姊姊，不好意思，沒看到妳在我前面。那個……我打聽出來了……我知曉那團黑氣是誰的怨氣摻和進去了！

「是誰？」

是張家二郎張元詡。

「張二郎？」季雲流重複一聲。她都快要將這個在生命中跑龍套的男人給忘了。「他死了？」

「那團黑氣是張家二郎的？」九娘在季雲流說出姓名之後，立即道：「上次他被太子抓入大理寺，不是說被他逃走了嗎？對了，與他一道逃走的還有長公主府中的那個楚道人！」難道這次對景王使邪法的便是楚道人？

美人蕉繼續說著自己在煞氣中看到的事。

那張元詡被一個道人救出大理寺的牢獄，那道人叫楚道人為師兄，他們還有個師父；不過師父躺在地上不動了，楚道人與那個道人說，要為師父報仇……

接下來就是張元詡的死相了。

楚道人與杭道人為替師父報仇，使出了最毒辣的煉煞大法，直接殺了張元詡，將他臨死前的怨氣煉成煞氣，脅迫張元詡之父，將帶有煞氣的道符融入水後，對景王潑了過去。

同時又在景王身上抓了根頭髮給兩個道人作法，景王身上這才有了這麼一團濃黑煞氣。

季雲流聽著美人蕉的解釋，奇道：「照妳的意思，張元詡都被那兩個道人殺害了，為何張舒敏還要幫助仇人對付景王？」

美人蕉搖著枝葉說明：張舒敏不知曉自家兒子是死於那兩道人之手。張元詡死在從大理寺出來的第三日，張舒敏也沒有請個仵作鑑定死因，一直認為張元詡是死於心中抑鬱，便聽信楚道人的說詞，要找景王報仇。

美人蕉想了想，又加了一句：還有，他還要找穆王報仇。

季雲流立刻用羅盤定方位，把道符中剩餘的黑煞之氣滲入羅盤中，羅盤的指針便開始急速轉動。她站起來，手捧羅盤，繞著桌子走一圈，而後看見羅盤停在東北的位置。

季府的東北方住的可都是官宦之家，如此說來，楚道人與他的什麼師弟找的隱蔽地方還是京城中的富人區？

住官家，利用張舒敏放煞氣……如此說來，那兩人應該就是藏在張府中？

第九十章

皇帝要求徹查太子無子之事，第二日，陳德育就帶著宮中所有御醫去了東宮。動靜這麼大的事，自然瞞不過東宮上下，連剛剛被抬進東宮的佟側妃也知曉了。她聽著心腹丫鬟的低語，跌坐在椅子裡。

本來，她爹讓她入東宮的意思，就是讓她在太子妃之前懷上長子，如今、如今的太子被別人下藥，這一世將無子嗣了……

「我、我……」佟氏臉色死白，雙眼湧出淚水。沒有子嗣，她拿什麼在東宮立足？她爹把她抬入東宮，又是為了什麼？

佟氏心灰意冷，而玉琤聽了御醫對自己的診斷與委婉說詞，也是癱坐在椅上。

陳德育更是不敢怠慢，帶著人馬退出東宮，直奔皇宮，把御醫得出的結論說了。

皇帝坐在御書房的椅上，沒有了昨日那樣震怒，平靜地問陳德育。「既然你說東宮那些姬妾身子無礙，那太子的身子可查過沒有？」

陳德育不敢說謊。「回皇上，張御醫查了太子的脈象，應該也是無礙的。御醫只是說太子殿下身體虛弱了一些。」

兩人剛說著，寧慕畫帶著佩刀進來，跪地稟告太子不管不顧，帶著刀，策馬直衝進景王府發難，砍傷景王府內無數下人，就連景王都被砍傷了臂膀。

「混帳東西！」皇帝陡然變色，一拍桌，怒不可遏。「教了這麼多年，竟然一點長進都沒有！他玉琤到底有沒有把玉家的列祖列宗放在眼裡？到底知道不知道太子這兩個字的分量?!」

寧慕畫與陳德育垂首，互望一眼。

「來人哪，傳朕的口諭，把太子給朕關到東宮的院落！」他看向寧慕畫。「寧統領，你帶人把守太子東宮，沒朕的吩咐，不許太子見任何人！」

寧慕畫領旨而去。

南書房忽然變得安安靜靜的，陳德育垂首，眼觀鼻、鼻觀心地站著，以免皇帝怒火一上來，自己小命休矣。

皇帝在書房中來回走，心中卻如何都安靜不下來。

「陳卿，」皇帝一開口，陳德育連忙打起十二分精神。「下官在。」

皇帝踱步道：「當初太子受紀太傅教導時，紀太傅曾對朕講，太子秉性脾氣仁厚，是塊璞玉，只是太子玩心過重，心不在中庸、論語和治國之途上，恐日後並非一功績出色的君主……」

皇帝講得平淡，像是回憶什麼平常事。陳德育一聽這話，二話不說，雙膝彎曲又跪了下來。

事關日後大昭皇帝，他是一句話都不能說的。

「朕本以為太子心思純良，只要用心教導，即便不能成為一代有功績之君，守住我大昭江山，讓百姓安居樂業總不是難事……」皇帝的聲音不急不躁，陳德育卻聽得內心又急又躁。紀太傅果然英明神武，早早知曉太子愚鈍，不能委以帝位這等重任，剛剛好，我心中亦是這般想的！

「陳卿……」皇帝回憶當初，開口問陳德育。「太子之事，你如何看待？」

世間之事，從來不能全數盡如人意，即便他這個天下至尊之人，竟也常有事與願違之事。

許是當局者迷，這麼多年，皇帝才認清太子這塊璞玉不可雕。

陳德育跪在地上，汗水自額上沁了出來。「太子心中苦悶乃人之常情，去景王府發難，於公來說確實有失皇家體面，但於私……這也能說明太子性子灑脫不羈，不會與人同流合污……」他垂著腦袋，看著光潔如新的青石磚，滔滔不絕講著違心之言。

皇帝瞬也不瞬地盯著他，忽然道：「上次查琪伯府的案子，七哥兒是不是也去了大理寺？」

「是的……」陳德育嚇傻了。「上次琪伯府案子，最初的報案人便是穆王殿下身旁的侍衛。」

「琪伯府之案，七哥兒是如何認為的？」

「下官、下官……」陳德育的腦子同磨豆漿的水磨盤一樣，呼啦啦轉著。「下官曾聽穆王殿下說過，案子另有蹊蹺，不是瑠公子僅僅戲玩這般簡單，只怕與江夏之案，也有牽連……」

「那你呢，你如何認為？」

「下官認為，穆王殿下說的不無道理，反賊能在江夏明目張膽地設了另一個宮殿，與江夏知府勾結，只怕在京中也有同謀……」

皇帝沈默了一會兒。

陳德育看著沈思的皇帝，不敢打擾。

皇帝想了片刻，站起來，負手又踱到了案桌後頭。「你先退下去吧。」退出時，又聽見皇帝吩咐一旁的太監。「讓秦相與沈詹事過來見朕。」

陳德育一路快步走出皇宮，行至前頭大殿側院的大門時，忽然轉首望了一眼那高高延伸而上的白玉階。

白玉階中間是塊龍牌白玉石，白玉石中的神龍一直向上飛騰，直到皇帝上早朝的勤勉殿門前。

勤勉殿恢弘威嚴，讓人肅然起敬。

「大人？」領著陳德育的太監見他突然停下，許久不走，奇怪地問了一句。

陳德育收回目光，繼續往前。他伸手撥開太監撐在頭頂的油紙傘，淋著大雪，看著天空，不自覺說了一句。「這天，要變了啊……」

他自認為國盡瘁，從未有過半點二心，如今猜到了皇帝心中的打算，出了皇宮，半刻鐘也不停留，直奔穆王府求見。

到了穆王府附近，遠遠的，陳德育在馬車中看見下衙回來的玉珩，趕忙吩咐駕車小廝快些。

再近了些，卻忽然看見前大理寺少卿張舒敏。

「他到穆王府做什麼？如今不是要躲得遠遠的？不知道順天府如今在抓捕他嗎？」陳德育自語道。

自從太子查明了霧亭之事，把張元詡關押之後，張舒敏便被革職。後來大理寺牢獄中丟了張元詡在內的兩個犯人，連帶他這個大理寺卿都因失職而被罰了兩月俸祿，他徹查此案時，還曾懷疑過這個曾經的大理寺少卿張舒敏。

「老爺，張大人似乎好像專門在等穆王殿下的樣子……」駕車小廝看著前頭，不由說了一句。

這會兒，正往王府裡頭走的玉珩也看見了張舒敏。

「七爺，」席善看見走過來的人，幾步跨到玉珩前頭。「來者似乎不善——」

「穆王殿下！」張舒敏整個人似乎老了十歲，他攏著斗篷，從雪地那頭走過來，一過來，就跪在地上失聲痛哭。「殿下，請您為小民作主啊……請您幫幫小民……」

席善不走開，擋著張舒敏，防止他靠近。

玉珩注視著下跪的張舒敏，目光和他的眼神一碰，道：「張大爺，你口中雖是要尋求我幫助，眼中卻是懷恨的模樣。既然心不甘、情不願，如此一番作為又是什麼打算？」

張舒敏臉色由白泛青，唇角也哆嗦了。他不知這個才十六的小娃娃竟然如此厲害，一下便拆穿了自己。

此刻已被拆穿，也顧不得其他廢話了，他忽地站起來，扯下腰間的水囊，冷冷道：「我家的詡哥兒死了！他死了，那樣死不瞑目……就是你們冤枉他……」

說著，拔出皮水囊的塞蓋，向著席善與玉珩便要潑出裡頭的水。

「拿下他、拿下他——」那頭的陳德育對著跟隨來的大理寺丞就喊，一顆心高高提到嗓子眼，生怕穆王有個意外。

上次這人對景王潑了袋水就跑，景王府的小廝去順天府報案，順天府府尹還因查不到這個人，到大理寺去詢問過一番。

此刻陳德育也瞧出不對勁，哪裡有見人就潑水的，不是姓張的得了失心瘋，就是這水有問題！

玉珩這一世對人對事均是謹慎無比，不是熟悉之人，絕不會讓其近身。如今眼見張舒敏拿出水囊，直接腳步一旋，連退了數步。

席善擋在玉珩前頭，見水囊中的水快要潑出來，身子往後一仰，長腳一踹，直接把張舒敏整個人踹得往後一倒。

張舒敏一介普通人，受了力便倒在地上，手中的水囊飛揚而起，又直直向下，「砰」一聲落在他頭頂，裡頭流出來的水瞬間濕透了他整張臉。

煞氣之水冰涼如骨，彷佛能滲入到人的骨頭裡。

玉珩看著張舒敏被打濕整張臉之後，翻滾在地上，拍打著厚雪，失聲痛哭。「詡哥兒死了……我的詡哥兒死了……」

「穆王殿下、穆王殿下——」陳德育還未等小廝放好下馬凳，便飛快滾下馬車，提著厚厚衣襬、淋著雪衝過來。「您沒事吧？」

「陳大人？」玉珩瞧見陳德育，目光動了動。「陳大人這是特意來尋本王的？」

「把這屢次冒犯皇家王爺的刁民給本官抓起來，交給順天府，告訴順天府府尹，必須嚴懲這種想害王爺的刁民！」陳德育厲聲吩咐，轉過身，恭恭敬敬作揖道：「穆王殿下，下官管制下屬不嚴，讓殿下受驚了……下官今日來尋殿下確實有事。」

玉珩手一伸。「裡邊請。」

兩人進了王府，大理寺丞伸手去抓張舒敏，卻見張舒敏趴在雪地裡，奮力划著手臂。

「這人是不是得了失心瘋？」

大理寺丞相互對望一眼，心裡都有些犯嘀咕。

「管他得了什麼，把他抓起來交給順天府歸案就完事了。」

只是個不會武的文臣，席善就算也覺得張舒敏動作奇怪，卻不在意地指揮馬車進王府。
猛地，張舒敏轉過身體，抬起整個上半身，張開嘴，聲音幽幽。「我死得很慘……求求你們，救救我……呵呵呵……」
「啊！」
想要上去抓人的兩個大理寺丞，頓時驚魂不定、連退數步。
只見雪地裡的張舒敏整張臉已經變成漆黑的炭色，嘴巴卻是鮮紅，跟含了一嘴的鮮血一樣；整雙眼只留下眼白部分，十分恐怖。
若不是大理寺的人見慣酷刑與血腥，這會兒差點被張舒敏給嚇尿了。
「這人吃了什麼，怎麼就成這樣了？」
「是不是中了什麼邪？」
「這樣還抓不抓啊？」
「抓呀，不抓等著被陳大人罰俸祿嗎？有什麼好怕的，就算是鬼，咱們大理寺一身正氣，難道還怕惡鬼不成！」
「不要動他！」大理寺丞正把繩索套在張舒敏身上，一聲女子的嬌喝聲響起，門口幾人向聲音來源處望去，只見九娘穿著斗篷騎馬而來。
九娘策馬停在穆王府前頭，索利地翻身下馬。「不可動他，他有煞氣水——」
「煞氣水？」幾人面面相覷。「那是什麼東西？」

席善看見九娘，便知曉她來這兒的目的。「季六娘子叫妳來的？」

「嗯，」九娘對他道：「六娘子從景王身上得到一團黑氣，說那是一團煞氣，由死人枉死與怨氣組成，若被潑到，人身上就會感染煞氣，運道衰弱，還會有血光之災！」

九娘這才轉首去看張舒敏，嚇了一大跳。「他、他手中的水已經潑出來了？」

眾人點頭。

「他被自己手中的水濺到，成了這番模樣？」

眾人再頷首。

她疑惑。「可是六娘子昨日作法時，看到的景王並非漆黑如炭……」

「六娘子昨日做什麼了？」九娘正回憶著，一道威嚴的聲音響起來。

這句話就像青天白晝的響雷，把九娘的三魂打出了七魄，臉色瞬間就白了，一個轉身，雙膝不自覺就朝來人跪下去。

「穆王殿下……」

「七爺……」

門外的人再次對得知張舒敏不妥而出來查看的玉珩行禮。

漆黑如炭的張舒敏依舊坐在雪地裡，又笑又哭，搖晃腦袋，還喃喃說著自己死得好慘，在白雪紛飛的穆王府外頭，呈現一副詭異的光景。

玉珩目光停在張舒敏臉上看了一會兒，而後垂下頭，盯著九娘。「妳，起來進屋回話。」

陳德育指著兩個大理寺丞，聲音鏗鏘有力。「你們愣著做什麼？是人也好，是鬼……就算是鬼，也要給本官綁了，依法查辦！」

鬼從地府上了人間，也要遵守人間律法，以他大理寺的威名，就連鬼神都要敬而遠之！大人下令了，大理寺丞哪敢不從？那姑娘說碰到水倒楣而已，那就用繩索全程不碰到人或鬼就是了，也沒什麼難的。

很快地，張舒敏便被五花大綁起來。

大理寺丞看向陳德育，神色有點怪。「大人，就這樣拉回大理寺嗎？」就這樣拉著一路過去，還真是挺瘆人的……

「先帶進府裡。」玉珩臨進門前，頭也不回地吩咐一句。

「對、對，先帶進穆王府裡頭！」陳德育見玉珩似乎有法子知曉這是人是鬼，直接讓大理寺丞拉進穆王府的空地上候著。

第九十一章

玉珩站在張舒敏前頭，看著一會兒大叫、一會兒大哭的他，疑惑地問了一句。「張二郎，可是你？」

這話一出，周圍眾人一顆心都提起來，瞠目結舌地看著張舒敏。

這世間真的有鬼不成？

九娘適才跪在玉珩面前，已經把季雲流的話帶到。

張舒敏拿著的煞氣水中含有張元詡的怨氣，這張元詡死後頭七還未過，所以仍有一絲魂魄留在煞氣中。

人的頭七是死者卒日算起的第七日，這種時候，人死還未真正知曉怎麼做鬼，因此，這類鬼也並不可怕。

玉珩讀過一些古籍，由此猜測，煞氣水灑了之後，張元詡的魂魄已經附在張舒敏身上。

張舒敏黑著一張臉，兩眼無神盯著他，盯了一會兒，歪了脖子，嗚嗚嗚哭起來。「我死得好慘，求求你，救救我……」

「你怎麼死的？」陳德育立即問，跟堂審一樣威嚴。「誰殺了你？你死在何處？如今你的屍首又在哪兒？」

不愧是審案入神的大理寺卿，諸多問題拋出來，把鬼都問呆了。

張舒敏似乎完全聽不懂陳德育在講什麼，只是一個勁兒地嗚嗚嗚、呵呵呵，而後，忽然這人又是一陣「你們如此待我，定要受天譴」之類的話語。

眾人盤問了一個下午，半點頭緒都沒問出來。陳德育心中有案，不查明真相，心中如何都不爽利，他請求玉珩，能不能讓季六娘子來瞧一瞧這「非人」的張舒敏？

玉珩有條不紊地道：「陳大人，本王未婚妻在宮中有幸得了秦羽人賞識，教了些道法，收她為師妹。只是她道法平平，只能隨手畫些平安符，對於張舒敏所中是何邪法，只怕她亦是看不出來。不過，陳大人為朝廷辦事，盡心盡力，既然陳大人需要幫助，我等自然也不會推辭。」

這官腔打得厲害，陳德育也只得拱拱手。「既然如此，下官就讓人先把這中了邪的刁民帶回大理寺好好看管。明日在大理寺，下官恭候殿下與季六娘子。」陳德育一句話結束了張舒敏之事，而後說起自己來此的目的，無非就是自己忠於大昭，會為大昭鞠躬盡瘁、死而後已之類的。

說白了，這人冒著大雪過來王府，就是為了拍馬屁的。

誰讓陳德育早早知曉皇上心意，眼前這位日後便是一國之尊呢？

張舒敏一整天都沒有回來，張府地窖裡的楚道人與杭道人在下頭來回踱步。

「師兄，那張舒敏現在還沒有回來，會不會出什麼事了？」杭道人眼見窗外的風雪越來越大，心中越發不安。

說到此處，杭道人忽然又想到一件事。「師兄，你說張舒敏對穆王潑煞氣水時，是不是被那季六發現了？」

楚道人沈吟一聲，忽然覺得這事還真有可能。交手過幾次，他知曉那季六太難對付，這次他們也是打算解決了景王與穆王，最後才對季六下手。

「師兄，若咱們的事真的被那季六知曉，會不會穆王也知曉了？」杭道人臉色一沈。

「那姓張的若吐出了咱們藏身在張府，大理寺的人必定後腳就要來了！」

「此地不宜久留，咱們走！」楚道人當機立斷，揹起師父的屍身就出了張府。

月亮被厚厚的雲層擋在後頭，無月的晚上，一片漆黑中，兩人帶著一具「屍體」趁夜逃走。

兩人一屍體、一輛馬車，喬裝打扮後，拿著長公主給的權杖，在風雪中直奔城外。

出了城外的十里坡，不斷飄下的雪忽然就停了，雲層散開，月光灑落一片。

「師兄！」在外頭駕馬的杭道人看著照耀在自己身上的月光，奇怪道：「為何忽然之間雪就停了？」

如今風聲鶴唳，楚道人也不敢大意，立即掀了簾子去看外頭。

風停雪止，萬籟俱寂，天上月亮皎潔如新，若不是他們的馬車行駛聲頗不和諧，此刻將是賞月、賞雪的大好夜晚。

「你繼續駕車，我卜一卦瞧瞧！」楚道人放下簾子，立即拿出銅錢。他把銅錢放在手中，搖晃幾次後，擲在腿邊看結果。

是個坎卦，坎為水、為險，兩坎相重，險上加險，險阻重重……

楚道人大叫一聲。「不好，有大凶！」

還未說完，馬車倏然停下來。這麼匆忙一停，讓猝不及防的楚道人整個頭都撞到車壁上。

「師兄！」外頭尖銳聲音響起來。「快──」

那快字還沒有出來，已經沒有了任何聲響。

楚道人臉色驟變，不說被嚇得魂飛魄散，但也已是面無人色。顧不得其他，他抓出腰間的道符便唸咒語，往車壁上頭貼──

「龍虎山的金仙觀自稱是什麼風道人的嫡傳弟子，道法如此平平無奇，看來之前替大昭玉太宗皇帝卜卦、奪帝位的風道人，約莫也就是個酒囊飯袋吧！」外面聲音一連串響在楚道人耳邊，虛虛實實。

「你究竟是誰？我們金仙觀與你有何冤仇？」

這時候，忽然又狂風大作，風雪呼呼咆哮起來。

「跳梁小丑也想在本座面前蹦躂，只不過是甕中之鱉而已……」那聲音再次響起，隨後，持劍刺客立即掀了簾子，躍入馬車中。

持劍刺客動作迅速，在楚道人從風雪中出來時，便一把捆住楚道人，而後在已破的馬車裡摸索一會兒，拿走有張元詡怨氣與神魂的骨灰罈。

楚道人被蒙住雙眼，塞到另一輛馬車裡，一路被帶到京城一個農家莊子。

他跪在地上，被解開眼布後，終於看見一個老者，一個比他師父還老的黑袍道人。

黑袍道人踱步到他前頭，在他面前扔下一張畫像。「將你師父神魂破散的，可是這個十四、五歲的女娃娃？」

楚道人不吭聲。

一旁的侍衛立即用擒拿手抓住他下巴，凶惡地道：「國師問你什麼，你就老老實實給我回答什麼，不然沒有好果子吃！」

說著，甩開他，一鞭子抽上去。

楚道人背上火辣辣的痛，抬起頭來看向老者，擰眉問：「國師？你是哪國的國師？」大昭可沒有國師這個稱謂。

「國師問你話，你只需回答！」侍衛又是一鞭子抽上去。

楚道人這才注意到那侍衛佩戴的徽章，好像曾在哪兒見過……他想了想，然後猛然記起來。「你們是前朝大越的人！」

「不要顧左右而言他，」被稱為國師的黑袍道人，伸手扯下楚道人頭上的一根青絲。

「你應該清楚得很，本座有無數種方法可以讓你求生不得、求死不能。本座耐心有限，在本座生氣之前，你最好不要再挑戰本座的耐心。」

楚道人看著纏繞在老者手上的頭髮，終於露出一絲害怕。

親眼看見師弟被殺、師父屍身被毀時，楚道人便明白，自己應該也是無命活在世上了，看開生死，適才已不害怕，然而此刻聽見老者如此說，他卻又怕上了。

同為道人，他自然知曉道家那些折磨人與魂魄的殘忍手段，那萬蟻蝕心滋味，他不想承受一遍。

「你想知道什麼？」

「羽清是不是被這個與穆王訂親的那女娃娃，給打得神魂破散的？」

「正是，家師為了替我報仇，就與景王合作，在穆王府中下了陣法。本想把穆王與那季六一網打盡，卻不想大意了，被那季六打碎了神魂。」

黑袍道人目光一轉。「季六就是這個畫中的女娃娃？」

「正是。」

「本座聽說，你還給季六與穆王批過八字，他們兩人的八字又是什麼？他們親事不是景王一手促成，為何季六又與景王反目了？」

黑袍道人一個示意，楚道人面前就被擺上筆墨紙硯。

「寫吧。」侍衛把筆塞進他手中。「若八字作假……後果是什麼，我想你該清楚。」

楚道人抬首瞧了那老者一眼，提起筆，緩慢道：「我若寫了這八字，你可否給我一個痛快？」

「本座答應你，你寫了八字，便厚葬你師父、師弟還有你。」黑袍道人說：「你也正好要替你師父報仇，如今本座替你出手，你也可以死得瞑目了。」

楚道人「好」了一聲，果然在紙上寫下兩人八字。

他一邊寫，一邊低首默唸咒語。適才在馬車中時，塞了兩張五雷符在衣服裡，為的就是打不過，便與敵人同歸於盡。

如今他被要脅寫下季雲流的生辰八字，雖然也痛恨季雲流與穆王的殺師之仇，心中卻有良知，讓他不能愧對道門。

大昭的天下是風道人，也是他師公，陪著開祖皇帝打下來的，若大昭易主換姓，他便是愧對師門，乃為不忠不義。若大昭江山不能保住，那長公主也要淪為階下囚；長公主是知遇之人，若是受他拖累，他便是不仁不德。

於公於私，他都不可寫出穆王與季雲流的八字，讓大越餘孽有機可乘！

一筆一畫寫著寫著，老者探頭看著季雲流的八字，驀然「咦」了一聲。

正是這聲咦之後，楚道人整個人在老者與侍衛沒防備之際，猛然爆炸開來。

密室發出巨響，引得上頭的侍衛全數紛紛下來。

「國師、國師，您沒事吧？」

「來人，先把國師扶出去！」

「混帳東西！」老者被突如其來的爆炸弄得眼晃耳鳴，他揮開滾滾塵煙，怒不可遏，一手捏住手中適才扯下的那根青絲，燃出了藍色火焰，直接把青絲與前面殘留的屍體燃燒殆盡。「竟然在本座面前使了這麼一招！」

「國師，」待灰燼過去之後，侍衛看著地上半點不留的空地。「現下咱們該如何是好？八字的紙……燃光了。」

老者拿出保存還完整的骨灰罈，雙眼微瞇。「這罈子裡頭的屍骨頭七未過，就用它來看看這個作法的女娃娃到底是哪個門出來的？」

季雲流在第二日又接到沈夫人的帖子。

沈府如今已經是玉珩當藉口的一個棋子，隨時能向季府遞帖子。

待她按照吩咐到了大理寺，玉珩沈著一張臉等在大理寺後院，見季雲流下了車，一把上前將她拽到臂彎中。

玉珩攏著她，想到她上次替沈漠威作法受的天劫，瞇眼道：「妳這次私自作道法之事，我暫且先記著，若有下次……」那漆黑的目光看得季雲流心肝一顫一顫的，立刻舉手保證道：「我必定不會再私下自己作法，若還有下次，我肉償！」

陳德育等候已久，看見攜手進來的金童玉女，行禮後，就帶著兩人到張舒敏面前，指著他道：「穆王殿下、季六娘子，這人渾渾噩噩的，問什麼俱不回答，用刑伺候他，還會嘻嘻哈哈跟抓癢一樣，下官真是從未見過這般的犯人。」

季雲流仔細瞧了瞧張舒敏，看明白了。

「他應該是被張元詡的一絲魂魄附體了。但人有三魂七魄，他只有一魂入了體內，所以才會這樣神智不清。」

「鬼真的能附體？」陳德育大驚。若是如此，每到中元節鬼門大開的日子，不是人人都有機會被鬼附體了？

「可以，」季雲流見他面上擔憂，解釋得更詳細道：「陳大人莫要擔心，人鬼殊途，天道對三界管得甚嚴，鬼除了頭七時還能在人間待一待，日後是不能再入人間的。還有，鬼魂並非想附上誰的身，便能附上誰的身。張二郎與張舒敏乃為父子至親，血緣極近，再加上張舒敏大約隨身帶著張二郎身上之物，這才讓張二郎的魂魄順利附體。」

大理寺立即讓人搜了張舒敏身上的東西，果然在錦囊中尋到一撮頭髮，估計就是張元詡的。

陳德育頓時放下心來，請季雲流施法讓這個鬼訴一訴冤情。

「如今他只有一絲魂魄，只怕就算定住他的魂，他亦是記不得什麼事了……我也只能姑且試一試。」季雲流從袖中掏出一張道符，口中默唸兩句咒語，一道符向張舒敏的腦門貼過去。

為保全季雲流名譽，如今這裡只有玉珩、陳德育幾人。這樣的道符，玉珩早已見慣，陳德育卻是上次宋之畫那案子的水融符之後，第一次見到，頓時嘖嘖稱奇。

張舒敏被道符一貼，似乎整個魂魄受到動搖，咿咿呀呀唱戲一樣地呻吟許久，聲音果然就變成之前那人。

「張元詡？」陳德育乘機問了一句。「你怎麼死的？」

之前一直沒有回答的張元詡哭泣道：「我、我是被人殺死的……我死得好慘……求求你們救救我……」

陳德育一見這鬼可以做供問審，官威大發，坐到一旁設好的案桌後，驚堂木一敲，再問：「你可記得是何人殺了你？怎麼殺你？你的屍首如今又在何處？」

怕問得太多，這個只有一絲魂魄的鬼無法回答，他特意放慢話語。

那「鬼」抬起頭，骨碌碌兩下，整個發白的眼中有了黑色瞳孔。他抬首看了一圈，定在季雲流身上，嚅動嘴唇，道：「雲流……雲流，妳還記得我嗎？我是元詡啊……」

這個人連死了都不安分，還要過來唸兩句自己未婚妻的閨名！玉珩臉上厭惡，拉著季雲流的手，往後退了幾步。

那鬼見人後退，嗚嗚咽咽地再次哭起來。

大理寺見這鬼同三歲小孩無異，心中也甚是厭煩，只得柔聲又問了一遍。

「有道人殺了我……」哭了許久，他終於想起來。「是兩個道人，他們說要替師父報仇……」

「那道人是誰，如今在哪兒？」

他盯著季雲流道：「你讓她走近一些，我便告訴你……」

陳德育瞧季雲流。

玉珩冷哼一聲。「如此，陳大人你不用替他翻案亦無妨。」

對方一聽玉珩的醋意，再次嗚嗚咽咽，沒半點眼淚地一直哭。

「七爺，」季雲流在玉珩身後，同樣盯著那半人半鬼的張舒敏。「這個張二郎似乎有所不妥……」

「怎麼了？哪兒不妥？」玉珩從未見過這等鬼怪之物，難為他見一個漆黑如炭的半人半鬼，還要能瞧出不妥來。

「季六娘子，他難不成不是張元詡？」陳德育剛剛從案桌後頭站起來，忽然間，那半人半鬼就像成了巨鷹一樣，猛然張開血盆大口，朝玉珩撲過來。

「小心！」

「保護穆王殿下！」

「七爺！」

第九十二章

整個大理寺側殿因這突如其來的景象給弄得驚慌失措。

玉珩一把推開一旁的季雲流，抬腳踹向撲過來的張舒敏。

季雲流拉著他的手臂，沒有被推開，反而拉著玉珩讓兩人往後仰。

席善從左邊奔過來，大理寺丞從右側奔過來，一個護住陳德育，一個想拉住捆在張舒敏身上的繩索。

可張舒敏彷彿吃了十斤的大力丸，敏捷如鷹、勢不可當地撲到玉珩前頭。玉珩本是抬腳要踹，還未踹到，季雲流已經拉著他往後倒在地上。

眼見張著血盆大口撲過來的張舒敏，玉珩抱著季雲流就地滾了幾圈。

張舒敏撲了空，同樣倒在地上。他一倒，口中牙齒磕到地面，竟然「砰」一聲，把地面磕出一個坑來。

站在一旁的陳德育看見這光景，嘴唇抖著，差點沒罵娘。

說好的只入了一絲魂、什麼都記不得的新鬼，怎麼忽然變成這麼厲害的惡鬼?!若是被厲鬼這麼一咬，只怕全身骨頭都要碎了！

席善與大理寺丞也看見那厲鬼的厲害，更加不敢碰，剛拉起繩索的一頭，卻見地上的張舒敏已經爬起來。「呵呵呵，女娃娃果然有幾下子，這就被妳看穿了，弄得本座都還未準備好呢！」

「你是何方妖孽！」陳德育正氣直冒，如神明附體，伸手抓起桌上的驚堂木，用力向惡鬼的腦門擲過去。「大理寺內不得放肆！就算惡鬼也得給本官下跪受罰！」

一旁拽住了繩索的大理寺丞目瞪口呆，差點沒把自己的下巴咬下來。

滿身正義、毫不貪生怕死的陳德育扔了驚堂木，卻沒有引起厲鬼的注意。

厲鬼身後乃是與天溝通的道人，殺害普通人之事做不得，殺害朝廷命官就更加做不得了。

為避天譴，對方理都未理會屋中其他人，盯著同樣站起來的季雲流，陰森森地道：「女娃娃報上名來，讓本座瞧一瞧，妳到底是誰？」

季雲流右手捏出一張道符，將玉珩拉到身後。「妖孽，你也報上名來，讓本仙看一看你有沒有資格知曉本仙的名字！」

「哈哈，這麼狂妄的口氣就拿這樣的鎮魂符出來？妳拿這個符對付本座可不行！」張舒敏口中帶血，吸一口氣，那口氣讓他的身體瞬間增長。「既然不說廢話，那咱們就手底下見真招吧！」

季雲流見張舒敏含住一口氣，直接將手上道符飛打出去，手上道指不停，一面唸咒語，一面開始畫符。

張舒敏身體暴脹就是為了使勁扯斷繩索，他雙臂使出內勁，「砰」一下，剛破了一條繩索，抬眼便見季雲流的鎮魂符已經飛過來。

張舒敏冷笑一聲，不躲不避，探過頭張開口，一口含住那鎮魂符，再一鼓作氣崩裂身上的全部繩索。「區區鎮魂符也想定住本座不成？」

大理寺丞與席善之前拽著繩索，防止張舒敏動彈，這會兒繩索猛地崩裂，直接將幾人甩了出去。

張舒敏剛張口想再說話，肚子卻乍然「轟」一下地炸開了，整個人被這股巨大力道衝擊得飛起來，彈了出去，重重撞飛到牆面上。

「不要在那兒傻站著！」一旁的玉珩見狀，對著一臉懵的大理寺丞與陳德育便喊：「爾等站在那妖孽身後，不怕死得更快嗎？」

對呀，如今這麼一說，還真的覺得躲在季六娘子身後比蹲在張舒敏身後安全一些！

於是，幾人提起下襬就往季雲流這兒跑。

「原來鎮魂符下頭竟然還夾著五雷符……」張舒敏嘴裡被轟下了兩顆牙齒，擦著嘴角的血站起來。「有心機，真是有心機！羽清那老道死在妳手上，果然不冤。」

季雲流彷彿沒聽到他這樣的廢話一般，閉目依舊在低唸咒語，道指畫符。

「還會虛空畫符……了不起，年紀輕輕，道法如此了得！妳這樣的本事，本座都險些捨不得對妳動手了……」張舒敏站在那兒，呸出一口血在手心，一掌拍在腦門處。「來吧，讓本座瞧一瞧，妳到底有何本事！」

他說著，伸出拍腦門的那隻手，那手中帶著一團黑氣，整個人又直向季雲流撲過來。

「太卑鄙了！」兩個大理寺丞站在季雲流身後，拿著大刀防備，口中卻在嘰嘰歪歪。「剛剛才說捨不得動手，說完又打過來！」

張舒敏本以為季雲流所畫的是攻擊道符，因此用了最快的一招七星功，卻不想一個藍色太極大八卦在她的前頭緩緩顯現出來，隨後，藍色太極的八卦圖樣越來越大……

「困！」季雲流雙手一推，那盤狀的八卦便如閃電一樣飛射而去，又如藍色海水似的，一波襲去，瞬間淹沒整個側殿，也淹沒了半人半鬼的張舒敏。

這招就是當初在長公主府外頭，秦羽人困住刺客的一招。

「七爺，咱們快走！」她一招得勢便不停留，轉身拉玉珩就往門外跨。

之前，玉珩喚大理寺眾人過來身後，就是為了大夥一起出逃做準備，這會兒一聽這話，二話不說，眾人轉身隨著玉珩往外跑。

「八卦困陣？秦老頭竟還傳了妳這等紫霞觀師門招數！」張舒敏看瞬間浸漫而來的藍色八卦，嘴中冷哼一聲，撕開那處藍角便全力出擊，道：「女娃娃，先吃了本座一掌再走！本座看中的人，沒那麼容易收手……」

一股黑氣從藍色八卦陣中直射而出，如一道箭矢，直飛向季雲流的胸膛。

季雲流伸手抓出荷包中的所有道符，腳步不停，扭頭將手中的道符當廢紙一樣地全數擲出去。「吃你媽個頭！沒見你媽讓你回家吃飯嗎！」

道符中有幾張五雷符，其餘都是鎮魂符，這會兒她也顧不得挑了，一把道符撒成跟死了人的冥紙一樣，紛紛揚揚，漫天飛舞。

轟隆隆、轟轟轟……一時間，側殿雷聲滾滾，爆炸聲源源不絕。

幾個人乘機撲出了殿外，還是心有驚嚇，不敢停步、不敢回頭。

「跑跑跑，再跑遠一些！」

「有沒有事？都有沒有事？」

「都出來了沒有？」

「那厲鬼怎麼樣了？」

「不知道，側殿都塌了……」

這幾道聲音讓守在外頭的人紛紛吃驚地趕來，大理寺的人立即拔出佩刀，圍住眾人，小心嚴守著，還有的繞著幾人前頭一番打量。

季雲流停下，喘氣道：「困陣會讓他待上幾個時辰出不來……等陣法過去，他上身的時辰也早已過去，應該沒事了……」

「那就好、那就好。」眾人紛紛放下心來。

玉珩這會兒顧不得查看自己，連忙先看她是否有受傷？他適才瞧得清楚，那團黑氣像長劍又像箭一樣地飛過來，就算季六轉身丟出道符，他也看到那團黑氣穿過層層道符，射了過來，似乎入了她的背後處……

玉珩拉起她的手，上下一陣打量。「雲流，妳可是受傷了？」

眾人發現自己沒事之後，也都因這話向季雲流瞧過去。

只見季雲流皮膚瑩白，白裡透紅，整個人氣色好得不得了，剛才口齒清晰，也沒有半點不對勁的地方。

陳德育剛想說應該沒事，卻見季雲流嘴中呼啦啦就湧出一口紅血，湧完了，嘴角掛著鮮血，認真對玉珩道：「嗯，受了一點傷……」

眾人的心再次提起來，剛想問她感覺如何，又聽見她接下來道：「七爺，我胸口好疼，要抱一抱……」

這樣鄭重其事地撒完嬌，只見她雙目一閉，撲向玉珩就暈了過去。

所有人震驚了，見玉珩喊了兩句「雲流」，陳德育這才回過神。「殿下，先把季六娘子帶到廂房緩一緩。請御醫，立即去請御醫！還愣著做什麼，嫌季六娘子傷得不夠重嗎?!」

玉珩打橫抱起季雲流，盯著已經轟然塌陷的側殿，神色不但嚴厲，目中更是迸出殺氣。

他後悔了，後悔為了助大理寺查案，讓雲流來這地方，受了那妖道的道法傷害。

玉珩只覺整個五臟六腑都在痛。「不必了，六娘子受的是道法之傷，本王這就帶她先回府，就此告辭。」

他臉上陰鬱，聲音卻平靜，陳德育猶豫著想再勸，卻見玉珩已經抱著人轉身邁步，當下不敢再說，上前跟著道：「那、那下官這就讓人備馬車。殿下放心，下官立即進宮，把京中有道人作邪法之事上報給聖上。大理寺上下必定抓出幕後凶手，還季六娘子一個公道！」

在水盆後頭，看著躺在角落、不再動彈的張舒敏，黑袍老者呵呵笑出了聲。他收了道法，燃了符紙，心情愉悅地讓侍從收拾這兒的殘局。

站在一旁觀看整個過程的中年人，見老者輸了道法卻如此開心，斗膽問道：「叔公，您笑什麼？」

「適才那個女娃娃，」黑袍老者指著那已經端在侍從手上的水盆，道：「不論何種手段，都要給本座抓過來！本座要活的，活生生的！」

「國師，」一旁的侍衛首領有點為難。「這小娘子如今在大理寺，就算出去，只怕也是去穆王府。據說大昭的穆王對這個未婚妻十分好，如今琪伯府又在京中露了底，正在風口浪尖上，咱們的人只怕不好將她運出京城……」

「本座不管你們使用何種方法，必定要把人給我抓過來，還是要活的！」黑袍老者一揮手，不容二話地讓眾人退出去。

「叔公，」侍衛退出去後，中年人再次斗膽發問。「那女娃娃除了道法奇高之外，還有什麼特別之處嗎？浩兒見您十分喜歡她的模樣……」

「哦？你看出她的道法奇高了？」

段浩道：「這女娃娃道指做結印時，動作輕柔飄忽，道法靈力卻凌厲霸道，看來造詣不淺，不是一般道人。」

「嗯，」老者頗滿意段浩的見解，於是給他更詳細的解釋：「人死不能復生，這事你可知曉？」

「自然。」段浩頷首。「天道有法則，人鬼殊途，一人若陽壽已盡，便是連天仙神明都不能替死人重返人間續活壽命。」

「不錯，」老者應道：「只不過那女娃娃卻是重返人間的魂魄。」

「什麼?!」段浩嚇得連退數步，手都顫抖了。「叔公，這事是真的？世間真的有可以重回陽間的魂魄？人死真的還能復生？」

「她的魂魄是否來自地府，本座不得而知。」老者眼中迸出金光。「但是她的面相骨骼卻與八字極不配，明顯這具軀體本不是為她所有。」

「叔公，」段浩更是吃驚。「昨日那楚崔源寫八字時，只寫出了一半……」

「那時候，本座正好瞧到那八字上頭的一個大劫，正是這個死劫讓本座忽略楚崔源的異常，讓他擺了本座一道，不然今日那女娃娃就逃不了了！」老者憤恨了兩句，想到季雲流，聲音又柔和下來。「不過，正是楚崔源寧死不說，本座才特別留意了這季六的面相。呵呵，果然……」

段浩心弦顫動，不止手，整個人都抖上了。

他叔公年事已高，就算會道法之術，但終究難逃輪迴。這二十年來，他們在全國千辛萬苦尋找，終於尋到一株槐樹靈物；可靈物還未開出神識，他們鼓動整個江夏村村民日日去跪拜上香火，等了足足二十年，還是等不到靈物開出神識。

這一年又剛好遇上二十年難得一見的乾旱，怕有個萬一，他們只好將沒有靈識的槐樹直接借了生機。

黑袍道人此刻想的亦是江夏之事。「浩兒，咱們二十年的苦苦等待，只為本座換得三年壽命。本座就算得了三年壽命，還要再使用如此年邁的身軀……」他的右手握成拳，盯著那關節之間的紋路。「但只要能神魂出竅，本座便能換一具軀體，再享陽間壽命……」

段浩立即一撩袍子，跪了下來。「虛空真人壽與天齊！」

誰能知曉，之前被玉珩踹死在火坑中的那個虛空真人，只是這黑袍道人的一個替身而已。

畢竟虛空真人若是沒有真本事，百姓能被那假的道人幾招就矇騙了？

「哈哈哈！」黑袍道人笑得暢快。「只要知曉了那女娃娃的秘密，本座便能長生不老不死！浩兒，只要本座大功告成，本座許你隨本座一道長生不死！」

「多謝虛空真人！」

第九十三章

玉珩抱著季雲流坐在馬車內。上車之前，他吩咐九娘回季府去取美人蕉，又讓席善去太醫院請御醫。

他查看過她身上沒有表面傷口，這樣的道法傷人，他真的不知該如何去救治；而京中道人驅逐了之後，想問一問都沒人可問，因此，玉珩頭一個想到的就是美人蕉。

美人蕉在穆王府見到一段時日未見的玉珩，立刻心情激動到整株花都抖動不止，枝幹變藤蔓，向著玉珩的手就撲過去。

心中所牽掛之人昏迷不醒地躺在床上，現在哪裡有半點心思與美人蕉相見歡？玉珩看著撲過來的美人蕉，指著床上的季雲流，形容憔悴地將她受道法所傷、自己心中擔憂的事一併說了。

美人蕉瞧都未瞧一眼，便對著玉珩狂拍胸脯。

沒問題沒問題，你的事全包在我身上！

轉眼往床上的人兒一瞧，差點沒把頂上的花朵都嚇掉下來。

有鬼啊！在大理寺中還一臉晶瑩剔透、面色紅潤的季雲流，這會兒整張臉已經變成與張舒敏無異。

那張慘不忍睹的臉，美人蕉實在不忍再瞧下去，轉首注視玉珩半晌，發現玉珩半點沒有嫌棄，於是對他做了個手勢。

玉珩瞬間看懂了。「你是說她身上帶有煞氣，須得消除？」

美人蕉頷首，高深莫測地再做手勢。

「只要以口對口，便能吸出她體中的煞氣？」玉珩大喜。原來除煞氣之法這般容易！救人心切，他也顧不得有盆花在床頭觀看，俯下身，把自己雙唇貼上季雲流的，便開始從她口中吸吮那股煞氣。

美人蕉看著玉珩小心翼翼地吸出煞氣的模樣，嘖嘖有聲。六娘子醜成如此，他居然還能下得了嘴！

待玉珩吸了一口煞氣，一揚起頭，美人蕉枝葉對他的後頸處就是用力一拍。猝不防及的這一拍讓玉珩噗了出來，那噗出的一口氣，居然肉眼可見泛出黑色。

繼續！美人蕉做了個手勢。

有了方法，玉珩如同吃了定心丸一樣，瞬間大定。

吸煞氣、吐煞氣反覆進行，幾個時辰過去，玉珩見著面上黑氣越來越少的季雲流，竟然半點也沒覺得累。待看見那如玉一般的膚色重新出現，這才覺得整個人耗空了力氣，一下子軟在季雲流身旁。

美人蕉用枝葉探了探季雲流的臉，再探了探玉珩的臉，滿意地頷首。

恭喜恭喜，神仙姊姊的煞氣已經快要消除，而穆王你身上的煞氣已經快要進入五臟六腑了……

一般人解煞氣從來不會用這種方式，玉珩用了這種非正常手段，作為一介凡人、反覆吐納煞氣的時候，肯定會吞入一些在腹中。

不要怕！美人蕉把枝葉舞得飛起來。姊姊口對口幫你解煞氣！

她舞動著枝葉，向著玉珩，就要探過身上的花。花朵成了喇叭狀，口小、底部大，似乎也能對著人的雙唇一吻而上。

玉珩視線因受到煞氣影響，有了一絲模糊，看著越來越近的花，喃喃一聲。「美人蕉……」

美人蕉正欲一鼓作氣壓上去，驀地被人給一把握住。

關鍵時刻，是誰壞了本蕉的好事！

「你在做什麼？」一旁的季雲流一手抓著主枝，斜眼鄙視著那花朵，撐起上半身來。

「想乘機橫刀奪愛？」

嗷嗷嗷，救人如救火！仙女姊姊，妳男人中了煞氣，我打算犧牲自己成全你們！

美人蕉枝葉亂顫，整個花盆底座都騰空而起。

「呵呵，你與穆王人花殊途，還是我來以身相許吧！」季雲流不由分說，一把就將整株騰空的花從手中甩出去，擲向床頭床幔的掛鈎。「你還是接著修煉吧！祖師爺曾說，智商若是不夠，先用修煉湊著。」

掛鈎被花盆一砸，瞬間翻揚而起，掛在鈎中的床幔直接一蕩而下。

那床幔遮住半張床的時候，美人蕉看見季雲流也掀起自己身上的錦被，而後，翻身壓在玉珩身上……

玉珩醒來時，正值晚上，不知自己睡了多久，睜開眼簾，眨了兩眼，便記起了季雲流的傷勢。

他心中一急，張口想喚人，但手一伸，便摸到溫熱的身體，立即雙眼往下一探，看見擔心的人正窩在自己胸口處睡得安穩。

她黑髮傾瀉在他肩旁，同他的髮交疊糾纏在一起，如千絲萬線，又如錦如緞。玉珩愣愣看著，不禁伸出手將兩人的頭髮握成一股，擰緊了握在掌心。

這樣，好似兩人已經結髮同心，生死不能分離了。

這一動驚醒了季雲流，她無意識地蹭了蹭，而後眨巴兩眼，抬起頭，下巴擱在他肩膀處，只見玉珩漆黑如星辰的雙眸正瞧著自己，不禁咧嘴一笑。「你醒了。」

說完，探頭親一口在他嘴上。「昨日睡得好嗎？」

玉珩目光不透光地看著她，雙手攏著她。「妳傷勢如何了？」

「煞氣被七爺解掉了，其餘的，養一養便沒事了。」一個多月見不到、摸不到人，這會兒正是寒冬臘月，兩人一道窩在厚重被窩裡，我上你下地疊在一起，季雲流不僅整顆心，整個人都心癢難耐了。

昨日把兩人脫得只剩一件中衣真是個明智的決定！

「七爺，」她身體一點一點蹭上來，聲音也一點點漫上來。「你呢，腹中可還有疼痛沒有？」

玉珩雙手攬著她細腰，整個人緊繃，聽她嗓音輕婉細綿，他的聲音果然就啞了。「無大礙了。妳的傷勢真的亦無礙了？」

「七爺，」勾勾纏纏的聲音還在繼續。「你這兒、這兒、這兒真的一點不疼了嗎？」

芙蓉帳暖軟玉香，他要是還忍得住……好吧，即便是柳下惠，也忍不住了！

他一招翻身，壓住一直蹭的人，整個人俯身在上方。「若我身上還有疼痛，妳待如何？」

「小女子給你親親、揉揉……」

火熱的薄唇覆了下來。

兩人你擁著我、我擁著你，吻到如火如荼，不知多久，玉珩倏然抬首撐身在上，與她離了些距離，眼瞧著含水霧半迷離的桃花眼，卻不敢再俯下去。「妳肚子可餓了？我吩咐下人備飯……」說著，翻身就滾下了床。

What?我衣服都被你解開了，然後你讓我去吃飯?!有本事，你回頭看我一眼，然後再理直氣壯說一遍！

季雲流總覺得玉珩再忍下去，都要成柳下惠中的柳下惠了。她剛才已經照過鏡子，白白胖胖，沒有半點讓人沒胃口的樣子，如何都想不通，剛才那樣情景，他怎麼還能忍得住？

「怎麼了？」玉珩見她吃飯時拿著筷子，挾著那口飯，一直沒有放入嘴中，不禁問：「可是飯菜不合胃口？我讓廚房備了燕窩粥，妳剛剛醒來，不如喝點粥？」

「我要吃肉！」季雲流放下筷子，決絕道。

因兩人昏睡一天一夜，在第二日傍晚才醒來，因此廚房中備著的全是一些清淡的菜色。

「這是蘿蔔骨頭湯。」玉珩招手讓九娘送上來另一個小碗，親手打湯道：「不過，妳現在脾胃虛弱，得少吃一些，免得肚子不適。」

「我要成親！」季雲流見他無動於衷，怒了。「我要吃肉！」

這種看得見卻吃不到的肉，每次親兩下便沒了下文，仙人都要發火了！

玉珩的手一頓，垂目繼續打湯，盛了小半碗放在她前頭，而後抬起頭，目光幽幽地瞟在她臉上和身上，從善如流道：「嗯，好，妳且去跟妳親爹打個商量，讓妳明日就大上一歲，咱們明日便成親。」

未成年果然也是你心中的痛，這真是個悲傷的故事……

兩人正用著晚膳，席善進來稟告，謝飛昂求見，又把謝飛昂已經來了三趟，如今這是第三趟的事說了。

「謝三少走了之後，君九少也來了，還有寧伯府的帖子，寧伯府世子夫人想見季六娘子。」席善站在那兒一五一十回稟，抬起頭。「七爺，朝中有一件驚天大事……」

「什麼事？」玉珩見蘿蔔湯深受喜愛，十分盡責地幫她舀湯。「說來聽一聽。」

席善也是聽說的，但就算已經派人去證實這件事，還是十分不信。「七爺，今日早朝時，皇上廢了太子的東宮之位，封為安王，賜了京城南街宅子為王府。」

玉珩與季雲流猛然轉向席善。

席善站在門口，不敢有半點撒謊。「這事是真的，小的派人去打聽過了。如今朝中亂成一團，外頭的百姓都知曉了這件事，皇上還讓安王一月之內搬出東宮……在安府繼續閉門思過。」

「你且把謝三少請到西花廳來見我。」玉珩如風一樣地站起來走出去。

安靜的屋中，只剩下季雲流與伺候的九娘。

「姑娘，寧世子夫人在凌雲院中等了一個下午，您可要去見見？」

「她怎麼還在這兒等著？她懷了身孕，下這麼大雪竟然也不安分！」季雲流一面責備，一面披了九娘遞上的斗篷直往凌雲院而去。「寧世子也真是，竟然捨得讓她亂來。」

到了凌雲院中，秦千落人在廊廡下頭，竟然坐在外頭圍著火爐賞夜雪。

她得了下人的口信，知道季雲流已經醒了，這會兒心中無牽掛地坐在廊下，看見遠遠而來的季雲流，站起來迎過去。「如今妳也捨得丟下情郎來見我了？」

兩人略微見禮，季雲流拉起她，瞧了瞧臉色。「這都什麼時辰了，妳家相公竟然也捨得妳在這兒過夜不成？」

「這兒好啊，」秦千落同樣打量季雲流的臉色。「這兒園子精緻華貴、雕花窗格，整個穆王府的園子皆是獨門獨院，我還真是從未見過這樣的院子，瞧著就知道是花了大心思的。」

「妳如何知曉我在這兒的？」

「昨日大理寺上書京中有道人出沒的事，說張府的大老爺中了妖法，在穆王府前頭使亂。今日安王被廢太子之位，寧世子遞穆王府拜帖被送回；我去季府找妳，季府中人說妳被沈府接過去住了。世子便說，昨日張舒敏中妖法之事，肯定讓妳與穆王受傷了，這才閉門見客，我放心不過，就來這兒瞧瞧妳。」

季雲流心裡熨貼，嘆息一聲。「好一個表姪孫女！」

世間之事，若一直求之不得之時，便成了執念。於是，越發覺得這個東西好。

可當你離這東西越來越近時，又會有了動搖，覺得這件事值不值得自己這般付出？

這便是人心……

玉珩如今亦是如此。

他坐在案桌後頭，聽著謝飛昂滔滔不絕地分析朝中局勢，默然無聲。

謝飛昂講完了依附玉琤那頭的局勢，又開始講玉琳那邊的情形，講著講著，忽然覺得沒意思了，梗著脖子說：「那什麼，七爺，你這樣坐著不言不語，我心中著實不踏實啊！」

玉珩抬首看了他一眼，不動聲色，食指與中指輕輕叩擊桌面。「你繼續說便是。」

「七爺，如今你有何打算？如今朝中人人自危，今日午後，連平日私下聚眾之事都不敢做，生怕一步走錯，在皇上眼中落了個結黨營私的名頭。本來今日是王侍郎家中的賞雪詩會，因早朝皇上一道聖旨，王侍郎家中立即門可羅雀了。」

玉珩問：「你的意思呢？」

謝飛昂道：「……若七爺你有意那、那位置，如今便是大好時機。安王被禁足，皇上還派人把守著，安王就算搬去安王府，只怕一時半會兒也出不來。如今朝中上下，也就你與景王有那個能力可一爭東宮之位，因而如今乘機籠絡人心，正是大好時機。」

玉珩依舊沈默。

「七爺？」謝飛昂又問一聲。

「父皇一向主張大亂大治，如今明裡朝中人心不穩，暗裡還有江夏反賊，京中又出現一個莫名的道人……」玉珩沈吟半晌，目光幽深，低聲道：「短時間內，皇上應不會有再立太子打算。我們靜觀其變便好，不可高調引人注目。」

說起那道人，玉珩忽然覺得自己坐在這商討什麼太子之位，簡直是吃飽了撐著。那明擺著想對季雲流下毒手的道人還未尋到，他商討個勞什子的東宮之位！

「那七爺，」謝飛昂湊近問他。「安王可會再復東宮之位？」

「不會。」玉珩篤定道：「即便皇上有這個打算，只怕玉琳也會讓皇帝消了這個打算。」

說完，他直接站起來。「你也莫要來回跑了，讓人送個口信回去，今晚便留宿在這兒吧。」

「哎喲！」謝飛昂大喜。「七爺，我可以自個兒挑個院落住著嗎？」

七爺搬進王府這麼久，他還從未留宿在穆王府過呢！等會兒他就派人去把錦王也喊過來，在穆王府一起試試穆王府的伙食。

「你就住星雲院，沒有別的院落了。」玉珩不由分說地定了院落，自個兒負手走出去。

回去的路上，下人過來稟告說，寧慕畫來了，說是來接夫人回府的。

玉珩「嗯」了一聲，吩咐小廝把寧慕畫帶進來，自己停在一處垂花門前往裡瞧。

第九十四章

全是雪的廊廡下頭有六盞大紅宮燈，映出院中坐在欄椅上相談甚歡的兩個女子。

隔得太遠，玉珩也聽不到她們聊的是什麼，只是一會兒妳扒拉著我、一會兒我倚靠著妳，全然沒有什麼大家閨秀樣子，嘻嘻而笑。

這般歲月靜好，現世安穩，便已經足夠。

「穆王殿下。」寧慕畫一身灰色斗篷，被下人引到垂花門前，他作揖行了禮，抬首後，同樣看見裡頭聊得歡快的兩人。

盯著自家嬌妻，寧慕畫滿臉發自內心的笑容。「這般冷的天，竟然還在外頭賞夜雪，是下官太嬌慣著她了。」

「看來兩人還得聊上一會兒，」玉珩見他手中拿著另一件毛皮斗篷，領路道：「咱們去一旁坐一坐吧！我府中人在秋日釀了一罈桂花酒，讓他們拿出來一道嚐嚐。」

男人坐在一起商討的，無非還是國事與天下事。

太子東宮之位，寧慕畫的意思與謝飛昂的也沒有什麼不同。如今形勢大好，景王今日午後便拜訪了他岳父秦相，分明也是有拉攏之意，所以玉珩還是要乘機籠絡一下朝中的人心。

玉珩坐在椅上，一杯桂花酒下肚，不接話。

上一世，他思思念念著該如何把太子拉下東宮之位，可如今心願已成，除了剛開始的震驚，此時竟然沒有什麼太大的欣喜之意。

大昭如今算是內憂外患，朝中黨派分裂，太子又被打入「冷宮」，江夏反賊是否會乘機蠢蠢欲動？

「我想，我應該明白七爺的意思。」寧慕畫見玉珩不說話，接著說：「就因東宮之位空虛，朝中人心渙散，下官相信皇上立儲不會拖太久……」

兩人正說著，外頭忽然叫聲連連。

「有刺客——有刺客——快來人——」

玉珩與寧慕畫聽到聲音，倏地站起來往外頭跑。

穆王府管束下人甚嚴，下人絕不會也絕不敢拿此事尋開心。

席善拿著玉珩的佩劍一頭奔進來，膽戰心驚。「殿下，刺客從西牆躍進來，被人發現。侍衛說，看刺客模樣似乎是在尋人！」

「六娘子呢？」

「我夫人呢？」

玉珩一把接過佩劍，與寧慕畫兩人往凌雲院跑，開口急問。

「季六娘子與寧少夫人在凌雲院中，小的已經派人去那兒守著了。」

席善將將說完，隔牆就傳來打鬥聲音。

隔著牆面就是凌雲院，兩人商討正事的地方與凌雲院不遠，玉珩與寧慕畫心中一沈，再來不及跑，紛紛腳步蹬在牆面，縱身飛躍而上。

牆內，十幾個黑衣人圍著九娘與流月，她們兩人守在凌雲院正房門口的廊廡下，正擋著刺客入內。

後頭有穆王府的侍衛，持刀也與刺客打在一起。

刺客有任務在身，對九娘和流月更是招招不留後路，眼看著九娘與流月已經要招架不住。

而漆黑的正屋內，季雲流將秦千落護在身後，扒著窗戶，看外頭碎雪飛舞如雨，聲勢甚是驚人的戰局。

秦千落被適才十幾人躍牆嚇得肚子都疼了，抓著季雲流的肩膀，輕聲問：「師姑婆，妳荷包中那些道符還有嗎？」

季雲流摸了摸空空如也的衣袍下襬。「沒了，荷包都沒了，昨日在大理寺中全扔了……」如今身上這套衣服，還是穆王府給她備下的呢。

聽季雲流這麼說，秦千落看著來勢洶洶的黑衣刺客，決然拿出掛在脖子上的三角符。「既然如此，師姑婆還是躲我後頭吧！總歸我還有一張大伯翁給的道符，怎麼說比起手無縛雞之力的妳應該要好上一些。」

果然是一孕傻三年嗎?!季雲流痛心疾首地低吼：「妳這張是平安符！」

玉珩一看院中情形，當下便朝寧慕畫喊道：「我掩護，你去屋裡瞧一瞧兩人！」

「好！」寧慕畫憂妻心切，應了一聲，抓出腰中的信號煙花直射天際，而後抽出佩刀躍進院中，與幾個刺客打鬥在一起。

玉珩身形如大鵬展翅，縱身躍下，藉著高處往下的力道，連腳帶劍鞘，甩向刺客，直把那刺客踹倒在地，而後緊跟寧慕畫身後，替他擋下刺客的所有攻擊，護著他前進。

席善隨後從垂花門中衝進來，與刺客纏鬥在一起。

有了三個人加入戰鬥，形勢立即好轉不少。

也正是這三人的加入，讓刺客覺得此地不可久留。為首的經驗老到，一見情形不對，立即吹了一聲口哨。這聲口哨就是一道命令，院中的刺客接到命令後，全數圍在一起，掩護為首的刺客。

寧慕畫目標是正屋，刺客目標亦是正屋，整個院落中，所有人都往廊廡下頭移過去。穆王府的侍衛邊打邊追，也不斷往這院子而來，院中的人越來越多，打鬥聲越來越響——

星雲院中，身穿中衣、打得正興起的謝飛昂一揮劍，忽然就見自己前頭刺客收了劍退出去，不禁奇怪道：「這些刺客到底哪裡來的？竟然有膽子公然襲擊穆王府，簡直活得不耐煩了！」

「少爺、少爺……」躲在屋內的小廝趙萬簡直被主子持劍打鬥的光景嚇瘋了。他們家少爺在紫霞山見了穆王練劍，不知道發了什麼瘋，回來就請府中的護衛首領日夜教他練劍。

適才，少爺正在沐浴，聽見聲音，竟然隨手套上中衣，光腳套上靴子，拿把劍就跑出來，與刺客打在一起。

「您沒事吧？」趙萬聲音發抖，指著謝飛昂的胳膊道：「少爺！您受傷了！」

因為寒冷，謝飛昂還未發現自己受傷，這會兒順著趙萬的手看過去，整個人都暈上了。

「哎，趙萬，爺頭暈……」說完便撲倒在雪地裡。

刺客不只從各牆躍進來，還有把守穆王府大門的。

玉瓊得了下人的稟告，說謝三少邀他一道去穆王府吃大熱鍋，興沖沖地坐馬車過來。可一到穆王府，卻見外頭連個燈籠都沒有點。

玉瓊掀開簾子，奇怪地道：「七弟這也忒省了點，一個王府門口，十六個宮燈那是皇家的臉面，這外頭的燈都不點，也不知道裡頭該是如何一片荒蕪了。」

車後的小廝下車去側門敲門，敲了大半天，卻不見有人過來開。

「王爺，小的瞧著，是不是不對勁啊？」駕車的小廝看了大半晌。「穆王殿下就算昨日病了，這會兒府中也不該連燈也不點，且門房處都沒有人，這樣的安靜，好似府中無人似的……」

玉瓊這會兒也瞧出不對來了，指著一旁侍衛吩咐。「你趕緊給本王翻牆進去瞧瞧穆王府裡怎麼了？」

王府牆面實在太高，錦王府的幾個小廝疊在一起，那侍衛才能踩著一躍而上，從裡頭瞧了一眼。

正院乾乾淨淨，沒有半點不妥，他轉首就對玉瓊搖搖頭，表示什麼都沒有發現。

這時一股風吹來，傳出一陣陣的刀劍聲。

「去大理寺！小向，你趕緊去大理寺，讓大理寺派人來！」玉瓊當機立斷，指著前頭拉馬車的馬。「駕著這馬兒去！趕快去！」

他可是聽到了，裡面打起來了！

侍衛一刀砍斷繩索，駕馬走了，玉瓊再吩咐一旁三個小廝。「你們給本王撞開這側門！」

凌雲院中的人越來越多，為首刺客被一群人掩護之後，終於一劍劃過流月左臂，衝破廊廡下頭的防守。

他一抬腳，踹向正院大門，「砰」一下，門閂立即被踹斷。

「寧慕畫！」被刺客圍住的玉珩見刺客已經進了屋中，心中大急，長劍一揮，幾步衝到寧慕畫旁邊。

寧慕畫也是心急如焚，但刺客實在太多，且個個訓練有素，武功不弱，他如何都突圍不出。

兩人紅著眼，看著那為首的刺客衝進去，下一刻，卻又看見那刺客受了一道藍光，直接從屋內被打出來。

接著，眾人看到屋內如霞光映天一般，閃出紅光，裡頭飄出一個聲音。「再進來之人，殺無赦！」

紅光如日，從屋中映出，不可阻擋。它似是一道勝利光芒，讓穆王府的人信心大增，個個身體如猿猴，擊劍似流星，一鼓作氣向刺客激鬥過去。

人心若有了動搖，潰敗只在一息之間。刺客心中動搖，氣勢都減弱不少。

屋中的秦千落看著前頭拽著玉珮、豎著道指的季雲流，不得不由衷讚道：「師姑婆，如今妳這個模樣，看起來好生厲害。」

季雲流輕聲道：「也就看起來很厲害……誒，千落，妳趕緊去把門關一關。」

秦千落看季雲流氣息慘烈的模樣，瞬間知曉她剛才只是虛張聲勢而已，連忙提著衣服跑過去，把被踹的門關好。

女子力道有限，能移張紅木桌過來擋著門，也已經是極限。

她剛剛關好門，還未轉首，就聽見後頭有東西倒地的聲音。一轉首，果然看見季雲流已經倒在地上，嘴角都淌出血來了。

「師姑婆！」秦千落的魂魄都被嚇飛了，撲過去的頭一件事就是給她把脈。

主元氣離散，臟腑之氣將絕；再一按，主氣血俱虛，陽虛。這人昨日剛中了煞氣，還未恢復，今日又強行調動，已經耗空靈力布陣法，此刻整個脈象就如油盡燈枯之兆。

「護心丸、護心丸……」秦千落嚇得眼淚嘩啦啦地湧出來，伸手拽出長年放在袖中、隨身攜帶的護心丸，抓起兩顆塞入季雲流口中。「師姑婆，妳沒事的……相信我，妳沒事的……」她整個人魂不附體，顫顫巍巍地站起來，猛然記起脖子上的護身符，飛快地倒了桌上茶水，抓下道符，燃盡塞進茶杯裡，再去餵季雲流。

「沒事的、沒事的……」反反覆覆，來來回回，只剩下這幾句話。

院外因紅光之故，刺客漸漸落了下風。

這些刺客似乎本就打算若不能完成任務便一死了之的想法，沒有要逃走的意思，見同伴一人又一人死去，每一個都戰到了最後。

刺客一落下風，寧慕畫便不再戀戰，刀在手上舞得瘋狂，讓人不敢接近。

他在玉珩的掩護下，第一個躍到廊廡下頭。

「世子，少夫人在裡頭！」流月被砍傷左臂，此刻血流如注，依舊守著廊廡下頭。

「千落！是我！」寧慕畫再顧不得什麼禮節，高喊一聲，立即抬腳踹門進入屋內。

一躍進屋，他一目望向裡頭，也是瞬間三魂飛出了七魄。

只見正屋的外堂地上，季雲流嘴角流血，倚在秦千落身上。秦千落似乎受到刺激，跌坐在地、靠在凳腳旁，胸膛起伏，呼吸困難。

「千落！」寧慕畫急得額頭上的青筋都爆出來，幾步跨過去，立即從腰中掏出護心丸要塞進她口中。「嚥下去！」

因秦千落從小有心絞痛，他成親之後，也是隨身佩戴幾顆護心丸，以備不時之需。

「我、我已經吃過了……」秦千落喘著粗氣，心中惦記的還是季雲流。「世子爺，師姑婆，她、她……」

她還沒說完，隨後而來的玉珩也心急如焚地被侍衛掩護著進屋了。只見兩個女子疊坐在一起，那好似被閃電猛劈了的反應比寧慕畫更加驚心。

玉珩整個人奔過來，扶住季雲流。「雲流！」

寧慕畫見他來了，將秦千落抱起來，玉珩同時抱起季雲流，緊擁著人，也不問秦千落到底怎麼了，朝兩人說：「穆王府今日之事，本王必定給妳一個交代。」

「王爺，」秦千落虛弱地開口。「師姑婆這幾日若能醒過來，必定無礙，莫要擔心，我已經將平安符讓她喝下。」

玉珩鄭重道謝。「我未婚妻若無礙，改日定親自到府上厚禮感謝。」他垂目凝視季雲流嘴角的血色。那本來已經帶了血色、適才還與他吻在一起的唇，這會兒在血跡下越顯慘白，如同割在他心口上的傷一樣地疼。

玉珩打橫抱起她，一身紫袍從正屋走出，站在那兒如同鬼魅現世，整個人沒有一絲溫度。「給本王格殺勿論！」

夜色很濃，穆王府的血腥味瀰漫整個府邸。

這會兒，刺客還未剷除乾淨，外頭是否還有刺客，也不得而知。寧慕畫不敢拿自己的嬌妻開玩笑，直接抱著秦千落在後堂待著。

不過一會兒，巡邏侍衛也來了，同御林軍一道趕來的還有大理寺眾人。

兩廂見禮，玉瓊看見兩個頭子還在打官腔，一把將頭上的氈帽甩過去，砸在陳德育腦門上。

「趕緊把門撞開啊！人命關天，你們在做什麼！」

人多力量大，有大理寺的戈加入，王府大門不消片刻，直接被眾人撞開。

進了王府，果然發現裡頭的兩個門房都被殺了，血流滿面地躺在地上。

「進去看看！」陳德育面色凝重，提著衣襬就往裡頭狂奔。

京城之中，如此嚴守之下，竟然還有人敢這樣目無法紀夜闖王府，簡直就是把皇權放在腳下踩！

「大人，前頭有打鬥聲！」

「去看看！」

眾人一邊四周巡查，一邊往那邊的凌雲院而去。

到了垂花門前，一目望去，只見裡頭屍橫遍野，跟戰場屠殺過一樣。

「上！」巡邏侍衛與大理寺的衙役也是極有默契，見刺客還未死光，提著刀迎上去。

此刻，刺客終於知道大勢如大江東去，或咬舌，或揮劍自刎，不過片刻工夫，全數死了個乾淨。

第九十五章

「胡鬧！」琪伯府內，琪伯爵一巴掌甩在玉瑠臉上。

「我已經告誡過你，不可私自調兵，你竟然還瞞著我，私下派人去穆王府！你知不知道這麼做的後果是什麼！」琪伯爵氣得呼吸都不順暢。「上次讓景王府妾室假裝懷有子嗣之事，已經露了馬腳，打草驚蛇，如今你調動這麼多人馬，皇帝很快就能查到咱們頭上來！」

「爹！」玉瑠仰起頭，半點不怕。「您總說忍一忍、忍一忍，您忍了二十年，忍出了什麼？」

年輕人做事果然決絕，也更衝動，不計後果。

玉瑠道：「如今咱們在江夏的地盤被玉珩一窩給端了，那老道又對季六感興趣，我幫了他這個忙，他日後也會還咱們一個恩情！咱們為何要與姓周的合作？就是因為人家有個會道法的老道一直裝腔作勢，不然就憑周鷹揚那個蠢貨，憑他一個人能復辟大越江山？放他娘的屁！」

琪伯爺攏眉。「你身上也流著一半周家的血，那周鷹揚是你嫡親舅舅！」

「爹！」玉瑠道：「當初皇爺爺本來就想把皇位留給您的，這皇位是玉瑜搶去的！爹，您做了這麼多年的縮頭烏龜，還要繼續忍下去嗎？當年，您為何要娶娘？就是因為您有雄心大志，如今呢？您一年忍過一年，一年又等一年，再等下去，玉瑜都要進棺材了！」

琪伯爺抬起手來，想再一掌下去，看著玉瑠那隱隱決然的眼神，那一掌卻如何都沒有下去。

「你爹一年忍過一年，一年復一年，又是為了誰？」琪伯爵放下手，臉上露出疲憊。「玉瑜生性多疑，若不是裝瘋賣傻，如何保你平安長大、如何保住你娘的身分，又如何保住咱們王府這些家底？我只要稍微露點野心出來，你與你娘就會沒命了！」

當年，他也像玉瑠一樣年少有志，一心想奪回屬於自己的東西，如今一年老一年，好似真的壯志未酬便失去鬥志一般，不想激進，只想穩中求勝。

玉瑠見琪伯爵臉上有動容之色，乘機道：「爹，成王敗寇，即便咱們失敗了，我亦不枉此生來人世走一遭！」

琪伯爵抬首看自己這個兒子。從那年生下他，抱在懷中還是個比巴掌大一點點的小奶娃，一直長到現在，也已經十七年了……

玉珩當初九歲入國子監，學諭說七皇子才思敏捷，能過目不忘。那一日，十歲的玉瑠抓著鳥蛋，還被學諭領到家中，說孺子不可教也。

那時，學諭一走，玉瑠扔下鳥蛋，把玉珩背過的文，瞬間便背了出來，且不僅過目不忘，還能倒背如流。

若不是為了讓皇帝不起疑心，若不是不能讓自家兒子太出眾、引人注目，他家的玉瑠也該是萬人稱讚的翩翩少年郎——

「好，英雄蓋世，既然你躊躇滿志，我不阻你！」琪伯爵從腰中拿出一塊黑鐵令。「江夏兩萬重兵、京中兩千侍衛，由今日起，全由你指揮調度！」

二十年苦心經營，確實也該要算一算這筆二十年前的帳了。

穆王府內，由於大理寺與侍衛的到來，讓刺客兵敗如山倒，整個王府都被搜查得乾乾淨淨，不放過任何一個角落。

陳德育見玉珩整個人殺氣騰騰，恐怕是季六娘子約莫又出事了，帶著人馬退出穆王府時，恭敬行了禮，道：「殿下，季六娘子大仁大義，這份俠義之氣著實讓人佩服。她日後若有需要，請殿下儘管相告，下官自當竭盡所能，全力以赴！」

這時，張御醫被席善連夜請過來把脈。

把完脈之後，卻是一撩官袍，跪了下去。「下官無能，還請殿下責罰……」

張御醫一走，玉珩抱起季雲流，立即吩咐。「讓九娘幫六娘子收拾，讓寧石備馬車，再讓席善幫我收拾行囊，我要帶六娘子去紫霞山。」

玉珩連夜啟程，驚動了府中的謝飛昂與寧慕畫。

謝飛昂按著包紮著的肩膀，被趙萬扶出來，站在二門處，想阻止一下玉珩。「七爺，此次一去，後果如何，您可要想好了。如今京中穆王府刺客都敢進來，難保外頭就沒有刺客，這還不到兩個時辰天就亮了，明日早朝至關要緊……」

太子被廢，東宮位置虛空，穆王府受了刺客襲擊，這事更要玉珩親自上朝去向皇帝稟明。如此看來，天亮之後的早朝，若玉珩能在皇帝面前表現一番，就能穩住朝中各臣人心，可謂籠絡人心的最好時機。

成王者，就是要善於抓住任何可利用的機會！

玉珩伸手接過九娘連夜去季府取來的美人蕉，彷彿沒有聽到謝飛昂的話，毫不猶豫地踩上馬凳，鑽進馬車內。

「七爺，若想成大業，犧牲在所難免……今日即便是我死在穆王府，下了地府也不會在閻王面前責怪七爺的。明日機會是千載難逢……」

看著那簾子放下，兩輛馬車漸行漸遠，半點沒有回頭的意思，謝飛昂堂堂男兒郎的眼淚滾出來，哭得跟死了親爹一樣痛心疾首。

「少爺，穆王殿下擔心未婚妻子安危，連夜去紫霞山也無可厚非……」趙萬不解自家少爺為何如此難過，小聲安慰一句。「過幾日，穆王殿下便回來了……」

「你懂個什麼！」謝飛昂用袖子擦著眼淚，哭聲止都止不住。「你家少爺日後就要去跟錦王每天烤番薯了……人不夠時，還得拉著你來湊……」

七爺這是瘋了，要美人不要江山。為了一個季六娘子，如此大好時機擺在眼前，竟然半點猶豫都沒有便放棄了……

嗚嗚嗚，既然如此，七爺還讓他當個勞什子的翰林院修撰，當初讓他每天跟著錦王烤番薯多好！

馬車在官道上疾行，玉珩為了掩人耳目，特意讓人備了一模一樣的馬車，一前一後，從王府出來。

出了城，寧石立即放出煙火，讓穆王府暗中的死士全力護航。

寅時的北風寒冷，大雪紛飛，馬車上的眾人卻半點不敢鬆懈。

出城不久，果然嘩啦嘩啦湧出另一批黑衣刺客。

九娘與寧石早已有防備，紛紛抽出腰中長劍，跳下車與刺客纏鬥起來。

他們這兒遭到了刺客的埋伏，不知穆王那兒有沒有事情……

夜色很濃，官道的另一端，席善駕著車，眼中一直帶著凝重，只覺那冷冽的北風呼嘯在耳邊。

然而，席善駕的馬車每次一行過雪地，後頭總會引來一陣狂風大雪。馬車行過之後，風雪很快掩蓋掉地上車輪輾壓出的痕跡，讓人觸目所及，除了茫茫白雪，再無法看見其他。

一夜行至天明，平安無事。天亮之後，席善更加不敢怠慢，甩著馬鞭直往紫霞山奔去。

穆王府遭遇刺客的事情轟動全京城，皇帝怒氣填胸，早朝時，險些把龍椅的把手都給拍斷。

他大壽在即，新年也在即，可守衛森嚴的京中竟然冒出幾十個刺客，明目張膽地躍入王府殺人，簡直視皇權為無物，把他堂堂一國之君的臉放在腳下踩！

大理寺卿的項上人頭都快保不住，順天府府尹更是跪在殿中哭嚎，說自己無臉見皇帝，請賜一死。

安王被軟禁在府中，穆王說自己受傷，又擔驚受怕，於是連夜上紫霞山求平安符，這會兒除了安王與穆王，其他皇子倒是紛紛到齊了，就連錦王也第一次站在勤勉殿內。

皇帝看著底下鬧哄哄的一片，聽著來來回回的諫言，卻說不出個有效法子，只覺得疲憊無比。

「寧統領！」皇帝止了眾人聲音，開口。「京中要再加強戒備，尤其是各個王府四周，你去多派人手，朕不想再聽到京中哪家出刺客的事！」

「微臣遵旨。」

「陳德育！朕限你在三日內查明刺客身分。刺客似乎還有黨羽，他們進穆王府目的何在、餘黨藏匿在何處，這些通通給朕一一查明！」

「微臣遵旨！」

宮中的早朝，人人提著一顆心，起伏不定，而這時的紫霞山安安靜靜、萬籟俱寂，白皚皚一片，馬車行過，驚起一排又一排的山雀。

美人蕉重回故地，心中欣喜，幻象使用得更出神入化，那枝葉左右交替，舞得本來就快堅持不住的玉珩整個人都暈了。

他眼中布滿血絲，拽著季雲流的手，與美人蕉打商量。「美人蕉，我們此刻已經上山，再過半個時辰便能到紫霞觀。紫霞山中守衛森嚴，你不必如此耗費靈力……」

美人蕉的枝葉瞬息間就換了兩個動作，手舞足蹈。沒事，我樂意！

一到紫霞山中，它便感覺靈氣充沛，這兒可是它待了幾百年的家呀！

玉珩見它歡快至此，也不再勸，拽著季雲流的手，輕聲說：「雲流，我們到了……」

他將手蓋在她額頭上。一股涼意帶著冬日的寒意，由手心鑽進玉珩心中，他不禁想到昨日謝飛昂那句「若成大業，犧牲在所難免」。

他面容沈靜如水，心中默道：季雲流，若皇位與妳只可選一樣，那麼，我選妳。

紫霞觀似乎早已知曉今日會有人上山，皚皚白雪的觀門外頭已經掃出一條道路。小米兒拿著掃帚站在門口，見玉珩抱著季雲流下了車，作揖行禮道：「穆王殿下，師父已經恭候多時，請殿下隨我來。」

聞言，玉珩心中瞬間泛起狂喜。「秦羽人出關了？」

「嗯，師父昨日夜中臨時出關的，說今日會有貴客到訪，讓我好生迎接。」小米兒帶著幾人往裡面走。

大雪紛飛，這樣的天，秦羽人閉關的場所依舊在觀星臺上。

這座觀星臺已經是玉珩第三次踏上去。第一次，他見夜幕星空，只覺一目能盡天涯，天下盡在自己的掌握之中；第二次，從美人蕉幻化的幻境中醒來，看見季雲流，只覺得這裡的萬里春風甚至是萬人之上，完全不及她一人的暖意目光。如今第三次站在這，看著前頭茫茫一片白色，他的心中反而平靜了。

生死榮辱，他都會與她綁在一起。

「秦羽人……」玉珩一上觀星臺，抱著季雲流沒有半分猶豫，屈膝一跪而下。「求秦羽人救一救我的未婚妻，只要她醒來，任何代價我都願意付……」

秦羽人也不拉起他，雙目看著季雲流，輕聲一嘆，直接從袖中拿出一個荷包遞出去。「殿下不必如此，師妹的事就是貧道的事。」

玉珩接過那荷包，倒出一顆丹藥來，抬眼看秦羽人。

秦羽人道：「本門弟子所學道法皆以畫符修身為主，從開宗立派以來，也沒有幾個師兄弟去學煉丹的。這顆丹藥是貧道的師父所煉製，本有七顆，貧道各給了弟子一顆。上次江夏回來閉關時，貧道自己吃了一顆，如今這一顆，殿下便讓師妹服下吧！」

玉珩看著手中丹藥，再三瞧了瞧秦羽人的面色，覺得他確實比上次在江夏所見時更加紅潤，這才謹慎地將那顆丹藥放入季雲流嘴中。

秦羽人師父所煉製的丹藥，怎麼算都有百餘年的歷史，照秦羽人的情形看來，這丹藥應該不會有餿了的問題吧……

玉珩讓季雲流服下丹藥，在那兒等了許久，也沒見她有所變化。

玉珩心中擔憂，抱著她不禁再開口。「秦羽人，吞下這藥之後，雲流何時才會醒來？」

秦羽人把了把脈，道：「殿下再等兩日瞧瞧吧。師妹昨日強行使用道法，靈力耗空，導致身子太過虛弱，一時半會兒恐怕醒不來。」

得道高人秦羽人這麼一說，玉珩稍稍放心一些。

接下來，他又把前日張舒敏先是被鬼魂上身，接著又被道人上身對付季雲流的事給說了。「……昨日那些刺客目標明確，進入穆王府之後，全數直奔凌雲院，似乎就是衝著她而來。我懷疑那些人與江夏的那幫反賊亦有關聯，若是如此，張舒敏幕後的道人，是否亦是前朝餘孽？」

秦羽人聞言，嘆道：「上次貧道瞧過被借運的槐樹娘娘，那上頭燃盡的道符靈力極強，這人只怕道行高深。照這人如此心急地借了槐樹的生機看來，那道人本該陽壽殆盡了……」

玉珩不禁問：「您的意思……」

「殿下，」秦羽人旋即道：「那道人抓師妹，應該就是為了師妹體內的天外之魂。」

玉珩悚然一驚，跪在雪中的雙腿瞬間有了涼意，這涼意從腿一直蔓延到指尖，把他抱著季雲流的手都涼透。

季雲流魂從天降的事，竟是被那道人知曉了！若是如此，那道士若得到雲流，會不會立即就讓她魂飛魄散？

秦羽人看出他心中所想，開口道：「人間有律法，天道同樣有法則。玄學道人參悟道法，啟壇能將人之意願上稟天庭神仙，但我們依舊皆是凡人之軀，生死有命；修道雖能修身強體，卻不可不老不死，更別說自己抽離神魂，再入他人軀體，那道人怕是想法太過偏執了。」

「那雲流的魂魄又是……」又是如何入得這副軀體？

「天道旨意，我等皆不可猜，許是祖師爺旨意亦是說不準……」秦羽人解釋過後，瞧一眼在玉珩懷中的人，再注視他，笑稱道：「百年修得同船渡，千年修得共枕眠。指不定師妹這是修了幾千年的善所結出來的果呢！」

世人都說秦羽人可羽化登仙，卻不想，他說自己不可神魂抽離，重活一世。那麼，他與季雲流何其有幸，兩人可紛紛再回世間，相遇、相知、相守。

玉珩手臂一攏，抱著季雲流站起來，鄭重道謝，帶著人直接在紫霞觀的廂房住下來，等待季雲流醒來。

這一等，就是兩天兩夜。

晨光躍出地平線，玉珩一睜眼，就聽見有人在耳畔說：「七爺，你是作噩夢了嗎？為何眉頭攏得這麼深？」

玉珩轉首，發現昏睡兩日的季雲流已經睜開眼，此刻正關切地看著自己。

「妳可有哪兒不適？」玉珩目光落在她臉上，聲音是啞的。

季雲流想了想，說：「挺好的，就是肚子餓。」

玉珩扯了嘴角想露個笑意，卻怎麼也笑不出來，一把抱住她。

「雲流，只要不離開人間，以後無論妳去哪兒，我都奉陪。」

第九十六章

季雲流剛醒來的早上，玉珩便收到一封京城來的飛鴿傳書。

書信乃王府心腹所寫，上頭交代了京中近況，特別有一件事，就是京中茶棚、酒樓都在討論：七皇子和季府六娘子私奔到紫霞山，在紫霞山上苟且！

這事查了查，應該是景王府的人散布消息。

玉珩看著飛鴿傳書來的信，冷笑一聲。

果然是禍害遺千年，那張元詡的煞氣沒把玉琳送到陰曹地府讓他去喝孟婆湯，還真是可惜了！

季雲流見他面孔陰鬱，伸手接過他手中的信函，快速看過一遍，看完後，「哦」了一聲。「原來景王都知曉我上紫霞山了。」

「定是那道人暗中與玉琳勾結上，竟然還在京中散播我帶妳上紫霞山苟且的消息，真是狗改不了吃屎！」

九娘聽完，頗為憂心。「姑娘，京城中的閒言碎語傳成這樣，該如何是好？」女子最重名聲，傳成這樣，可是把名聲全毀了。

季雲流倒是不以為意。「這事不是挺好辦的嗎？」

「該如何？」玉珩與眾人都期盼地看著她。

一時半會兒的，他們還真的沒有想出什麼適合的主意來破掉這個傳言。

季雲流「咦」了一聲，奇怪地看著玉珩道：「七爺都說景王與刺客勾結上，那只要七爺憑著這件事去皇上面前一跪，不就解決了嗎？」

九娘與席善歪頭齊齊不解，玉珩坐在那兒，若有所思。

不一會兒，想明白的他站起來，就讓席善收拾東西。「幫爺收拾行李，爺要下山。」

席善還是摸不著頭腦，與九娘對視一眼，只好匆匆下去照辦。

見席善出了門，玉珩一頓，接著道：「雲流，此次要委屈妳待在紫霞山一段時日。」

山下有躲在暗處的道人，還有連穆王府都敢闖入的刺客，若讓季雲流回季府，他根本放不下心。

這種事情，季雲流自然答應。

見玉珩滿眼不捨，她幾步過去湊近一些，神神秘秘地道：「七爺莫要擔心，我必定在紫霞山中修身養性，吃素戒肉！」

他與季雲流知之甚久，多次經歷生死，還真是心意相通得緊，這麼意有所指的話語一出，頓如羽毛微撫心癢。

玉珩情不自禁垂首輕觸她唇邊，極輕地應了一句。「嗯，回去後我帶妳去喝玉米骨頭湯。」

九娘看著玉珩離去後，季雲流用帕子緊捂著鼻子，不禁擔心非常，連忙迎上去。「姑娘，您怎麼了？可是哪兒不舒服？」

「身子綿軟，四肢無力，心跳加速，胸膛火氣翻滾，鼻中似乎有液體要流出……」

真的好帥好帥……是絕症，沒救了！

一路下了山回府的玉珩，在翌日穿戴整齊，進宮上早朝。

早朝上，眾臣對於穆王完好無損地上早朝，也是有人歡喜有人愁。

皇帝瞧著從紫霞山下來、精神不錯的玉珩，以父對子、君對臣的姿態問了一句他的近況。

玉珩捧著已經準備好的匣子，從群臣中出列，在金鑾殿中跪地而下。

「回父皇，兒臣因刺客肆意闖入王府之事，心中擔憂，便連夜啟程去紫霞山，在觀星臺外苦苦求了幾日，從秦羽人那兒求得一張平安符。兒臣本想讓秦羽人道法加持之後，作為壽禮獻於父皇，卻不想在紫霞山中聽到流言蜚語，兒臣心中憂恐，於是昨日連夜下山，還請父皇徹查，到底是誰在京中散播如此流言！」

玉琳手持玉牌，同樣幾步走出來。

「父皇，這事本就是京中一些無知百姓在茶餘飯後的閒談而已，若是讓官府去徹查，不顯得更加坐實七弟與季六娘子去紫霞山苟且之事？兒臣覺得，這事不可徹查，時日過去，流言自會平息。」

玉珩轉首看玉琳，冷笑一聲。「難道二哥不知曉，當日我王府出了刺客，我連夜上紫霞山？這事除了府中之人，就只有刺客知曉嗎？父皇天威英明，朝中諸位大人更是忠心耿耿，可這事不日卻被傳出去，還被傳成我與季六娘子上紫霞山苟且……只怕這事背後沒有那般簡單，指不定就是反賊為了動搖我朝人心而設置的陷阱！」

玉珩這麼鐵錚錚的一句話讓在場大臣紛紛一驚。

陳德育立刻提著袍子就跪在玉珩旁邊。「皇上，穆王所言極是，這流言蜚語背後的幕後黑手別有深意，請皇上准許微臣徹查此事！」

當下諸多大臣也贊成玉珩的諫言。

玉珩轉首看著搖搖晃晃的玉琳，彷彿看著半截已經入土的人，笑了笑。「二哥，一提到反賊與放流言的幕後黑手，你便臉色慘白、額頭冒冷汗，難不成這是作賊心虛嗎？」

一下子，眾人的目光齊刷刷向玉琳掃過去，就連皇帝也直勾勾地盯著他不放。

這情勢相當駭人，宛如到了地府被閻王堂審一樣。玉琳只覺得天旋地轉，脊梁骨都軟了，幾乎要當著眾人的面在金鑾殿中暈過去。

只是這一暈，還不直接讓他成了反賊？

「父皇，」玉琳反應極迅速，伏在地上就磕頭。「我只是這幾日連夜擔心七弟的處境，才導致身體不適，怎麼會是七弟口中的作賊心虛……」

「穆王，既然你說這事有可能事關反賊，就將此案交予你全權徹查。」

皇帝待玉珩領了旨，又吩咐大理寺與順天府要全權協助玉珩辦事。

大理寺中，陳德育見玉珩如此盡職，連上朝的官袍都未換便過來了，連忙出殿相迎。待下人上了茶，陳德育知曉玉珩來這兒是做什麼，相問一句季雲流的安危，得了他一句「無事」之後，也不再藏著，直接把自己近幾日徹夜不眠查到的事給說了。

「殿下，下官讓戶部對了人頭，發現三日前入穆王府的刺客，全是城西莊子上的一些農漢。」陳德育讓主簿呈上證據。「這些人在莊子已經有好些年，長一些的有七、八年了，短一些的也有三、四年；有幾個在莊子都已娶妻生子，這會兒屍首被送到莊子裡，看那些婦人的模樣，是真的不知曉自己丈夫居然是刺客。」

玉珩從來心思縝密，如今聽陳德育一說，立即知其意。「你的意思是，有人早在許多年就把這麼一批刺客當尋常農漢一樣，養在京城中了？」

那這樣養滿刺客的莊子到底還有多少個？京城中的尋常百姓，又有多少是反賊的人馬？

陳德育頷首，神情凝重。「下官還讓人查了這莊子的主人。這莊子乃是京中一個商家賈氏所有，他說他也是看中這處莊子有個溫泉，能在冬日產出一些綠色瓜果，才在三年前買下，一直以來都是無事的……」

「那之前莊子的主人，又是誰？」玉珩立即又問。

顯然，這事大理寺也查證過。「亦是一個商人，姓黃，但是三年前已經舉家移到江夏去了。下官已經連夜讓人去江夏把那姓黃的商賈帶回京中審問。」

一層查一層，能在京中安插這麼多刺客，絕不是一般人能在短時間內做到的，就連陳德育也覺得這個案子非常棘手。

不過片刻，寧慕畫也過來了。

寧慕畫一瞧坐在椅上凝神沈思的玉珩，在一旁坐下道：「殿下可是知曉刺客身分乃是城西莊子農漢的事了？」

「你那頭可查到了什麼？」玉珩問：「秦羽人說，上次在這兒上了張舒敏身的道人，便是借了江夏那棵槐樹生機的道人。」

「果真？」寧慕畫雖有這般猜測，但得到證實時，也忍不住吃驚一番。

玉珩頷首，又把秦羽人口中說的「那人強行借生機，只怕是活不過三年」的事也說了。

對此，寧慕畫心有疑惑。「那道人活不過三載，為何不去做心中想做之事，要對六表妹緊追不放？」派了刺客還不夠，還要散播那樣的流言，為的就是逼表妹現身吧？

「季六身上有那道人想要的東西。」玉珩這般一語帶過。

他不說破，兩人也沒有打破砂鍋問到底的念頭。道人之間的瓜葛，說與不說，與他們也沒干係。

如今季雲流在紫霞山，玉珩便沒了顧忌，此次回京，也是放開手腳追查反賊。

年關在即，京城中也越來越熱鬧，除舊迎新乃是老祖一代代傳下來的習俗，即便朝中大事連連，百姓依舊把新年過得熱鬧。

席善拿著禮單，將一擔又一擔的箱籠親自對照。

聽見後頭兩個小廝「砰」一聲，放不正那個大箱篋，他扭身責備道：「小心一些，這些東西都是要送到紫霞山的！」

年關將近，要備的東西太多，之前事情一件接一件，如今王爺為了公務無法抽身，府中所有備禮的事全數由他打點，真是……侍衛是他，管家是他，小廝也是他，車夫還是他……

過了年之後的正月初八，本是皇帝壽辰，以往新年夾著皇帝壽辰，大昭周邊的附屬小國亦會派使臣過來祝壽，宮中這一月都會熱鬧至極，太監、宮女忙得腳不點地，今年卻是冷清非常。

皇帝一心讓大理寺追查反賊案，不讓宮中大肆舉辦壽宴。壽宴不辦了，這個年便過得比以往冷清許多。

相比皇宮的清冷，紫霞山中倒是比往年都要熱鬧不少。

秦羽人又去閉關，待在觀中的季雲流，頭一件事就是讓九娘下山，把邀月院的蘇瓔接到山上。蘇瓔來了，素菜可以變著法子做，瓜果還能源源不斷從山下運送上來……於是，紫霞山中稱呼季雲流為師叔的道人更殷勤了。

第二件事，她在正堂放置美人蕉，布下靈陣，讓眾人一道吸納靈氣。
大雪紛飛的時候，眾人迎來除夕夜。
外頭的北風呼呼地吹，紫霞觀的大門被敲得砰砰響。「來人，出來幫個忙，穆王派人送了東西過來！」
守在紫霞觀門口的道人聽見這聲音，不禁有些奇怪。「三天前，穆王不是送過一趟東西進紫霞山了？」那次，季師叔還把東西給他們全分了，為何這次還連夜讓人送上山來？
另一道人瞧了瞧漆黑天際的一輪殘月，一手抓住那個正欲去開門的同伴。「陳熙，且慢！」
陳熙不明所以，轉過身，只見師兄拿出銅錢開始卜卦。「師兄，你這是……」
「是禍是凶，一卜便知。師叔說得對，防人之心不可無。」
銅錢在道人手中搖搖撒撒，銅錢才落下兩次，外頭傳來冷笑聲。「若再不開門，你們通通見不到新年的太陽了！」
人聲落下，風聲猛然開始增大。
這並非是風聲，而是那些刺客翻越紫霞觀高牆的聲音。
「不好！」那師兄大驚，來不及再搖卦，一把就將師弟推了出去。「陳熙，你趕緊去敲鐘通知其他人，有人闖觀了！」

「噹——噹——」紫霞觀的鐘樓上，那響徹雲霄的鐘聲傳遍每個角落。鐘響也預示著，今晚必定不會是個寧靜的除夕夜。

「怎麼了？難不成有人闖山？」

廂房中的弟子一時思緒紛亂，有些不知所措。

呂道人身為秦羽人的大弟子，往前一站，出聲止道：「山中必有大事發生！眾弟子帶好道符，我等一道出去瞧一瞧！」

得到指示的百餘名弟子，紛紛抓起布袋掛於胸前，凝神戒備，隨呂道人一道出了院中。

出了院，便看見季雲流抱著美人蕉出來。「怎麼了？我聽見鐘聲。」

「師叔！」呂道人急切道：「紫霞山觀中的鐘一年只敲一次，如今半夜敲鐘，只怕是有刺客闖山來了——」

季雲流抬首望天際，適才還好好的天空莫名顯現了一顆星，是顆凶星。

凶星顯現，百事不宜。

頭還抬著呢，一群黑衣刺客舉刀向眾人跳過牆來。

還未準備的季雲流，被這麼大陣仗驚得一溜煙地扔了手中的美人蕉。「來得這麼快！竟然還這麼多人！」

刺客在這兒埋伏，見前頭跑出一人，心中把她面貌與圖畫一對，見她果然是季府六娘子，顧不得後頭的其他道人，躍過去便想抓她。

這會兒千鈞一髮之際，刺客看她丟出來的東西竟然是一盆花，只見這花盆往自己這頭落下，刺客絲毫不退縮，舉刀向美人蕉便劈過去。

美人蕉猝不防及被丟出來，「頭」迎風「腳」下落，直直往刺客群中而去。一看見刺客的大刀閃閃發光地向自己砍來，美人蕉的枝幹哆嗦一下，枝葉如船槳一樣，在半空中猛然划起來……

刺客本是全然不在意這小小一個花盆，只是剛剛提刀向前劈下，卻見那株紅花不知怎地竟然越來越高，如長了翅膀一樣，躍過自己的頭頂，又向著月光飛走，姿態瀟灑到半點泥塊都沒掉下。

一群刺客仰著頭、舉著刀，被這一幕全數驚呆了。

那到底是什麼東西！

第九十七章

生死決鬥，哪裡容得下半點猶豫？幾個刺客還未從美人蕉奔月的震驚中回過神來，迎面便飛來幾張道符，夾雜著呂道人的質問。

「你們到底是何人，深夜闖入紫霞山所為何事？這兒乃是皇家道觀，闖入者重罪……」

刺客看見迎面飛來的道符，神情一斂，紛紛往地上一倒，左右滾地躲開。

來之前，國師已經吩咐過，定不可正面與這些道符抗衡，他們要做的便是消磨對方道符，拖延時間等國師到來。

紫霞觀道人學的是修身養性，會的是卜卦問神，百餘年下來，這些殺傷力大的、像五雷符一樣的道符，已經很少有人畫，這會兒幾張道符迎著刺客飛過去，落下之後，就像適才觀門口的那星火一樣，如煙花即逝，壓根兒讓人感覺不到半分威脅。

刺客躲過了這幾張道符，看見道符威力如此微弱，心中大定，為首再喊一聲：「上，無須顧忌！」一個個揮刀再次而來。

這次刺客氣勁十足，讓一行道人驚恐地開始後退。

「他們、他們過來了——」

「壓制他們，定不能讓他們入大殿褻瀆三清與祖師爺——」

紫霞觀道士雖害怕，卻依舊抵抗著刺客。後頭的陣法都需要時辰佈置，他們亦是在拖延時間。

季雲流丟了美人蕉後，也是滿布袋地翻找道符。

她在紫霞山修養半月，身體養得白白胖胖，但靈氣是半分沒恢復過來，這會兒翻遍了袋子才翻到幾張火摺符。

火摺符，故名意思就是當火摺子用取火的意思。

「這些都是什麼！」她瞠目結舌，那一包袱的火摺符都被擲出去。「你們每日裡畫來畫去，畫的就只有這些？」

就算一包袱的火摺符全都丟出去，燃出的星火在寒冬臘月裡，也只是稍稍阻止了刺客的腳步而已，更不會傻到一腳奔進火焰中。

「師叔，咱們還畫了平安符、辟邪符、驅凶符、淨心符……」一個小道人為人極誠實，生死在即，聽見季師叔的質問，給她作答。「入觀十年以上的師兄，還會畫鎮魂符，只是弟子還不會，您的包袱裡應是有鎮魂符的……」

季雲流想到之前在長公主府外被刺客追殺時，求救於秦羽人，卻得到他包袱中只有雞腿的說詞，呵呵兩聲，只覺得生無可戀。

上梁不正下梁歪，果然什麼樣的師父教出什麼樣的弟子！天亡我也！

眼見一群刺客就要到一眾道人前頭，半空中忽然「砰」一下，砸下來一重物，那重物位置計算得極精準，呼啦一下，直砸向為首刺客腦門。

「砰」一聲，為首的刺客應聲就倒，再「砰」一聲，半空砸人的東西彈躍而起，砸倒另一刺客。

砸砸砸，美人蕉跳躍、旋轉、落下……彈跳、旋轉，再落下……

那半空莫名而來的東西讓刺客紛紛一驚，定眼瞧去，竟是適才奔月而去的那株紅花！這樣一株連花帶盆在眾人頭頂又飛又躍還旋轉的情景，在漆黑的夜空中顯得更加詭異。刺客大駭，嚇得魂飛魄散，只盯著美人蕉，生怕它砸在自己頭上。

美人蕉同打地鼠一樣在刺客頭上跳躥，打得正得意，忽然花枝一抖，感受到一股煞氣，猛然向季雲流直躍而去。

頃刻，風雪倏然加大，北風颳在眾人耳邊，季雲流伸手接住美人蕉，揚聲喊道：「正主來了，所有人趕緊退到大殿門口！」

「呵呵呵……」空中傳來一個老者的聲音。「這會兒才走，是不是已經遲了？女娃娃，本座尋妳尋得很辛苦，妳在秦老頭手底下躲著，又有什麼用呢？他已經道法全失了呀……」

季雲流不管那聲音，抱著美人蕉往回跑，邊跑邊吩咐。「刺客定在觀中布下九星五行陣法，如今趁這妖孽真身還未前來，你們趕緊去坎位、乾位、南離位……尋一尋陣法道符！」

在場的除了刺客，全是道家玄學弟子，不用季雲流細細道來，那些道人已經分別去尋放置的道符。

在自家師門裡被人下了陣法，說出去都要丟光紫霞觀的臉了！

半空的聲音還在繼續，直直跟在眾人後面。「秦老頭為了虛名，替江夏祈雨耗空靈力，這會兒只怕保不住妳。女娃娃，來本座身邊，本座必然讓妳道法更加精進，世間無處不可去……」

前頭大殿在即，遠遠的，只見八個紫霞觀弟子踩七星步在作法的情景。

季雲流猛然停下腳步，擰過身子，捧著美人蕉，掏出荷包中的羅盤，瞧著半空道：「老道，你識相的，趕緊退出紫霞山，若不聽良言相勸，非要過來送死，本大仙也不攔你便是——」

「呵呵呵……」空中傳來黑袍道人的狂笑，那笑聲夾雜著得意與欣賞。「那好，本座也想要看看，妳如何讓本座一個死法？」

「那你可瞧仔細了！」

「好，本座瞧著呢……」

聲音還未落下，季雲流一招「倒撒金錢」，一把高高拋出美人蕉。美人蕉從她手中飛出，騰身而起，身形巧快，如箭矢，又似流星，直撲一個方向。

「咦？」空中又傳來一陣疑惑。黑袍道人看著飛來的美人蕉，好像發現什麼不一樣的地方，不過這疑惑剛出來，季雲流身後倏然現出一個大型的太極八卦圖。

這是由八名紫霞觀的弟子在危機關頭布下的太極困陣，八卦圖在夜幕中十分顯眼。

去。

「出！」她一聲下去，八卦圓盤便緊隨美人蕉之後，如飛盤一樣，橫空而起，斜飛過去。

「哼，就算妳發現本座在這裡，又能如何？」黑袍道人顯然是個口不能停的話嘮，手中不停結印，無關緊要的話亦是不停。「區區八卦困陣而已，本座在大理寺已經見識過一次，難道還能被困住第二次？」

「美人蕉！你放著他不要動，粗活讓我來！」季雲流看著一紅一藍的光束飛躍而去，雙臂彎曲，右腳尖在前，左腳尖邁後，重心一用力，以百米短跑速度向藍光方向奔過去。

美人蕉凌空而飛，也不管季雲流看不看得見，在空中就比了手勢。

適才在季雲流逃跑的時候，它找到了老道所在的位置，於是在季雲流掌心傳告了一遍。

季雲流再見前頭的紫霞山道人已經備下八卦困陣，便出聲引出老道位置的準確所在，再丟出美人蕉，以幻術加八卦陣相困。

黑袍道人眼見那八卦困陣飛旋而來，口中默唸破陣咒語，心中冷笑。

八卦困陣對待普通人倒是能困上幾個時辰，但是對於他們這些懂奇門遁甲之術的道人來講，對付這類困陣，就跟走大道一樣快捷。

那股藍色淹沒黑袍道人時，他正好抬眼瞧見提著裙襬奔過來的季雲流。

「女娃娃，妳來得正好，隨本座一道走……」黑袍道人伸出手，欲一掌抓住她，得到一句季雲流驚才絕豔、超凡脫俗的罵語。「走你媽個頭！你要是走得了，老娘立刻跟你姓！」

緊接著，一道白光而來，黑袍道人忽地發現自己竟然落入一個小小四方單間中。

「不好！適才在前頭飛過來的，竟然是株開了靈識的靈物！」黑袍道人終於發現不妥之處，可惜為時已晚，只見季雲流一身白袍，仙姿不凡，一躍而來，落在地上，掏出兩張鎮魂符就貼上來。

隨著鎮魂符的飛來，她整個人也越來越近——

「妳怎麼會有開了靈識的靈物?!」黑袍道人自認從未放鬆警惕，可千算萬算，竟然沒有算到這是一株修煉了上百年，已經有靈識的美人蕉。「是不是這株靈物讓妳神魂穿梭……」

「去地府問閻王吧！」兩張鎮魂符倏然貼在黑袍道人附魂的草人上，那草人是被刺客帶進來放置於陣眼中的，這會兒被鎮魂符一定，老道便不能動彈。

「不好！失算了！」水盆後頭的黑袍道人大叫一聲，發現自己竟然無法從那草人身上抽走魂魄。

他叫喚的這會兒，季雲流已經到了他眼前。她提起裙襬，抬起腳，對著草人毫不猶豫就是重重一腳！

那一腳踩得極嚴實，讓水盆後頭的黑袍道人捂上胸口，悶哼一聲。

「我讓你跩，我讓你狂，我讓你得意！」此刻外頭有八卦陣法，裡面有美人蕉幻術，沒人瞧見季雲流到底在做什麼，她簡直放飛自我，一股「人若犯我，百倍奉還」的潑辣勁頭翻湧出來，對著那草人就是一陣狂踩。「老了就多補點鈣，吃點蛋白質；閒得發慌就去跳跳土風舞、打打牌，一天到晚出來禍害人間，天道怎麼沒有劈死你——」

水盆後頭的黑袍道人捂著胸口，半分力氣都提不起來。他幾次三番想作法脫離紫霞觀中的草人，卻都是無疾而終。

「師妹，」一道清冷聲音從陣外傳來，美人蕉聽到秦羽人的聲音，喜得花瓣跟菊花一樣地伸展，撕開幻象一角，把人給迎進來。

「秦老道……」黑袍道人含著血，目眥盡裂，不禁詐屍般喊出他對秦羽人的稱呼。「是不是你得了那株靈物……」

秦羽人目光落在季雲流腳下的草人上頭，語聲露出一絲疑惑。「咦，道友，原來你還活著啊……」說著，手上東西一遞，輕輕對季雲流道：「師妹，妳的劍落下了。」

季雲流轉目瞧去，看見一把桃木劍，那桃木劍上畫滿符文，符文還是五雷轟頂符，只怕這是秦羽人專門為這老道所繪製的。

「正是忘記了！」季雲流立即收腳，放下裙襬，接過秦羽人手上的桃木劍，滿意道：「多謝師兄親自送劍過來。」

「自家人，莫要客氣。」秦羽人說著，左手一伸，露出另一把桃木劍，笑容如春風拂面。「剛好，師兄也帶了一把過來。」

「國師？」

血。

「國師，您怎麼了？」

一旁的侍衛只見作法的黑袍道人噴血，紛紛神色大驚地迎過來。

「去紫霞觀……帶回我附魂的草人……」黑袍道人開口吩咐之際，又是湧出一大口鮮血。

神魂出竅極為困難，能練得出一絲魂魄附在草人上，已是玄術最高境界。黑袍道人知曉紫霞山中有道法，不是單憑那些入山的刺客能夠破解，再因抓季雲流心切，這才將自己神魂附在草人身上，讓侍衛帶入山中。

卻不想正是這樣的用力過猛，竟然使得自己一絲魂魄落在季雲流與秦羽人手中！

同為道人，兩人要讓一絲魂魄飛散簡直不要太簡單。

桃木劍一劍一劍下去，五雷轟頂的感覺讓黑袍道人一口又一口地猛吐鮮血，全身都蜷縮起來。「快、快……」

侍衛面面相覷，不知如何是好？從這裡往紫霞山去，最快也要一天，怎麼去幫國師拿回那草人？

黑袍道人顯然也意識到此事，提起所有力氣，打算跟秦羽人談條件。「秦老道……本座、本座在京中的布局……日後對大昭……啊！住手……」

只是條件還未說完，季雲流已經一腳踩在草人上頭，一劍往他發聲的地方刺下去。

「果然反派都是死於廢話太多！」

說吧！」

「段茗瀚，」秦羽人手執桃木劍。「我師妹說得對，一切，你都等著地府閻王審問時再

他手上同樣不客氣，朝季雲流一劍的不遠處狠狠刺下去。

「本座就算三魂沒了一魂，也不會命喪黃泉……」段茗瀚撕心裂肺地吼道：「今日種種，他日必定千倍討回！」

頭頂殘月從天際照來，冷風如鬼聲，又如孩童哭泣聲。

秦羽人手一揮，退去了藍色八卦陣。那些弟子全數湧過來，呂道人看著地上插有兩把桃木劍的草人，代眾人開口問道：「師父、師叔，這妖道如何了？」

「這道人三魂破碎了一魂，不可再出來禍害人間，你等放心。」秦羽人彎腰拿起草人，遞給呂道人。「且拿去用真火焚燒了。」

呂道人接過草人，指著那群被陣法困住的刺客，再問該如何處理？

秦羽人看那群刺客一眼，道：「待天亮之後，全數送到京城的大理寺衙門吧。」

漫長的雪季終於讓京中的百姓熬了過去，迎來春暖花開時。

黑袍道人闖山不成，被秦羽人與季雲流直接毀了一絲神魂，灰溜溜地回去。如今沒了威脅，季雲流便也收拾收拾，回了季府。

當初九娘奉玉珩之命回去取美人蕉時，也知道季雲流受傷必然欺瞞不過陳氏，為了讓陳

氏幫忙隱瞞，九娘當時便全盤托出季雲流的情況。

於是，季府六娘子「病」了大半月，「病」到連除夕家宴都未露面。

這事除了陳氏，其他人是疑惑不已，尤其前些日子還有人說六娘子與七皇子私奔到紫霞山，下人之間也暗暗討論了幾句。

可還沒等話題講熱乎、陳氏還未出面阻止呢，大理寺就直接出動衙役來抓傳流言的百姓了。只要有人講，全數抓起來，嚴加審問！

這下子，京城中的百姓個個閉緊嘴巴，無人敢再說一句。季府之中，由於陳氏管家嚴厲，也是無人提及此事。

二房與三房如今搬出季府主宅，季雲流從紫霞山回來，睡了一覺，第二日，正院的嬤嬤親自過來傳季老夫人的話：新年已過，六娘子及笄與出閣在即，近日都不必再外出，只需待在院中學習《女誡》與規矩，再跟著大夫人打理府中中饋事宜即可。

而後，季老夫人說到做到，高價請來一個以前在宮中教過妃嬪禮儀的嬤嬤，每日督導季雲流，硬是生生把京中富貴人家相邀的帖子一併拒了。

從正月初二開始，季雲流便過上了堪比現代人考大學的辛酸生活。

隨著天氣暖和，日子過得也越發水深火熱。她每日卯時三刻起床洗漱，打半個時辰的太極，吃完早飯練字、學《女誡》、學皇家規矩。

午歇後起來，繡一個時辰的嫁品，之後還需管理府中中饋，雞鴨魚肉、柴米油鹽、珠寶布疋、冰炭……樣樣東西的價格全要弄清楚，計入在帳。

吃過晚膳之後，則是美容、美體，外加豐胸……

夜闌人靜時，邀月院中總能聽見季雲流對月泣血之聲——七爺，我是在用生命跟你談婚論嫁呀！

第九十八章

日子一天熱過一天，終於迎來了季雲流的及笄禮。

這日，秦千落大著肚子過來賀喜。季雲流看著那神奇的肚子，充滿好奇。「做母親的感覺如何？」

「很奇妙，」秦千落把她的手抓到胎動的地方。「師姑婆妳瞧，這也許是他的手，又或者是腳，他總是這麼好動。我每日摸著他都在想，他會長什麼樣？像我多一些，還是像世子多一些？以後會不會聽話……」

夕陽從窗外灑入，秦千落摸著肚子說著一個小生命，讓人有種歲月靜好的感覺。

季雲流摸著她肚子正聽得入神，忽然間就見秦千落收了聲音，捂著肚子，而後揚起頭，大大「啊」了一聲。「我肚子痛……」

「啊？」季雲流嚇飛了，整個人彈起來，心都要從喉嚨裡跳出來。「那啥……妳、妳不會是要生了吧？」

「我、我……」秦千落捂著肚子，「嗯」了一聲，十分淡定道：「他也許真的想要從我肚中出來了。」

有個孕婦在自己院中要生了！

季雲流簡直要嚇得魂飛魄散，黑袍道人趕盡殺絕都沒有如斯恐怖！

「來人、來人……快快去喚御醫、快去找寧世子……」

頓時，邀月院中也是一陣雞飛狗跳、驚慌失措，寧慕畫更是親自從宮中策馬狂奔而來，將人打橫抱回去。

秦千落從邀月院回了寧伯府，第二日大清早，就有寧伯府小廝傳來喜訊：大奶奶生了，生了個男孩，母子平安。

寧伯府喜得貴子的第三日，便到了季雲流出閣的添妝之日。

這一日與之前的及笄禮相比，同樣熱鬧非凡。

季府的門檻都要被這幾日來訪的眾人踩破，季雲流收的這些禮，還可以為嫁妝再添上兩箱。

大婚前兩日，宮中太監、宮女送來鳳冠霞帔、首飾、衣帽等物。

穆王府中更是吉服、吉冠、被褥、幔帳、金銀、綢緞布疋、絲絨棉線、脂粉、銅瓷器皿等等，一應俱全。

大婚的前日，季府設了內外宴五十席，熱鬧無比。

穆王府中比起季府同樣熱鬧，人聲鼎沸。

玉瓊瞧著這裡外都紅透了的正院，嘖嘖兩聲。「不一樣，就是不一樣……」精心籌備的婚禮就是不一樣！

謝飛昂的心思不在什麼王府佈置上，他瞧著熠熠照人的玉珩，湊近兩步打趣道：「七爺近日是不是沒睡好？我瞧著七爺眼底的烏青都出來了。」

玉珩斜看他一眼，口中說了句「睡得頗好」，眼中卻禁不住好奇地往東南角的銅鏡中瞧了瞧。

大婚在即，他日思夜想都是那個人，睡到半夜都能笑醒……如今當真是眼底烏青都出來了？

謝飛昂心思敏捷，見他果然又是面上一套、心中一套，笑道：「七爺，你今日得早點歇息！這睡覺呀，時辰過去得快！你瞧，你只要一閉眼、一睜眼，便能馬上抱得美人歸了！」

「什麼一閉眼一睜眼……」玉瓊甩著腰間的玉珮，跟著哈哈笑道：「我瞧著七弟今日就算睜個千次萬次，還是沒等到天亮的！」

為了一閉眼一睜眼就能抱得美人歸，玉珩二話不說，直接將兩人趕出正院，讓下人早早抬水給自己洗漱，躺在床上，就準備入睡。

牆外的桂花香一陣陣地滲進來，餘香裊裊。

玉珩屏息靜氣，想到了第一次那人強吻自己的畫面，又想到她那時在莊子，頭一次被自己親吻的光景……

許是這幾日連著都沒睡好，他想著想著，卻是真的睡了過去。

玉珩有威嚴，在大婚前日能不管不顧地將人趕出去，季雲流這日卻實實在在從早晨忙到晚上。

客人一批接一批，跟她講規矩、講體己話的長輩與姊妹，是一批接一批。

秦羽人這個做師兄的，今日讓弟子送來一份賀禮，是一張和合符；同和合符一道被帶下山來的，還有開得正豔的美人蕉。

當初季雲流下山回季府時，美人蕉是死活不下山的。它仔仔細細看完了道觀中六十二名弟子，竟然還得出了十八師弟畫符最帥，三十二師弟素卿次之的結論，所以揚言要在紫霞觀落地生根，等著修煉成仙，與紫霞山眾弟子遊戲人間！

這一會兒，美人蕉見到季雲流後，花枝招展地向著她直撲而去。

季雲流看著它，微微抬起下巴。「你這是想七爺了？」

美人蕉用力點「頭」。看了十八師弟、三十二師弟幾個月，還是覺得穆王才是人中龍鳳，帥中之哥！

季雲流再道：「知道我明日要成親，可以帶你去穆王府，所以就眼巴巴地滾回來了？」

美人蕉再點「頭」。可不是！

之前便知曉季雲流就算下山也不會帶自己去穆王府，與其每天對著這個混帳妖道浪費時間，還不如面對全山的帥哥來得痛快呢！

剛想完這段，它倏然花容失色。完了！

果然是裙子總會走光，節操總會掉光，在紫霞山待久了，竟然誠實到把實話說光光了！

美人蕉還未來得及「改正歸邪」，就見季雲流一把甩過它柔嫩的枝幹，吩咐旁人道：「師兄送來的東西貴重，找個大箱子鎖起來，而後埋到地下十年，不許開啟！」

神仙姊姊，不要這樣子，認真妳就輸了……

床位的衣架上掛著宮中內務府送來的大紅嫁衣，嫁衣上頭全由金線所繡，每一針、每一線都極為講究。

九娘繞過衣架，輕步行至床前，映著屋角的燭光，低頭輕喚一聲。「姑娘，該起床了。」

今日，就是玉珩與季雲流的大婚之日。

窗外僅僅泛了一層白光，此刻卯時還沒到，只是與皇家結親不同尋常，不能出一絲絲的差錯，這會兒，季雲流也必須起床了。

梳洗一番，她被帶入季府祠堂，在祠堂受了季氏族長的訓誡，對列祖列宗磕了頭，待回到房中時，天色已經大亮。

於是洗漱沐浴，緊接著鳳冠霞帔穿上身，再由陳氏梳髮、唸吉祥話語，這樣下來，足足折騰了幾個時辰。

至於昨夜的玉珩，果然在一閉眼一睜眼中度過。

天矇矇亮，他在洗漱時由特製的大窗瞧外頭，晨曦還未出來，此刻天際只有一片金黃色；鳥兒站在枝上嘰嘰喳喳叫著，遠處的荷塘中，蓮葉緊緊挨在一起。他瞧著瞧著，勾著嘴角，不自覺就笑開了。

鳥中求比翼，花裡有並蒂，今日正好是佳期……

他在院中打完一套拳，住在星雲院的玉瓊一身紫紅朝服躥進來，看見玉珩一身大汗，準備沐浴。「七弟，今日你大婚，竟然還有心思練拳？你倒是怎麼想的呢！」

玉珩瞧他一眼，不回答這話，徑直進房中沐浴。

正是因為今日大婚，更要起來打拳，平復心中的激動之意。

今日的穆王府上下打起了十二分精神，玉珩洗漱沐浴完畢，穿上宮中送來的吉服，戴上紫金四爪蟒冠，浩浩蕩蕩的一群人進了宮，對皇帝、皇后磕了頭、謝了恩，跪了列祖列宗，受了祖訓，再領著穿蟒服的屬官二十人、護軍四十名，由神武門前呼後擁、鑼鼓升天地出來，走街穿巷，直去季府接新娘子。

大昭的皇子大婚亦是普天同慶的日子，這日，京城中的尋常百姓放下手中所有事，紛紛出來觀摩這場盛世婚禮。

坐在西域進貢而來的紅棕馬上，器宇軒昂的玉珩如今這一成親，碎了多少閨中少女的一顆芳心，又讓多少小娘子撲在床上偷偷哭泣。

皇家人來迎親，後頭帶來的是宮中侍衛與文武官員。季大郎在官媒一句「吉時已到」之後，火速飛奔進府中，把自家妹妹給揹出來。

新娘子一身火紅嫁衣，體態盈盈，楚楚動人，雖然在紅蓋頭下看不到容貌，但是玉珩胸膛中依舊怦怦而跳。

他從來不知曉自己這樣活了兩輩子，可以有這麼一個人，令他心潮澎湃。

十八盞赤金燭臺照亮整個喜房，院外一陣輕風，花瓣隨之飄落，綿密的幽香從窗外滲進來。

命婦響亮地唱了「交祝歌」，又歡歡喜喜地讓人端上放有喜秤的托盤。

玉珩拿著喜秤，心中怦然直跳，可手下四平八穩，一手挑了床上人的大紅蓋頭。

四目相對，不知是今日的紅燭太晃眼，還是花香太迷人，兩人都有些恍然。

不容易，真是不容易，這娶和嫁之間，說多了全是淚啊！

命婦不知又唱了些什麼，酒盞被交入兩人手中。喝交杯酒時，那臉近在咫尺，呼吸可聞，玉珩險些就錯開了杯，低頭親上那嘴。

挨個兒儀式完畢，他又出了喜房去接待客人，再進來時，季雲流已經梳洗過，正坐在桌邊喝燕窩粥。

玉珩推門進來，簾子掀開，一眼望去，燈下只見穿紅緞綢的季雲流，更覺明珠生輝，熠熠照人。

九娘等人見玉珩進屋，紛紛福身下去，本想是否還要伺候玉珩沐浴更衣，卻見他已經隨手一揮。

這是讓她們退下去的意思。九娘心領神會，帶著一干人都退到院外。

待玉珩在東次間裡沐浴洗漱完出來，季雲流已經把燕窩粥喝完，此刻正雙手捧腮，目光盯在從屏風後頭出來的他身上。

大紅吉服被放在右旁的衣架上，左邊有八枝通臂巨燭；這人的中衣袖略寬，從手腕處直翻下來，落在手肘處，那手臂在紅燭掩映下，膩若凝脂。

她的桃花眼漆黑明亮，如同寶石一樣，見他過來，彎眼一笑，指著前頭的小碗道：「七爺，醒酒湯。」

玉珩只覺得一顆心如小鹿在裡頭亂跳，幾步到桌邊，伸手觸上她的手摩挲著，答非所問。「妳還餓嗎？可要讓下人端些糕點過來？」為了今日不讓她餓著，他可是讓廚房做了各種樣式的糕點備著。

「不餓，之前蘇瓔端來麵條，我吃了些。」季雲流索性自己端著醒酒湯站起來。「七爺在外頭吃了多少酒？」瞧著人倒是不醉。

玉珩目光落在她衣襟露出之處，燭光描出她極其柔美的頸部線條，那臉龐如白玉打磨般的細膩勻淨。

接過她手中的碗又放回桌上，玉珩聲音有些啞然。「吃得不多，沒人給我灌酒，不過……」他心中的那股酒勁竄上來，伸手改摟住她的腰，探頭輕道：「我還是醉得厲害……」這湯可解不了……

灼人滾燙的親吻如期而至，細細密密的吻帶來一股沉水香，香氣縈繞在季雲流鼻間，欲透入她的骨髓一般。

窗外明月照九州蒼穹，床上春情勾人魂魄，良辰美景，即便是床幔隔了燭光，玉珩的目光依舊看得清清楚楚，綾羅被褥上，美人橫陳，黑髮散開如瀑一般地傾瀉在床上。

他心口滾燙，呼吸急促，情慾將他的魂魄都頂到腦門處，只覺自己踏上了仙梯，入了天宮仙境中。天地之間，所有事情都不再重要，唯獨只剩自己與她。

秋日是涼的，舌尖與身子卻是火熱的，那樣細細密密的吻，彷彿要融化什麼。纏綿已經停不下來，兩心相通時，恨不得與對方融為一體，化作並蒂蓮，永不分離。

屋角燭光映出床幔後頭的人影，影成一線，或躺或坐，妖嬈如畫。

月上中天，今日有人歡喜，亦有人恨。

外頭謠傳已經瘋了大半年的玉琳舉著琉璃盞。「今日乃本王七弟大婚，本王可是他的大媒人，卻竟然連一份媒人大禮都未收到……」他呵呵一笑，一口飲下盞中酒。「天氣涼了，快到父皇的狩獵之日了……」

之前，他與琪伯府有關係的道人合作，夜探紫霞山抓捕季雲流。為了躲避皇帝問責，他第二日直接稱病，不再上早朝。

哪知曉從稱病到現在，父皇對他直接不聞不問了，他幾次說自己已經病好想入宮面聖，父皇卻一直閉口不宣。

皇帝這是打算直接廢了他不成？

翁鴻站在一旁，小心道：「王爺，不如讓工部尚書徐盛呈上奏摺，再試探一下皇上？」

「明日讓他來見我！」玉琳將手中杯子甩給小廝，自己從榻上站起來。「再讓人去問上次成事不足，敗事有餘的段浩，那個半死不死的國師好了沒有？若沒有好，叫他趁早準備後事，省得苟活著！」

小廝瑟瑟發抖地應一聲，退了下去。

不過一個時辰，小廝卻帶回來一張「三日後，玉瑠請景王和悅樓一敘」的請帖。

玉珩睜開眼，入眼的是大紅床幔，上頭繡繪了碧金紋飾，璀璨奪目，床尾處繫了一個如意同心結。

再轉首，看見依偎在自己臂旁，睡得正沈的季雲流。

似乎之前入睡時，她便是這個姿勢了……這人性子活躍，有時還會同市井潑皮一般不要臉面，可睡姿卻是一等一的乖巧。

用另一隻手撥了撥滑如綢緞的黑髮，一張無瑕睡顏便呈現在眼前。

稍稍回憶昨日的旖旎光景，玉珩便忍不住低首在她的額頭吻了吻，又恐驚醒累極的嬌妻，動作也是極輕的。

而後，他輕輕抽出手臂，掀開床帳下了床。

兩旁紅燭依舊燃著，守在外頭的嬤嬤聽見聲音，輕輕問了一句。「王爺醒了嗎？那老奴們便進來了？」

「嗯，進來吧。」嬤嬤聽玉珩這樣輕巧，當下知曉王妃約莫還未醒，都是極為輕聲地進了屋中。

玉珩向來有卯時起床練拳的習慣，待他在院子中練了一套拳，再回房中，季雲流也已經醒來，此刻穿著整齊，正坐在梳妝檯前讓宮中的嬤嬤梳髮。

今日得進宮謝恩，難免要穿戴整齊一些。

季雲流從銅鏡中瞥見進來的玉珩，不覺一笑。「打完拳了？」

玉珩站在離門不遠處，看著坐在梳妝檯前的妻子，只覺她明眸皓齒，那側影極款款動人。他向梳妝檯緩步過去，瞳眸神韻萬千，口中卻是問：「吃過早膳了沒？」

「王妃說是要等王爺您呢。」梳髮的嬤嬤福身行了禮，又對銅鏡中的人一笑。「王妃覺得這個髮髻可好？」

季雲流瞧了一眼。「甚好。」

「都下去吧，吩咐下去，把早膳擺在西花廳中。」

一群人規矩地一路退出門外。

嬤嬤一走，玉珩伸手就拉了季雲流入懷中，抱著她到桌旁坐下。「身子可還疼？」昨日小試雲雨，讓他初曉男女滋味，此刻恨不得時時都黏在一起才好。

他問完這話，果然看見自己懷中人兒的耳根子一點點地紅了起來。從他這裡看，順著黑髮，還能瞧見她細白脖子上頭的紫紅吻痕。

「一點點。」季雲流極難得地羞澀起來，轉過身子，伸手在他胸口一圈一圈地畫著。「七爺，晚上你再幫我揉揉……」

屋外的陽光從雕花長窗上糊著的白紗透進來，玉珩眸中的黑色一點點加深，只想夜幕快點降臨。

第九十九章

穆王成親的第二天，穆王府宴請季府眾男眷。

勛貴人家娶親，流水宴擺上幾日、府中再熱鬧上幾日，那都是極為尋常的事。

至於玉珩與季雲流則在穆王府中膩膩乎乎了三天，便到了回門之日。

這一日，兩人在「你摟著我扭扣子，我環著你繫帶子」的姿勢下穿戴整齊，同坐一輛馬車回了季府。

當季府眾人歡歡喜喜地迎接季雲流回門時，玉琳正在和悅樓中飲酒。

秋日桂花飄香，和悅樓的廂房中卻門窗緊閉，半點聲音也透不出來。

玉琳坐在桌邊後頭，看著前頭那一桌菜色，卻不見他動一下筷子。

他冷冷盯著前頭的人，右手指輕敲著桌面。「想說什麼你儘管說，都來到這裡了，就莫要在這打啞謎，我最見不得便是說一句話也要繞上三繞的人。」

那人嘻嘻一笑，倒是自己飲了一口酒。

「二堂哥，該說的，適才我都已經說明白，左右加起來不過一句話——皇上對你不仁不義，你又何須與他講什麼父子親情呢？」

玉琳叩擊桌面的手陡然停了。

站在一旁的翁鴻眼皮一跳，皮肉一陣哆嗦，抬眼就向玉瑠瞧過去。

「原來你打的是這個主意。」玉琳盯著手下的那雙銀筷，聲音聽不出什麼情緒。「玉瑠，你也瞧見了，本王如今無權無勢，同一個廢人般地在景王府中待著，君君臣臣都不成，又如何能與我父皇講什麼父子情？」

「二堂哥，」玉瑠笑盈盈的，坐在玉琳對面，蹺起了二郎腿。「明人眼前不說暗話，你討厭一句話繞三繞，我亦是討厭得緊。咱們如今也算是同坐一條船，有話就攤開來說了吧。我記得二堂哥的嫡親舅舅容嵐珂可是平西大將軍呢！」

將軍手中若無兵權，何來將軍之稱？

「好，咱們明人不說暗話。」玉琳也不裝傻了，傾身過去，冷笑一聲。「玉瑠，你也姓玉，我也姓玉。你的意思我明白了，你讓我在秋獮時謀害我父皇……可到那時，這個皇位到底又會歸了誰？我總不會要傻傻地背了個千秋罵名，還要替他人作嫁衣裳吧？」

「唉，堂哥你可真是……謹慎得緊哪！你也不瞧瞧我這個性子，我從小是野慣了的，論才情、論手腕、論正統，哪裡比得上堂哥你？我左右不過一個替自己、替琪伯府不值而已。我與七堂弟的恩怨，堂哥你也是知曉的，若是讓他坐上那位置，五馬分屍都算是他賞了我，我還得磕頭謝恩，我若不為自己打算打算，難不成要伸長脖子等他砍嗎？」

見玉琳瞬也不瞬地盯著自己，玉瑠收了腿，又道：「昨日皇上傳了聖旨後，堂哥也瞧見了，朝中那些眼巴巴盼著堂哥你回去的，聽了皇上的聖旨，也是惶恐憂慮得緊。」

玉琳沈默不語。

昨日，他讓工部尚書上奏，希望皇上讓自己官復原職，卻被皇帝當場駁回了。皇帝還傳下聖旨，說自己大病初癒，不必勞累，在府中應多休養幾日。

只怕短時間內，皇帝是不會讓他上朝為事了。

玉瑠接著分析道：「二堂哥，錯失了秋闈這次，只怕朝中就由不得咱們插半點手了。如此種種，堂哥你可真是要想清楚了呢……你苦心經營這麼久，真的心甘情願日後躲在景王府，半步不出來了？」

玉琳細細聽罷，想明前因後果，果然心動，一拍桌面，道了一句：「好，我且信你這一回！」而後，便與玉瑠坐在那兒一道商討秋獮那日的種種安排與佈置。

待玉瑠出了廂房，由下人送出去，翁鴻戰戰兢兢地開口。「王爺，這事……您真的決定與瑠世子一道謀劃？」

玉琳瞧著廂房中掛著的那幅錦繡江山水墨畫。「天下之大，也不是隨隨便便張手就能來的。我在朝中這麼久，自認沒有一樣不比玉琤，可如今父皇是連次機會都不給我了。玉瑠說得對，他不仁不義，我何須跟他講什麼父子情義？」

「可是那琪伯府中，只怕與反賊有所聯繫……」翁鴻還是覺得此事不妥。若是事情敗露，自家王爺落得就是一個反賊稱號了！

由奪嫡變弒父，這名聲……只怕大業可成，亦是遺臭萬年。

「鴻先生，」玉琳瞧出翁鴻心中所想，不以為然地笑了笑。「成王敗寇，我已有這等心思，無論是什麼緣由敗了，結果都會是死路一條，既然如此，我等又管死後名聲是什麼呢？」

佟氏坐在酥餅鋪子的樓上，戴著紗帽由上往下望。

這條路是穆王府通季府的必經之路。

當初玉珩大婚時，她亦是坐在這兒往下瞧著大紅吉服加身的玉珩。那會兒，看見自己傾慕了幾年的人所娶的是另一人，那種痛苦猶如萬箭捅心，絞入五臟六腑般地難受。

站在佟氏身旁的花芸盯著窗外，遠遠看見帶有穆王府標誌的馬車駛過來，俯首低語了一聲。「夫人，沒有瞧見穆王的馬，穆王應該是與穆王妃一道坐在馬車裡頭的。」

她越過規矩多言如此是非，無非也是想讓佟氏死心。

自家姑娘已經是安王的側妃，竟然為了穆王出府偷瞧，就算這鋪子是佟家的，但若讓人抓到把柄，那是怎麼都說不清了。

佟氏充耳不聞，目光落在馬車上，半點不移開。

她只能坐在這兒瞧一瞧，其他的全然沒有辦法。還能怕什麼呢？若不是她母親苦苦哀求，自己捨了這條命也是肯的。

相比玉珩從季府出來的愉悅心情，馬車內的季雲流就顯得悶悶不樂。

玉珩見她手裡捏著橘子，卻是側頭沈思著什麼，一把將人攏在懷中，親著她的嘴角問：「怎麼了？可是想在季府多待些日子？過些日子，我再陪妳回來多住幾日便是了。」

「七爺，」季雲流一向不瞞他什麼事。這又不是自己偷漢子之類不可告人的，也不隱藏地說了。「我三嬸……呃，就是何氏，今早在咱們來季府的時候，在府中上吊自殺了。」

這件事，她從出府到現在還是有些不解。

當季老夫人身旁的丫鬟慌張跑過來稟告時，與她同坐一屋的女眷都是懵的。

何氏竟然會投繯自殺？連銀子都捨不得拿出來的何氏，竟然願意捨出性命？所為何事？難道就是為了給回門的七皇妃一個晦氣，說自己做鬼也不放過他們？

果然，玉珩聽見此話，雙眼瞬間冷了下來。「死了？」

「死了。」

玉珩哼了一聲，這種在他們大喜之日出么蛾子的，就算這次沒死，他也要下令將人打死了。「她死了妳不必難過，又不是妳殺的人，我沒有下令去鞭屍，也是全看在妳的面上。」

皇子成親，本可不用陪王妃三朝回門，他陪著季雲流回季府乃是對她的看重，但季府卻給他演上這麼添堵的一齣，若是賜一條「對皇家大不敬」的罪，那可是能滿門抄斬的！

季雲流嘆了一聲。「我自認沒有做對不起三嬸的事，但我總覺得三嬸的死沒有這般簡單。聽母親的意思，七妹如何都不同意嫁給之前太子幫她保媒的張家三郎，因為這事在家中鬧騰了很久。但這件事，三叔一直說沒有轉圜的餘地，而如今，三嬸更是連死都要留下遺書，讓七妹與張家三郎退親，所以，我便多想了一些。」

這些事自然都是陳氏在屋中講給她聽的，所以陳氏懷疑何氏的死並不是自殺這般簡單。奈何這件事是家醜，更不可有個閒言碎語流出，無論如何都要隱瞞下來。

季老夫人更是氣得吐出血，一聲令下要送季雲妙去道觀，一世不可再回季府！

「她還瞧不上張家三郎？」玉珩笑得很冷。「張家三郎匹配季七，不說一朵鮮花插牛糞，也要說天鵝被癩蝦蟆啃了去。」

當初玉琤使計讓宋之畫成為玉琳妾室，而季雲妙害人終害己，但念在季府臉面上，挑來挑去，還是給季雲妙挑了戶不錯的人家。哪裡知曉就這般人家，何氏還要逼死自己來給女兒退親。

季雲流聽著，看近在咫尺的玉珩，他那烏黑的眼睛如清月，銀燦生輝，知他是真氣得厲害，當下不再講，撲上去引開話題道：「老公，你能不能不要長得這麼帥……」

虧得玉珩練過，反應極快，一把接住猛然撲過來的季雲流，反手將她扣在自己懷中，不氣了，反倒有些寵溺。「妳呀！」

季雲流坐在玉珩懷中，手指繞在他的髮絲上。「其實此事說起來，也同七爺有莫大的關係。」

「與我有關？」

「對，就因你長得太帥，禍國殃民，三嬸覺得是我搶了她女兒的好姻緣，這才在今日用白綾掛了橫梁，定要在你我心中添個大堵……」

這鍋揹得……

玉珩也不知該是歡喜自己顏色好，還是該愁慮日後會「美人」遲暮？

車中，兩人你貼我、我抱著你，席善的聲音忽然在外頭響起。「七爺，前頭便到五味齋了，可要小的去裡面買兩盒紅棗糕？」

「長得好看的分明是妳。」玉珩擁著季雲流，點了她的唇，又揚聲朝外應道：「你且去買兩盒給王妃。」

季雲流嘴一噘，當即往玉珩嘴上親過去。

「姑娘，穆王府的馬車停在咱們鋪子外頭了。」花芸看見馬車就在樓下，不由說了一句，再見席善從一旁跳下車，進了鋪子，恍然道：「原來是來買糕點。」

馬車近在咫尺，佟氏再也坐不住了。她站起來，伸手就將紗帽掀上去，目光灼灼地盯著下頭遮得嚴實的穆王府馬車。

不過一會兒，席善捧著兩盒糕點，小跑了出來。

他站在簾子前頭說了一句什麼，簾子被掀起一角，玉珩伸出戴著玉扳指與赤金戒指的手，將兩盒糕點全數接進去。而後席善坐上馬車，馬車又緩緩啟程了……

這一幕只是片刻工夫，可一直盯著馬車簾子的佟氏見到的便不一樣。她清清楚楚看見，馬車裡，季雲流坐在玉珩的懷中，雙手環著他脖子，玉珩另一隻手摟著她腰身，唇在她臉頰邊，眼角略彎，似是心情甚好的模樣。

佟氏雙手緊抓頭上紗帽，只覺自己旁邊颳起了九玄冰雪，讓她全身寒冷。

是啊，自己坐在這兒，期待的又是什麼？

這時，玉琳正從和悅樓中下來，剛下樓，一旁的張禾指著前頭道：「王爺，那是穆王府的馬車。」

大街前頭，黑楠木所製的馬車停在一家鋪子前頭，上頭的徽章可不正是穆王府的？

「王爺，鋪子上頭的人……」張禾眼尖，再指了上頭道：「好似安王爺的側妃。」

玉琳定眼看了看。他還真記得這個曾為京城第一美人的側妃！

前頭大道上，穆王府的馬車絕塵而去，玉琳一直注視著樓上佟氏的臉，但見她站在那兒，似乎要被這一陣秋風吹走的模樣，緩緩笑開了。

「七弟可真是豔福不淺，這頭剛娶了一個王妃捧在手心疼著，那頭又惹了一個他人妻心碎。走，爺突然也想吃那些甜膩的糕點了，去買兩盒嚐嚐！」

玉珩與季雲流回府，剛坐下，將將吃了一碗燕窩，二門處便來人稟告說：「寧伯府的寧世子來了。」

玉珩於是移到前院見寧慕畫。寧慕畫這次過來是有要事相告。

待下人上了茶，寧慕畫為趕時間回府陪伴還在月子裡的嬌妻，直接道：「適才我的人跟著景王，見景王去了和悅樓，在樓中待了前後一個時辰左右。至於景王在樓中到底相會誰人，我的人未探到，只是後來，景王又去了華寶大街前端的五味齋中。」

玉珩抬眼瞧他。「去了五味齋？」他正是在五味齋買的紅棗糕，那玉琳去五味齋，是在自己過去之前還是在之後？「你的人可曾看見了我穆王府的馬車？」

「瞧見了，」寧慕畫道：「景王正是在七爺您離去之後上的五味齋。他說景王上去時，那樓上還有一女子，只是不知道是誰？我讓他描述一下，畫了一幅畫……」說著，從袖中掏出紙遞過去。「怕被景王府侍衛發現，我的人也未曾靠近，只是遠遠看著描述來的，這畫大約也就六、七分相像。七爺您覺得這個女子像誰？」

玉珩接過紙一瞧，那上頭果然只畫出一個大概，不過就是這樣，他還是覺得十分眼熟。但是他除了季雲流與自家母親，平日對其他女眷半點不在意，這會兒突然讓他去想，怎麼都想不起來這人是誰？

「似乎在哪兒見過……」玉珩自言自語一聲，抬起頭。「既然在五味齋樓上，定是這五味齋的東家，查出誰是五味齋的東家便是了。」

「京中店鋪若是官家開的，都是掛在他人名下，一時半會兒只怕也查不出來這五味齋的東家是誰。」

容貌都看不大清楚，只怕景王與這女人商討了什麼內容，就更加不知曉了。不過，既然事情已經有個頭緒，那再查便是。

玉珩收了紙，打算將這紙交給寧石去查探，而後又問起了琪伯府的事。

京城中表面看著平靜無波，底下實則也是波濤暗湧。

寧慕畫派人緊盯著景王與琪伯府，為尋反賊，只怕琪伯府或景王也是派人盯著自己與寧慕畫來著。

說到琪伯府，寧慕畫道：「琪伯爺一直在伯府中，偶爾只是去茶樓喝幾杯茶。那茶樓咱們都查過，並無問題。至於�世子，他今日還在那個鬥鳥場中玩鬥鳥……」

說起玉瑫常去的鬥鳥場，玉珩驀然想到一件事情。「這個鬥鳥場與和悅樓似乎只隔了條小弄堂？」

寧慕畫被這麼一句話驚醒。「七爺的意思是，景王與琪伯府的人正是假借和悅樓與鬥鳥場的便利，私下在一起商討勾結？」

玉珩也不敢斷定。「這事，你還得讓人多多注意一下。玉琳此次想再上朝堂，被父皇當場駁回，或許便惱羞成怒也未可知，咱們已知曉他與反賊許是有來往的。」

寧慕畫深知其中嚴重，沈聲點頭，然後悄無聲息地離開穆王府。

佟氏腳步虛浮地被花芸扶進寢臥中。
她心跳極快，如何都壓不下來，回了安王府匆匆用過晚膳，簡單洗漱，就以身子不適、受了涼的藉口，早早躺在床上睡了。
上頭的床幔是紫紅色的，金絲錯在一起，橫橫豎豎，晃得她眼都模糊了。
適才，景王以強行入了她所在的包間，篤定無比地對她說，他既然有法子讓那季六成了穆王的正妃，同樣有法子能讓她離了安王，再與穆王在一起。
景王還保證，她將來做穆王的正妻，穆王不敢不從！要付出的東西，便是她在秋獮那日替景王辦一件事，僅此而已……
佟氏一直睜著眼，腦子裡胡思亂想，想著想著，漸漸睡了過去。

第一百章

玉珩回到正院，季雲流已經在西花廳等著他用晚膳。

雖是用晚膳，時候也不早，玉珩正是血氣方剛年紀，又初曉床笫之事，只覺得其中滋味妙不可言，拉著季雲流在前頭院子走了兩圈，就將人帶到東次廂寬衣解帶，欲在溫泉來個戲水鴛鴦。

外袍剛解下來，一張紙從玉珩的袖中飄落。那紙飄飄蕩蕩、輕輕款款，一下子飄到季雲流的前頭。

「這是什麼？咦，這似乎是誰的小像畫？」季雲流好奇地伸出手，接住那飄來的畫像，在眼前攤開一看。

哦！這一看不得了，簡直是山崩地裂、海水倒流！

季雲流瞬間氣血翻騰，目中的火噴了出來，險些焚了玉珩。

「嗯哼，七爺，你是不是該解釋一下，你偷偷藏張佟氏的小像在袖中，是要做什麼？」

季雲流面上不透怒火，居然還露出一絲笑容，只是那千嬌百媚的笑顏讓玉珩整個人都感覺涼颼颼的。

嗚呼哀哉，他適才一心沈在溫柔鄉中，以至於忘記把從寧慕畫那得來的畫像交給寧石去查探……

「原來這人是安王的側妃。」玉珩終於知曉答案，但見季雲流雙眸微瞇，他上前抓住自家嬌妻的雙手，迎難而上道：「老婆，妳聽我解釋。這畫真不是我私藏的，是適才寧慕畫尋我，給我與反賊有關的人像……」

可憐玉珩為了解釋這個烏龍，使出渾身解數，極為機智地將季雲流每日掛在口上的稱呼「老公」都應對了來。

成，則良宵再續；敗，滾到書房跪板凳。

玉珩兩輩子加起來，從未有過今日一般舌粲蓮花，真真是在國子監的學諭面前作文策都沒這般用心過。拉拉扯扯、摟摟抱抱、又親又吻，再也顧及不了臉面後，總算把前因後果講了清楚。

「你說咱們離開五味齋之後，景王去了五味齋的樓上，樓上窗戶大開，裡頭還有個佟氏？」季雲流把前後梳理一遍。「如此說來，就是咱們去五味齋買紅棗糕的時候，她就坐在樓上一直瞧著咱們？」

玉珩之前只想到這女的與玉琳有所聯繫，在樓上大約與玉琳商議了什麼，還真未想到這一層。

「她坐樓上瞧著馬車中的妳我又是做什麼？」

話落下，就見已經軟在自個兒懷中的季雲流，又瞇起那雙勾魂的桃花眼，涼颼颼地瞧著自己。「七爺，人家可不是瞧我，人家那是在瞧你呀！」先是迷惑無知少女，後又迷惑自家嫂子，妖嬈惑女、禍國殃民，這八個字通通映照在你身上都不止！妲己都沒你這般紅顏禍水！

深深明白意思的玉珩張了嘴，一句都說不出來。

長成這樣，真不是他的錯啊……

玉珩得知這小像上的女人便是佟氏之後，翌日下朝時便把這消息告訴寧慕畫，還告訴他，約莫是佟氏被玉琳抓住了什麼把柄，才有兩人同聚五味齋一事。

寧慕畫聽見玉珩說出來的名字，微微吃驚。「七爺是如何想起來這人便是佟氏的？」其中心酸之處，他怎能與寧慕畫說？手一揮，只讓寧慕畫好好在佟氏身上查一查，踩著官靴，瀟瀟灑灑往宮門的方向走了。

秋日涼爽，一陣冷風吹來。唉，再去買兩盒桂花糕給媳婦兒賠罪吧！

皇帝出皇城狩獵，聲勢浩大，一年一度的天子打獵，同祭天、祭祀一樣，是十分莊嚴肅穆的事。

東方剛剛昇起啟明星，皇城中便湧出大批人馬，馬蹄陣陣地敲打在官道上。

皇家狩獵場亦是規劃好的，圍場之內，閒雜人等自然是一個都不允許進入。早有宮人、侍衛在這裡安了營、紮了寨，營帳大大小小一共有幾十個，各種東西也是一應俱全。

穆王府分到兩個帳篷，一個是主帳篷，供他們夫妻二人休息用；另一個便是下人的帳篷。

即便是天未亮就出皇城，到了狩獵場也已經天色不早，按照以往慣例，這日都是眾人安頓好，皇帝與他們用個晚飯，便各自回營休息。

皇帝年事已高，一日行下來也覺疲憊，在主帳中受了朝拜，揮手讓眾人退下去。

皇家秋獮，季雲流是頭一次見識，但見夕陽西下，遠處青山綿綿，腳下草地青青，看著周遭一片廣袤無垠，她心中也生出一陣陣的豪情。

雖然她的馬術不是很厲害，但跟在玉珩後頭應該也不會走丟吧？嗯，古代員工旅遊福利制度確實很不錯！

侍眾人休息一番，那邊的侍衛與宮人也已生好火，擺好長桌與架子。

篝火燃起，由宮中御廚親自燒烤整頭鹿，一旁也有下人們準備好小烤架，方便王公大臣們自己動手，烤個新鮮。

玉珩伸手接過蘇瓔處理好的野雞，正想給自己的愛妃展示一下，便感覺到前頭有一道視線鎖定著自己。

他一抬眼，瞧見了坐在右側上邊、安王身邊的佟氏。

只一眼，玉珩又漫不經心地將目光轉到別處去，彷彿不經意瞧了一圈風景一樣，動手在火架上翻烤起野雞。

既然知曉佟氏與玉琳勾結，他自然是靜觀其變即可。

他坐在凳上翻烤野雞，季雲流在一旁單手托腮地瞧著他。

他將將從佟氏那兒收回眼，得了一旁季雲流的「嗯哼」一聲。那聲「嗯哼」意味深長，讓玉珩眼皮一跳，險些栽到前頭的火坑中把自己烤熟了。

他抬眼瞧愛妃目光幽幽地盯著自己，壓低聲音，理直氣壯又帶著委屈地解釋道：「愛妃，妳看見了，是那什麼佟氏腦子進水，本王被這樣得了失心瘋一樣的人盯著，亦是很頭疼的……」

這人賣起萌來，真是誰也擋不住。

「嗯。」季雲流笑盈盈地收了手，伸到玉珩的兩邊太陽穴上。「妾身瞧見王爺您的難處了。來，妾身給王爺您揉揉……」

夜幕降下來，這會兒除了中央的篝火與眾人旁邊的小火架，宮燈都未點起。

季雲流的廣袖擋了擋外頭視線，玉珩瞧著近在咫尺、嬌豔欲滴的唇，不禁用自己的嘴碰上去。

佟氏沒想過玉珩會發現自己在看他，那一眼望來，雖只有瞬息，佟氏亦感覺到他眼中的不悅。

她被這一眼驚醒，慌亂地收回目光，手一撞，不小心打翻前頭那一杯羊奶加茶。

玉琤就坐佟氏邊上，看那杯奶茶翻滾而來，扯著自己袍子跳起來。「妳在想什麼呢？怎地這麼不小心！」

「王爺，妾身、妾身幫您擦一擦……」佟氏通紅著臉頰，抓起帕子替玉琤擦拭。

美人如玉，面頰染上紅霞的佟氏，讓偏愛美人的玉琤心下酥酥麻麻，癡了半晌。

「佟氏，妳不必擦了……走，妳陪本王去帳中再換上一件便是了。」說著便站起來，帶上佟氏，打算往後頭的帳篷而去。

這一轉身，便瞧見了臉與臉貼在一起的玉珩與季雲流。

安王重重咳了一聲，見季雲流輕輕推開玉珩，於是大步過去，一拍玉珩肩膀。「七弟，你們新婚燕爾，這般膩得緊也無可厚非。只是有這麼多人瞧著呢，你怎麼都該收斂一下吧？等晚些或者，嗯，回帳中再……啊哈！」

玉珩與季雲流不過只是碰了碰唇而已，那些什麼纏綿悱惻的閨房之樂，壓根兒不可能在這裡使出來。

他聽玉琤如此絮叨，站起來同季雲流一道略行了個禮，一眼瞥過跟在玉琤後頭的佟氏，目光落在玉琤面上，笑了。

「大哥教訓得是，這種樂趣之事，自是要回帳中才好。」

玉琤哈哈一笑，再拍玉珩肩膀，一副「你懂的」模樣，而後急切地帶著佟氏往自己帳中走了。

季雲流瞧著離去的兩人，尤其是佟氏最後的臉色，朝玉珩附耳輕道：「七爺，佟氏臉都白了……」好腹黑，真的好腹黑，僅僅一句話就讓暗戀自己的對象死白了臉。

玉珩伸手捏了捏季雲流手心，同樣附耳輕道：「愛妃，本王也想與妳一道回帳換衣裳……」

不過一會兒，宮燈點起，中央的鹿已經被烤熟，皇帝讓御廚分配給坐一圈的每個皇子、大臣，而後侍衛抬走了烤架，御林軍開始列隊操練，展示給眾人欣賞。

這些操練自然也不是平日訓練的項目，說白了，就是把軍中的操練融於鼓樂聲中，讓王公大臣們欣賞見識一番而已。

頭一個節目是眾多侍衛組成的大型戰舞，這舞蹈領頭的人竟然是寧慕畫。

寧慕畫一身四品的侍衛服，腰佩長刀，動作嫻熟又充滿力量，他跳起如此有力的戰舞來，讓在場一些文官都拍手叫好。

玉琤與佟氏從第二支舞蹈結束後才出了帳篷。佟氏出來時，臉色更白了，垂著頭，小鳥依人地跟著安王，那身形似乎是秋風吹來，就能隨風飛走一般。

倒是玉琤，滿面春風地帶著蘇氏與佟氏向皇帝敬酒。

穆王府主帳內，玉珩與季雲流洗漱一番，正想就寢，就聽席善站在營外頭輕喊一聲「七爺」。

這是有話要說的意思，玉珩出聲讓席善進來說。

主帳中有兩道大屏風，隔了前後間。玉珩坐在前頭鋪了狐狸毛的榻上聽席善回稟。

「七爺，適才小的一直盯著景王府帳篷，看見景王府的侍衛張禾從帳篷內出來，只在整個營寨中走一圈便回去了。不過奇怪的是，過了半個時辰，他又繞著營寨走了一圈。」席善抬起頭。「七爺，張禾是不是在向誰傳遞什麼信息？」

玉珩問：「還有誰繞著營寨走了一圈？」

席善想了想，搖搖頭。「小的光注意景王府的人，其他人還真未曾留意著……」在這個營寨中，王公大臣加上小廝、丫鬟、侍衛，就算沒有過萬的人，幾千人也是綽綽有餘，讓他一個看這麼多來來回回的人，還真是找不出來誰可疑。

「不過據小溫回來說，安王那頭，佟側妃特意讓人抬了兩桶水，又把安王喚了過去……」

「安王側妃？」玉珩自語一聲，然後揮退了席善。

正欲起身回內室，聽見裡頭的季雲流「哎呀」一聲

「雲流？」玉珩立刻直奔內室。「妳怎麼了？」

「我沒事……」季雲流被玉珩抱在懷中，應了聲，卻不見她把目光落在玉珩身上，眼睛還是黏在前頭的水盆中，聚精會神。

玉珩確定人沒事了，這才注意到她前頭的水盆。

他轉眼一看，頓時一陣噁心湧上來。

「這是……妳何須對著這種人消耗靈力作法？」水盆中的正是讓他噁心到死的佟氏！

佟氏適才洗了個香澡，讓人找來玉琤。這會兒，玉珩所見到的正是佟氏有心讓玉琤再現男人雄風的光景。

「七爺，我可不是對著她作法的，我是拿了七爺你的頭髮，想用血親尋找方式去找一找景王，哪裡知曉景王被道人下了結印，屏障了道法侵入。我對景王通感不成，便轉到安王身上，想尋點什麼線索，於是一不小心就看見了……哎呀！原來佟側妃還會這招，厲害厲害，好厲害……」季雲流一面解釋，一面又唏噓了佟氏勾引男人的手段。

這種現場直播般的畫面讓她嘖嘖稱奇，身後的玉珩卻整個臉都黑透了。

第一次，玉珩覺得自己上輩子早早就歸西真的挺好！不，是非常好！他要給玉琳上三炷香，感謝他上輩子在自己成親之前亂刀就砍死了自己！

好在這水盆的景象是由玉珩的髮絲通靈而來，因靈力不夠，只有玉琤見到的畫面，沒有兩人互動，也沒有聲音，不然只怕這帳外都要聽到玉琤那兒是個什麼情景。

自古美人膝是英雄塚，就算玉琤早早說自己體力不支，被佟氏這般「用心伺候」，也是男風大振，向著欲迎還拒的佟氏撲過去……

而後關鍵時刻，玉珩手一推，打翻了桌上的水盆。

「七爺？」季雲流詫異地轉過頭。適才看得太專注，這會兒才發現，自己與玉珩的姿勢也是挺尷尬的。

玉珩的手伸進她中衣內，一路向上，在她耳邊撒熱氣。「愛妃，長夜漫漫，咱們夫妻為何要去瞧他人的房事，尤其還是那種噁心之人……春宵一刻值千金，咱們不該為了那些人浪費良宵美景……」

翌日，清晨寒氣重。

季雲流坐在鏡前由九娘梳妝。說起九娘，侍女是她，侍衛是她，管事嬤嬤做的事也是她，梳妝打扮的還是她。

季雲流閒坐著，由銅鏡瞧後頭在扣盤扣的玉珩。

昨晚美男在側，來不及好好細思，如今一想，昨晚佟側妃的舉動總覺得有怪異之處。佟氏愛慕自家男人，這個明眼人都看出來了，應該假不了；再加上她昨晚瞧著玉珩跟死了老媽一樣的表情，真不至於到了帳中就換了靈魂一樣地對安王這樣那樣勾引……

俗話說，事出反常必有妖，今日必有事要發生。

玉珩穿好衣裳，見季雲流單手托腮，瞬也不瞬地瞧著自己，不禁問了一聲。「怎麼了？」

「王爺長得好看，妾身不禁多看了兩眼。」季雲流笑了笑，把手收回來，在袖中掐了一下，得了一個「空亡」。

空亡，事不祥，陰人多乖張，行人有災殃，解禳保安康。

唉，大凶！

「九娘，給我換那件紫紅的衣裳吧！」穿豔麗點，壓一壓煞。是福不是禍，季雲流從來不特意去躲。天道公允，今日窺覷天意特地躲過一劫，下一劫，也許更凶險。

「九娘。」

「姑娘？」

「妳等會兒且去跟著佟側妃，看看她今日會不會做些什麼？」

九娘雖是疑惑，依舊應了一聲。

第一百零一章

帳外，眾人錦帽華衣紛紛穿上身，就連皇帝亦穿了身明黃繡龍的騎術裝，披了件斗篷出來。

玉珩攜著季雲流向皇帝那頭走去。

她忽然問：「七爺，你戴著護身符嗎？」

「嗯，一直戴著，未曾取下過。」玉珩不解。「怎麼了？」

「也許今日便有用了。」季雲流低首輕說了一句。

玉珩剛想再問，兩人已到皇帝前頭，只好作罷。

皇子們攜著王妃，與文武大臣紛紛給皇帝跪地行禮。

寧慕畫站在一旁瞧著那一排的成雙成對，伸出手，不禁往自己手上的赤金鐲子瞧了瞧。

這是他自成親以來，頭一次離了秦氏在外頭過夜。昨夜在帳篷中翻來覆去，睡得都不大好，也不知秦氏昨夜睡得好不好……

自從穆王府遭遇刺客之後，寧慕畫便讓人專門做了一個帶有暗器的手鐲，讓自家嬌妻隨身帶著。這個手鐲因妻子生產之後，一直放在妝檯的匣子裡，昨日，秦氏見他要出門在外待上七、八日，便把鐲子扣到他手上，笑說睹物思人也好。

這會兒只見一對一對的，他也真的睹物思人了……

琪伯爺這次也來了，同玉瑠站在一塊兒。兩父子穿得很類似，全是深紫騎裝，頂著兩張紈袴子弟的神色。

皇帝看見他們，動了動嘴，終是笑道：「琪哥兒，今日你可不能再尋了藉口待在營中不出去了！」

「皇上，」玉瑠幾步躥過去，諂媚一笑。「我阿爹今日必定上獵場。皇上您瞧，我將他的戰袍都從箱底翻出來了！」

「皇上，」玉瑠見皇帝果然轉首去瞧自己父親的衣裳，再纏上去道：「皇上，您從小最疼我，待會兒讓這些堂兄、堂弟讓讓我……」

「你呀，寵你寵得都沒規矩了……」皇帝輕輕摑了一下他的臉。「上次的事，必定不能再出了！」

都知道是說上次景王府的事，玉瑠當下叫道：「皇上，我給二堂哥賠過禮了，是跪在門口負荊請罪的！」

玉琳乘機上前兩步。「父皇，瑠哥兒倒是真的知錯了，還在我府門前自抽了幾巴掌呢！」

「知曉錯了就好，朕知道你因被奪封號的事，讓你被友人嘲笑。」皇帝拍拍玉瑠肩膀。「過了年，朕恢復你王爺身分。」

玉瑲大喜，跪地謝恩。眾朝臣站在一旁，心中暗道：皇帝待這個姪子倒是真的仁厚。

號角聲陣陣吹起，大昭旗幟隨風飄揚，皇帝翻身上馬，在眾侍衛的開道下，今日的狩獵便正式開始了。

「駕！」皇帝一甩手中馬鞭，向前頭策馬奔出。

後頭一眾皇子、大臣與英姿颯爽的女眷們，紛紛跟在皇帝後頭策馬奔出去。

青山綠草，樹林叢密，一開始還擠在一道的眾人，越深入獵場，人是越發稀少。

有些文官昨日因那支戰舞勾起豪情壯志，揚言今日要滿載而歸，可這會兒騎上馬不久便連連喘氣，只好讓侍衛再將自己帶回去。

玉琤同樣落在眾人後面。他昨日受不住佟氏的手段，連夜折騰，這會兒腳都是軟的，坐在馬上沒有掉下去已是馬術尚可的緣故，再想策馬奔馳，自是不大可能。

佟氏穿了一身白色滾金邊的騎馬裝，頭戴一頂紗帽。她見玉琤喘著粗氣，險些都要掉下馬，勾著唇笑了笑，掀起頭紗，露出害怕的表情道：「王爺，狩獵場這般大，妾身不擅馬術，王爺……妾身有點怕……」

二八年華的佳人，這般睫毛顫動、眼波流轉又楚楚可憐，讓玉琤頓時想到昨日的銷魂之處；再想到佟氏昨日夜裡綿綿相訴心中對自己的傾慕之意，玉琤心頭滾燙。「愛妃，有本王在，必定不會讓妳有半分危險。」

見她面上擔憂沒有半絲減少，他伸手道：「來，妳與本王同坐一匹馬，這樣本王便能護著妳了。」

佟氏甜甜一笑，立即翻身下馬，幾步到玉琤前頭，伸出手，眼中充滿仰慕之情。「王爺，妾身的性命安危全交給王爺了。」

玉琤與佟氏同坐一匹馬，那模樣根本不像狩獵了，交頸摩腮，兩張臉都貼在一起。一旁跟隨的侍衛眼見兩人這樣子，自然而然就迴避了些，只遠遠在後頭跟著。

至於季雲流並不是第一次騎馬，不過她馬術真的很一般，策馬奔起來，只能保持自己身體平衡，完全無法讓胯下的馬隨心所欲地奔馳。

玉珩雖親自教了她幾日，但這會兒還是憂心無比，跟在她旁邊連打獵都無心，深怕她就這麼摔了。

每年獵場狩獵，被馬蹄踩死的官員也不是沒有。

兔子從他們腳邊經過，跑了；鹿在眼前停留許久，奔了……席善看見那些到手的獵物都飛了，忍無可忍之下朝後頭擺手，示意侍衛從旁打些獵物來，不然到時到了御前，自家王爺一隻都沒有，可真是丟人了。

待季雲流熟悉了這邊高低起伏的地形，已經過了近一個時辰。此刻，前頭的樹叢中竄出了一隻通身雪白的白狐。

那白狐尾大毛純，季雲流大喜，側身停住馬，伸手抓了一旁的手弩對準白狐射擊。

古代弓重，劍也重，尋常的那些弓，她半分都拉不開，這手弩是玉珩特意讓人打造，便是為了今日的狩獵之用。

玉珩瞧了一眼，伸出手，抓住她手腕，調整了姿勢道：「手腕再低一些。」

弩箭從凹槽中「嗤」一聲地射了出去，那箭矢飛馳，白狐卻如流星般，一路躥出了白光。

「竟然沒中？」季雲流左手一抓短箭，快速上了弦，雙腿一夾，「駕」一聲，向那隻躥走的白狐再次追過去。

「駕！」後頭人紛紛追上。

皇帝這邊呼啦啦圍著的人是最多的，而皇后今年不知是否因兒子事事如意又娶了個好兒媳的關係，今日亦穿上青玄騎術服，心情甚好地並行在皇帝身邊。

寧慕畫駕馬跟在後頭，一路緊追，負責大昭最尊貴之人的安危。後頭的侍衛黑壓壓的一堆，所到之處，把狩獵場中的獵物驚得紛紛竄逃。

「皇上，有鹿！」皇后指著前方一叫，皇帝快速拔出身後弓箭，拉弓出箭，箭「嗖」一下便朝逃竄的麋鹿直飛而去。

一箭中腿，皇帝收了弓，哈哈大笑一聲。「好!帶回去！」

皇后坐在馬上，持著馬韁笑道：「皇上寶刀未老……」

眾人正高興之際，忽聞後頭有人策馬疾奔而來，附近的侍衛嚴陣以待。

寧慕畫瞧出那人正是玉琤身邊的貼身侍衛謝煜，而且竟然還滿身是血！

這人如此模樣，只怕安王那兒有大事！

「皇上，此人乃安王的貼身侍衛謝煜。」寧慕畫一語概括，見皇帝擺手，讓謝煜來見，立即吩咐侍衛。「讓他過來！」

謝煜奔到皇帝十丈之外，直接滾下馬，跪在地上高聲道：「皇上，安王遭遇刺客，此刻性命攸關，請皇上派人手援救！」

「安王如今人在哪兒？狩獵場內怎會有刺客?!」皇帝適才獵到鹿的好心情瞬間一掃而光，指著地上的謝煜道：「你們是如何保護安王的？怎麼會讓他受險！」

寧慕畫問：「謝煜，安王如今人在哪兒？可有受傷？為何遭遇刺客沒有向外放煙火求助？」

謝煜立即哭道：「安王在前方霧林之中！小的過來時，安王的左臂受傷，不在第一時間放信號是因為埋伏的刺客一躍而出時，頭一個斬殺的便是身上帶有煙火的侍衛！」

如此看來，刺客更像是有備而來。

寧慕畫不再等，眼一掃，下屬立即對天際放出煙火，而後再吩咐副統領率領兩隊侍衛，帶著謝煜回去支援。

轉回身，他再道：「皇上，林中危險，下臣保護皇上先回營。」

皇后轉首一瞧四周樹林，道：「皇上，妾身記得，年年打理獵場的是容家。」

「容家？」皇帝攏眉而思。

容家乃是前皇后的娘家，玉琤的嫡親舅舅，可玉琤的親舅舅還會謀害自己甥兒？

「且先回營中！」皇帝這會兒也無心力追究，手一擺，駕馬往來路奔去。

眾人將將跟上去，驀然，前頭忽從四面八方竄出一群狼，一目望去，還是一群眼睛都綠得發光的大狼。

「小心！」

「護駕！護駕！」

「狩獵場怎會有這麼多狼?!」

一眾侍衛不自覺往皇帝身邊聚攏。皇帝瞪著惡狼，咬牙切齒，握馬韁的手青筋暴起來。

到底是誰在謀劃這次陰謀！

狼似乎被餓得久了，看見這麼多人與高大的馬匹，竟也不怕。為首的狼仰頭嘶吼一聲，後方那群狼紛紛向前頭侍衛迅速躥上去，「嗷」的一聲嘶吼，聲勢甚是驚人。

「護駕！」

「保護皇上！」

「皇上，此地不宜久留，下臣護送您回營！」寧慕畫射了兩頭狼，直接收弓，指著前頭小路道：「皇上，這邊走！」

「莫讓狼群跟著皇上！」

「掩護皇上與皇后娘娘！」

這隊人馬護著皇帝往營地奔跑，四名刺客蹲身在草叢中盯著寧慕畫，見他首當其衝飛奔而來，相互點頭，雙足在地上一點，縱身一躍，騰空躍出草叢，飛身撲向最前頭的寧慕畫。

四名刺客拔劍出鞘而來，後面皇帝的頭皮都怒到要炸開。

先是刺殺安王來了一招調虎離山，後是狼群讓侍衛死傷慘重，現在又是刺客埋伏在必經之路，把自己的狩獵路線摸得如此熟悉，現在說御林軍沒有叛徒，他都不信了！

「寧統領，小心！」

前面四個刺客縱身一躍，後頭的侍衛為防衛撞，紛紛止住了馬，但僅僅瞬息工夫，後頭的狼群又是飛撲而來——

白狐躥得飛快，季雲流一路在後頭揚鞭猛追，往白狐所奔的前頭森林瞧去，那森林入口就像吞噬一切的地府大門一樣，煞氣瀰漫。

再瞧飛奔的白狐，毛色是不尋常的白，白得沒有一絲混色，就跟紙片做出來的一樣。

季雲流看著，輕輕一笑，「駕」一聲，又追了上去。

玉珩瞧著前頭的妻子，再瞧越來越幽深茂密的林子，不由出聲道：「雲流，不要再往前了！」

「七爺，」季雲流轉過頭，剛想說點什麼，驀然看見玉珩踹過一隻棕黑色動物，定眼一看，正是野豬。

「七爺，你左邊有隻豬！」她一夾馬腹，揚韁繩，掉頭直奔那野豬而去。

野豬本來只是躥過這條道路而已，見馬蹄聲緊追過來，嚇飛了，立即撒腿就跑，往白狐的另一個方向奔去。

「駕！」玉珩見季雲流拐向西南，不由緊隨她而去。

「跟上殿下與王妃！」席善在後頭見此景象，同玉珩一樣，把弓往身後一甩，揚鞭。「駕！」

後頭的十幾名侍衛紛紛策馬跟上。

野豬躥得飛快，後頭追的人也是飛快，呼啦啦地絕塵而去，瞬間不見了人影。

看著下頭似流星向西南方奔過去的隊伍，躲在樹上的刺客們大眼瞪著小眼，齊齊有些發懵。

他們特意為穆王妃準備了一隻小白狐，引她入陷阱，可姑娘家不喜愛白狐，為何會喜歡追野豬?!

玉琤流著血、喘著氣，伏在地上，但還記掛著自己的側妃，正想瞧一瞧佟氏有沒有受傷，卻被人推開。

佟氏掙脫他的手，爬起來。

爬起來後，她提著雪白裙子，看向撲在地上的玉琤。

她藉口要一隻白狐的毛皮來做圍脖，一看見白狐便讓玉琤去追。玉琤果然上鈎，帶著她一路進了這個埋伏好的陷阱中。

「佟氏？」玉琤見她冷眼瞧著自己，忽然打了個寒顫。這個眼神……

「哈！玉琤，你如今是呼天天不應，喊地地不靈了……哈哈……」佟氏笑起來。「玉琤，你到了地府可要記得，我很噁心你！」隨後，她整個人像一隻蝴蝶一樣，往刺客那頭奔去，邊奔邊呼喊。「我遵守承諾，把安王帶了過來！我是佟大娘子，你們不能對我動手……」

「佟氏！」玉琤看著她奔去，即便心頭有些明白了什麼，依然使不出所有力氣，大喊：「不要過去，危險！」

他話才落下，佟氏還未喊完，刺客挽了個劍花，一劍穿過佟氏的胸膛。

劍剛剛穿過佟氏的胸膛時，她只感覺到一陣涼意，沒有痛意。

她不可置信地瞧著穿過胸膛的劍，口中湧出血，道：「為什麼……」為什麼人人都利用了她？她的阿爹、阿娘，還有景王……全部都利用了她……

「我家主子說，佟側妃若是問起為什麼來，就讓我轉告您……」那刺客冷笑道：「側妃千萬不要怨我家主子，怨就怨您的母親，把您養得這麼蠢，還把您送進皇家來送死！」

刺客不過傳個話而已，話說完，猛地抽劍而出，一腳踹飛了佟氏。

「王爺，現在也該輪到你——」刺客拔了劍，話還沒有落下，遠處一枝箭矢飛射而來，直接一箭穿過刺客的胸口。

「誰！」

「什麼人！」

其餘刺客紛紛舉弓舉劍，嚴肅戒備，緊盯四周。

這一箭，讓玉琤被打殘的侍衛有了喘息機會，覺得有援軍到來，又振奮起來，提著劍奔到他旁邊。

還未死透的侍衛急切喊了一聲。「王爺，您先走！」

躲在樹杈上的九娘看著這架勢，抹了一下額頭的汗。

九娘快速翻出季雲流給她準備的平安符祈禱。三清與姑娘保佑，讓她不要喪命在刺客手中！

第一百零二章

風侵密林，茂葉在風中搖擺，嘩嘩嘩……

玉珩的馬術自然比季雲流好上不少，不過幾里路程，已經穩穩追上她。他見野豬早已不見，她還在策馬向西南奔馳，攏了眉，斂了心神。「雲流？」

「七爺。」季雲流端坐在馬背上，轉首指著另一頭密林。「那白狐帶的路有問題，明顯受人控制，要引咱們去一個有道法布陣的地方。不知道這樣的狐狸有多少隻，也不知道又有誰中了這圈套……」

「又是上次那個附身張舒敏的道人？」玉珩厲聲發問。若是那道人再回來，此次必定不會輕易罷手了！

季雲流騰出一隻手，抓出放在馬背布袋中的羅盤，塞進腰中，以備後頭使用。「我得上高處，再辨他們陣法範圍。」

「去綿山上頭。」玉珩一錘定音。「跟著我走！」

於是，一群人向叢林深處奔過去。

綿山山腳的洞內，段浩抖著黃紙在火燭前燃燒，案桌上是一根根朱砂製成的紅繩的陣法。

這樣的陣法佈置在同綿山一模一樣的小模型上頭，其中多根紅繩纏繞的一處是皇帝與皇后的所在，一處是安王所在，最後一處，便是為季雲流與玉珩備下的。

段浩燒完了符紙，見為季雲流備下的那處陣法，紅繩至今都沒有動一下，不禁開口道：「叔公，那季六會道法，您說她道法修為不弱，會不會那隻白狐已經被她識破？」

他聲音將將落下，外頭便有侍衛進來。「國師，穆王陪著穆王妃追一頭野豬，去了霧林的西南處，沒有落入我們準備的埋伏裡。」

侍衛說得極快，把季雲流先是追白狐，卻在半途見了一頭野豬，然後興沖沖去追野豬的事說了。

段浩與段茗瀚聽完，情不自禁嘴角一抽。這人到底是發現了白狐的不妥，還是真心喜愛野豬？

這個能在紫霞山與秦羽人一道讓自己神魂受損的女娃娃，段茗瀚如今也不敢小瞧。吃過一次虧，要是再小瞧了她，就是自己蠢了！

「沒事。」段茗瀚一擺手，冷笑一聲。「她就算不進陣法，瑠世子的人已經包圍整座綿山，只要殺了大昭皇帝，那季六憑雙拳和幾張道符，能打得過這五千大軍？」

在場眾人一想，也覺得是這個道理。道人又不是神仙，他們為這次的秋獮暗中經營了幾年，若不是發現景王被孤立，有變節的打算，他們也不敢在今年的秋獮便傾巢出動。

這次有了景王與容家相助，更加能萬無一失！

段浩一想，道：「可是叔公，您上次說過，那季六手中有一株開了靈識的靈物。」

段茗瀚沈默一下。自從醒來後，他就一直打著這株美人蕉的主意，若借了這株靈物的生機，他至少能延壽二十年之久，修為也能更進一步！

只是，他尋了那麼久，一直尋不到它的下落。

穆王大婚那日，他讓琪伯爺的人費盡心思混入穆王府中，在季六帶來的嫁妝中尋了許久，也沒有瞧見一株被她帶過來的花。

他更連夜讓手下翻入季府查看，也沒有找到那株開了靈識的美人蕉，也不知道季六到底把那株花放到了哪兒？

「你可見到穆王與穆王妃手上帶了什麼花沒有？」段茗瀚問過來稟告的侍衛。

侍衛仔細想了想，表示未曾見到什麼花，只見穆王妃馬背上有個包袱，之前看見她往裡頭塞了一把手弩。

「如此，更不必擔憂。」段茗瀚笑了。「上次因本座僅出了一絲神魂，那女娃娃又有靈物幫她，才讓秦老道有機可乘。這次她沒有那般好運道了——你！」段茗瀚一指適才的侍衛。「穆王與那女娃娃追野豬也好，追野熊也罷，你們都給我追上去，活擒季六，其餘的格殺勿論！」

「浩兒，」他又祭出一枝刻著文符的龍頭枴杖。「你且先與本座一道，破了大昭皇帝身上的龍氣。他乃九五之尊，身上必定還有秦老道的道符加持，你我切不可大意！」又指向一旁眾侍衛。「你等全數守在洞外，緊要關頭，不可讓任何人進入！」

「太陰化生，水位之精。虛危上應，龜蛇合形……」

那龍頭枴杖被貼上黃色道符，道符一黏上去，瞬息間，幾處龍頭內的藍色火焰湧了出來。

這些火焰如從幽冥之中爬出的鬼魂一般，在段茗瀚道指與咒語的指引下，向著朱砂線的陣法中躍進去。

皇帝乃九五之尊，身上凝聚的龍氣沒有什麼邪法能傷害到他，這次的秋獮只能成功，不能失敗，若是拖延太久，怕有援兵。為了萬無一失，段茗瀚打算用道法從旁相助刺客，斬殺了大昭皇帝。

再者，乘機取一些皇帝身上的龍氣與心頭血，也可為自己增加不少修為。

皇帝護著皇后一直往北面退去。林中道路不好走，偶爾有惡狼撲過來，皇帝持劍也揮退了幾隻餓狼。

寧慕畫這頭亦是打得十分吃力，敵眾我寡，那些刺客經過訓練，身手沒有太弱，他能自保已是難得，更別說還要斬殺他們。

刺客早早猜到這個侍衛統領難以拿下，來的四人已經俱是精英，卻不想這人這般難攻。

其中一人見林中的瘴氣慢慢增多，再見惡狼一隻隻減少，後頭馬蹄聲傳來，想來是之前那隊護著皇帝的侍衛已經趕過來，便不再浪費時間，後退幾步，舉劍再向帝后奔去。

定要殺了皇帝與皇后才算完成任務！

寧慕畫見刺客向後頭的皇帝奔去，縱身騰起，腳底生風，攏了刀，左手在右手手腕上一搭，隨即高高揚起右手——

刺客也是經驗豐富的人，早早防備著寧慕畫的劍，見他姿勢古怪地舉著長刀做了一個向自己劈來的動作，當下舉起雙臂，要用手中的劍擋一擋他劈來的攻勢。

這時，陽光正好照在寧慕畫手腕的赤金鐲子上，那鐲子鑲嵌著紅寶石，光影交錯下更加醒目。刺客看見那五顏六色的鐲子，腦中轉過一個奇怪的念頭：堂堂侍衛統領，帶著娘兒們戴的鐲子做什麼？

他正想到此處，便聽到後頭自己的同伴大叫一聲：「王二，小心暗器！」

後頭的刺客正好瞧見他腕上的赤金鐲子打開，裡頭推出一根繡花針一樣的細針，這根針就是淬了毒的！

那毒針瞬息從手鐲的機關中刺出，快到讓人看不見，直接沒入王二喉嚨處，他根本來不及說什麼，立時倒地而亡。

「王二！」

刺客們大驚，一陣哆嗦。身為京中的侍衛統領，竟然還帶著這般歹毒的暗器！

刺客的死亡讓寧慕畫的侍衛士氣大振。後頭有援軍，這邊，寧統領殺了一個刺客。斬殺了兩隻惡狼後，有兩個侍衛抽身奔到寧慕畫這，與他一道和三個刺客纏鬥在一起。

瘴氣越來越多，鋪天蓋地地浸漫而來，帶著寒入刺骨的涼意，與秋日的陣陣涼風全然不一樣。

「國師動手了！」刺客一瞧這光景，心中大安，道：「如此，咱們便與他一道磨練磨練！」

「好！」其中一個刺客執劍道：「我已久聞寧慕畫大名，今日咱們就正正經經一較高下！」

之前段國師便說過，林中的瘴氣一起，困龍陣便開始形成，在困龍陣中的人別想出去，外頭的援兵同樣別想再進來！

玉珩帶路，一行人策馬直奔綿山頂上。

綿山高聳，道路已經被開闢出來，他們正往前頭奔馳時，忽然瞧見一束煙花從霧林中飛射而出，「嗖」一聲到了半空才消失不見。

「七爺！」席善心頭大驚，瞧著那信號，急道：「那是御林軍的求救信號！皇上與皇后娘娘有危險！」

「我父皇身邊帶了四支護衛隊，總共四十八人，加上寧慕畫……」玉珩瞧著那煙花放上去的位置，整顆心似箭離弦，已經飛到皇帝、皇后身邊去了。「此次，到底是誰謀劃了這次的秋獮行動？是玉琳嗎？」

是不是自己太大意了，以為玉琳與佟氏苟合在一起，頂多也就是做做霧亭那樣丟皇家臉面的事而已，卻不想是這樣的趕盡殺絕……

玉琳這是瘋了嗎？

「七爺，煙花放上去的地方煞氣瀰漫，咱們得快點！」季雲流頭一轉，瞧著那邊烏漆墨黑、濃霧滾滾的霧林，攏眉斂神。這次恐怕不好辦了……

她策馬揚鞭，快得差點讓馬兒踩空，讓自己連人帶馬都摔了。

早知今日大凶，卻不想大凶成這個模樣，原來這是要改朝換代的大凶啊！

「駕！」

看見皇帝那邊的求救信號，一行人奔得越發迅速。不過一炷香工夫，眾人移到能縱觀霧林全貌的山腰中。

「七爺，不用再往山上去了，就在這裡吧！」季雲流翻身跳下馬，等下了馬，才發現自己兩腿都在發軟，大腿內側是火辣辣地痛。

兩輩子都沒騎過這麼久的馬，估計這會兒皮膚該是被馬鞍給磨破了。不過，如今也顧不得什麼哪裡磨破，人家都等著他們來救命呢！

「席善，幫我把包中的黃紙全數拿出來！」季雲流扯出懷中羅盤，對著下頭四方開始辨位。「還有桃木劍！」

媽的，這個世界的神棍不安安分分地替人家看風水賺大財、選墓地得善緣，個個都占著道法得意，來回搞事情參與皇家大事。自古伴君如伴虎，在封建社會搞迷信，知不知道會搞殘自家後代的！

席善動作十分快速，雙手插進包袱中，全數拽了出來，捧到季雲流面前。「王妃，要小的去弄張桌子過來嗎？」

「有就最好了。」季雲流不客氣。開壇作法雖不受形式拘束，但有桌擺物，面上更尊三清天道，自然更有靈氣加持。

席善一瞧四周環境，以木做桌來不及，這裡大石眾多，直接以石疊桌是最好了。

此次秋獮，玉珩帶了一隊護衛隊，加上席善正好十三人，六人去搬大石塊，七人在一旁巡邏，觀察這裡有沒有陷阱與埋伏之類的。

玉珩親自帶人把四周查看一遍，行至北方，聽見下屬飛撲過來，跪在地上稟告道：「王爺，屬下在東北前頭五十里外之地發現了大隊人馬，都不是御林軍裝束！」

「帶路！」他一撩衣袍，直接往那侍衛過來的地方躥過去。

霧林裡有陣法、有刺客，還有大軍……他不敢想後果如何。

疾步行過季雲流身邊，發現她正全神貫注地用朱砂畫符，他又往席善等人臨時搭建的石桌上望去。那邊已經有許多道符，這會兒還要畫符，可想而知那裡頭的陣法會有多棘手。

玉珩倏然停下腳步，抓住季雲流正在畫符的手腕。

季雲流正心無旁騖、一心都撲在道符上，突然被這麼一抓，抖得手中朱砂同天女散花一樣地撒出去。「七爺？」

玉珩幽暗深邃的眸子盯著她。「此次與那道人較量，妳切記先顧好自己，不可與他硬碰硬。玉琳想要這個江山，只要他不傷害父皇與母后，江山讓給他便是……」

若是玉琳不放過皇帝與皇后，那他便手刃了玉琳的人頭。

「七爺！」席善與那些侍衛紛紛大驚，連季雲流都睜大了眼。

玉珩仍繼續說道：「我不希望妳拿自己的性命去冒險。人活在世才能見到世間景象，才能執掌手中江山，命都沒了，要江山又有何用呢？」

他的眸子黑白分明，像是能望進心底，真真同水一般清澈。

季雲流反手抓住他，笑道：「七爺，你放心，我沒有打算與那道人硬碰。我只想尋出他的方位，讓七爺帶人去一窩端了他而已。時不時見他來點小動作地騷擾咱們，也是挺煩人的，不是嗎？」

「嗯，」玉珩頷首。「今日，咱們便與玉琳和那道人來算清楚這筆帳！」

在外頭啟壇沒有那麼多講究，當季雲流畫完需要的道符，玉珩已經從那邊瞧完了山下的大軍。

那些大軍沒有旗幟，身穿最簡易的青玄戰服，但是他認得那些侍衛手上所持的長槍，正是和江夏府衙捕快一樣的九曲槍。

「是反賊。」玉珩見過那九曲槍，當場就確認道：「他們要突圍這裡！」

居然是明目張膽造反……

「七爺！」席善指著下頭驚奇道：「不對啊，這裡四面都有守衛，可您瞧下頭，那些侍衛進入狩獵場，似乎沒有受到任何抵擋？下頭的守衛似乎敞開大門，讓反賊進入獵場……」

「玉琳！」玉珩額頭青筋暴起，氣得全身都打顫。「這個王八蛋竟然真的勾結反賊，還唆使容家跟著變節！那可是他嫡親血脈的父皇……他怎麼、怎麼下得了手！」

「七爺……」席善亦是心頭茫然。此次的生死劫難讓他彷彿失去了主心骨。「咱們該怎麼辦？反賊加上叛軍，只怕下頭有近萬的士兵。」

他們現在就十幾個人，這樣衝過去，還不夠人家塞牙縫的！

景王這次的主意倒好，要把所有人無聲無息地悶殺在這裡。

季雲流正好起了壇，山腳處卻躥上來一隊蒙面刺客。

刺客看見山腰處燃起的火焰，大喜道：「真的在上頭！趕快上去！」

席善等守山的侍衛同樣瞧見了要奔上來的刺客，轉首看一眼正在踩七星步的季雲流，席善舉劍道：「從高處射殺，不能讓任何刺客上來！」

為了秋獮，什麼東西都沒有多帶，唯獨箭矢，那是上百上百地揹著。由高地往下射擊，占據絕佳地勢的十幾個侍衛，將大把箭矢射出去，就像流星雨一樣插中刺客。

「頭兒，怎麼辦？」刺客揮斷幾枝箭，又見兩個倒下去的同伴，揚聲叫道：「這樣子咱們上不去！」

「上不去也得上去！」刺客首領厲聲道：「國師說了，必須活捉穆王妃！其他人殺無赦！」

第一百零三章

皇帝與皇后在八個護衛的開路下，拚命往營帳的方位跑。

馬匹被惡狼咬傷不少，皇后受傷，皇帝與她同騎一馬，九匹馬往東北方跑，一路跑了許久，卻又聽到一陣刀槍纏鬥的聲音。

「駕！」皇帝策馬再往前奔走而去，果然看見適才自己已經離開的、寧慕畫與幾個侍衛和刺客打在一起的地方。

「這、這是……」皇后亦驚駭無比。他們一直是沿著東北方向跑的，為何現在又繞了回來？

這種兜了個圈又跑回來的感覺，讓皇帝後頭的侍衛都驚恐了。

刺客此刻見皇帝等人再繞回來，哈哈大笑，高聲嘲諷道：「皇帝老兒，你就不要白費力氣了，乖乖受死吧！」

寧慕畫身影似蟒蛇般遊走眾刺客之間，手持佩刀，削鐵如泥，直接舉刀劈向他。一道銀色弧形光芒直衝刺客心臟，那刺客反應不及，還未來得及抵擋便被穿過了胸膛。

「笑他人之前，怎麼不先想想自己處境！」寧慕畫驀然收刀。

那刺客胸前血流如注，死不瞑目。兩個刺客對同伴的一命嗚呼大吃一驚，但形勢逼人，只得舉起長劍向著寧慕畫迎上去。

由於死了兩個刺客，加上幾個侍衛的相幫，兩人瞬間吃力無比。死亡只是時間問題，但撐下去就是為了讓林中瘴氣開始產生作用……

席善指揮著十二名侍衛往下射箭，一時半會兒，刺客居然全數上不來；不只上不來，竟然已有撐不下去的趨勢。

「頭兒，上頭的穆王妃在作法，會不會壞了國師大計？」

席善著急，刺客同樣著急，他們不能失了先機！

「王十三已經去搬救兵，」刺客首領道：「咱們必須要上去，不可讓她壞了大計！」

但是衝上去哪裡這麼容易，只得排成一排，由前面的人掩護，到上頭時，就能擋住穆王致命的一箭。

季雲流手握朱砂撒在布下的陣法上，她咬破指尖，帶血的食指一點化煞符的符腹內。「上呼玉女，收攝不祥……先殺惡鬼，後斬夜光……」季雲流一面唸咒語，一面將化煞符用力拍在陣法眼中。「何神不伏，何鬼敢當，急急如律令！」

「七爺，借點你的精血與紫氣——」她做完一切準備開口喚人，好半晌，卻不見玉珩過來。

她轉首往玉珩所在的位置一瞧。

好一個屍橫遍野！刺客死成這樣還勇往直前衝上來，真是勇氣可嘉！

「手下留活口！」眼見兩方人馬打得難分難捨，似乎還能戰上許久，季雲流連忙高喊道：「刺客能追到這裡來，必定與那妖道有所聯繫，留個活口予我，讓我對他搜魂定位，把那個妖道尋出來——」手一指刺客首領，她肯定道：「對！就他！長得最矮那個！」

刺客首領見自己同伴都已成為強弩之末、無力支撐，又聽季雲流要捉拿自己供出國師下落，當下直接手起刀落，一刀抹了自己的脖子。

「竟然死了……」席善本想阻止，可惜站得太高、太遠，等他跳下去，刺客首領已經倒在地上。

其他刺客見狀，悲痛沈吟一聲，眼見席善等人把目標換成自己，想抓自己去使道法的模樣，同樣手起刀落，一刀抹了自己的脖子。

瞬息之間，刺客全數死了乾淨。

「看，打什麼打，這樣他們不就全死透了嘛！」季雲流哼一聲，回去繼續開壇作法。

個個手執長弓的侍衛面面相覷一番，瞬間感覺山間吹來的冷風涼颼颼的。

他們看著地上的刺客，紛紛露出一絲同情之色。

咱們王妃適才是同你們說笑的，你們卻當真了……

「終於清靜了……」

沒了刺客干擾，破陣更加迅速。玉珩身上的紫氣能逢凶化吉，他毫不猶豫伸出左手，在手指上劃出一道口子，讓季雲流引他精血入道法陣中。

化煞符得了玉珩的血液，同一時刻，整個被朱砂畫起來的陣法便「轟」一聲燃了起來。

「元始安鎮，普告萬靈……」季雲流手上一張又一張的化煞符被拍進火焰陣法裡。「回向正道，內外澄清……」

席善站在山腰，舉目眺望剛才發了煙花的地方，算了算時辰，此刻已半刻鐘過去，營中的侍衛若是看見信號，怎麼都該趕到皇帝身邊。

可他一直盯著，卻不見樹林那頭有大量鳥獸飛起，枝葉搖晃。

玉珩同樣想到了這事，臉色陰沈，越發難看。

「七爺，可要小的帶幾人去看看？」席善小心翼翼道。

玉珩轉首瞧了一下還在作法的季雲流。她似乎感受到玉珩視線，抬起頭來，說：「沒有用的，那邊林中被道法遮蔽，裡頭全是煞氣，你帶人去也只能原地打轉……」手一指陣法中的那團黑氣，她道：「瞧，我隔空都能看見裡面漆黑一片。」

她手下不停，再拍一張鎮魂符在朱砂陣法裡，肯定道：「你們再等我一下，只要一盞茶工夫，我便能破掉那邊的陣法，到時候，我也能知道那個老妖道躲在哪裡，咱們再偷偷去幹掉他！」

冷風如鬼哭聲，聲聲纏繞在林中眾人的耳邊，即便是一身正氣的宮中侍衛，都覺得自己快要被鬼哭狼嚎之聲弄得崩潰了。

「到底是哪個妖人在這裡使用道法邪術！」皇帝被這聲音弄得煩躁無比，他體力衰竭，氣勢卻絲毫不減。「妖道，你弄什麼鬼！給朕現出身來！」

林中無人回答，只有颯颯風聲與地上窸窸窣窣的聲音，像小鋸子一樣拉扯著眾人的心。這窸窸窣窣的聲音驚擾了馬，馬兒第一個反應過來，嘶吼、慌亂、想狂奔，眾人止住馬身，紛紛往地上瞧。

但地上還是那模樣，沒有什麼詭異的昆蟲出現，只是瘴氣入林，讓地上的青草顯得更幽深了一些。

寧慕畫斬殺了另一刺客，把最後一個刺客交給侍衛，自己縱身躍到皇帝身邊，彎腰捧了一把地上的泥土。

他仔細辨認一番，肅穆道：「地氣變了……再不出去，咱們都要難逃一死。」

皇帝眉頭擰成一個死結。「寧統領，咱們還能否出去？」

「皇后娘娘，」寧慕畫忽然道：「下臣記得您去年壽辰時，七皇子的賀禮正是秦羽人所畫的道符？」

皇后連忙抓出自己胸口的道符。「便是這張，本宮一直隨身佩戴著。寧統領，你可有什麼辦法讓咱們出去？」

皇帝見狀，扯出自己身上的道符，同樣說道：「朕乃九五之尊，這道符亦是秦羽人所贈，戴在朕身上許久，你若有法子，直言便是。」

寧慕畫不敢自誇。「道家法術千奇百怪，下臣也不知用何方法破解此陣法，但是咱們不能坐以待斃，什麼方法都要試一試。」

侍衛紛紛睜大眼盯著寧慕畫，仔細聽他講。

這會兒，瘴氣已經瀰漫到林間各處，周圍的陰煞之氣暴漲，天色倏然暗了下來。一個侍衛伸手在眼前揮了揮，十分奇怪地道：「咦，為何瞧前頭模糊了不少，都快要看不見了？」

他將將說完，便感覺自己前頭忽然出現白光，霍然又明亮起來，那光中有一個凶惡刺客，拿著長劍向自己劈來！

他抽出刀迎上去，但在眾人眼中，只見這侍衛似發瘋一樣，舉刀向皇帝狠狠砍過去。

「阿郎！」寧慕畫臉色驟變，眼疾手快地擋下那一刀，叫道：「你怎麼了？」

皇帝在馬上，正聚精會神聽寧慕畫講如何破解這陣法，猛地被人一刀砍來，險些驚了馬，讓他與皇后都從馬背上滾下來。

他怒道：「制住他！」

阿郎手中的長刀被擋下，換了個方向，向皇帝不依不饒地又砍去。「妖孽，放開皇上……妖孽，你竟然對皇上不敬，我跟你拚了！」

這明顯是吸入瘴氣，出現幻覺了。

其他人紛紛相助寧慕畫壓制阿郎，只是不過一會兒，有好幾人也漸漸開始出現幻覺，或慘叫，或舞劍，個個全然不一，讓林中越發陰森。

那邊的刺客見狀大喜，收了劍，撒開腿就跑。

只不過刺客才邁開步子，跑出了幾丈遠，後頭一枝箭矢隨風而來，從背後直中他心臟。

當了逃兵，依舊抵不過一死。

皇帝此刻無心再管那刺客死與不死，他見十幾個侍衛之中，過半侍衛像瘋了一樣，急切地問：「寧統領，你適才有何方法，趕快說出來！」

寧慕畫收了弓，轉首瞧過那些神志清楚的侍衛，問：「你們可是帶了什麼，因而沒有被幻象所迷惑？」

幾個侍衛紛紛一想，其中一個趕忙拉開衣襟，扯出一道平安符。「這是俺娘給我求的平安符……寧統領，會不會是這個才讓我保持清醒的？」可是低頭一看，卻發現這平安符已經由黃色變成黑色。「哎呀，這是怎麼回事？」

其他侍衛見狀，也都去扯脖子上的平安符。

大昭通道，經常出生入死的人身上戴上平安符也不足為奇。

寧慕畫又把目光轉到已經死去的刺客身上，若有所思，確認道：「最後一個刺客在阿郎他們出現幻覺時，還能安然無恙，身上定也有這種道符，去找一找！」

侍衛撲過去翻了翻刺客衣襟，果然從刺客身上翻到了摺有三角形的符紙，只不過……

「寧統領，這幾張道符也開始發黑了！」

道符發黑，說明上頭的靈力在消失，若是化成灰燼，道符自然就失去功效。

「事不宜遲，」寧慕畫道：「將那些道符燃燒後，化水讓阿郎他們喝下！」

人在瘴氣中，什麼事情都拖延不得。侍衛的速度快得出奇，燃符、化水，托起已經被打暈的侍衛灌下去。

「咱們也趁道符還未失去作用，全數化水喝下。」寧慕畫抓出自己的道符，點了火摺子就想燃燒，被侍衛一把止住。「寧統領，喝下這個道符，也不知道能撐多久……但是這兒不只有幻境，還有鬼打牆，咱們喝下道符，能破這鬼打牆，找到路出去嗎？」

皇帝與皇后握著道符，也是一臉凝重。

如今沒有了刺客威脅，道符已經是他們最後的保護符。

這時候，一個侍衛忽然叫道：「啊！我的道符已經燃起來了……」

那張道符在侍衛手中一下子變成了灰燼，這麼短暫的燃燒與絕望的心境，讓侍衛渾然不覺火焰的溫度，愣愣地看著灰燼，心中咯噔一下，只剩下一個念頭：完了，他也要發瘋了……

眾人同樣凝神瞧著他，可等了一會兒，卻感覺似乎什麼事都沒有發生。

「阿威，你怎麼樣？」同伴實在等不住了，輕輕推了推他。「有沒有什麼不一樣？」

阿威身體僵硬，手掌心都出了汗。「我、我好像沒有中幻覺……」

一個侍衛指著前頭道：「看，那邊的黑氣不見了！」

秋風揚起樹葉，清風吹來，帶著秋日特有的青草味。眾人抬首瞧見了撥開烏雲的陽光，一瞬間，都覺得恍如隔世。

玉珩盯著陣法中的黑氣一點點消散，不禁問：「雲流，煞氣陣法被解除了嗎？」

「嗯，解了一處，就是皇上與皇后娘娘所在的地方。」季雲流抓起羅盤，將殘餘的煞氣逼入羅盤中，盯著不停轉動的羅盤。「為了防止道人捲土重來，咱們要先下手為強！」

玉珩要的便是要找出那妖道所在，一箭射死他，聽季雲流這麼說，毫不遲疑地盯著羅盤的指針。「他在哪兒？」

指針一直旋轉，好一會兒，指針開始減緩下來，緩慢地左右搖擺。

席善與一眾侍衛的腦袋情不自禁隨著指標一道搖擺，最後，只見指標停住，指向自己身上。

「這是……」玉珩一見指針停下，開口就問，季雲流同時伸手指著下頭，直接道：「就在咱們這裡！」

「咱們這裡？」席善看著她所指的地方，大吃一驚。「王妃，您的意思，那作法的妖道正在咱們的腳底下？」

玉珩冷笑一聲。「天網恢恢，疏而不漏，得來全不費功夫！」

陣法裡的黑氣陣陣湧上來，明顯是被破解之後，再一次捲土重來了。這次的黑氣滾滾而來，快要把季雲流適才所佈置的朱砂解陣都吞噬掉。

季雲流看著自己的陣法一點點被吞噬，道：「那道人還在布陣法……如此看來，皇上與皇后娘娘應該還沒有落入妖道和敵軍手上，不然那妖道不會如此鍥而不捨。」

「如此便好。」玉珩頓時放下心頭大石。

席善再去前頭眺望一下，依舊不見那頭有大量鳥獸飛散的痕跡。「可援軍為何還沒有趕到？」

玉珩想到之前的反賊與容家叛軍。「只怕營中的侍衛與朝中重臣，此刻也是自身難保……」

第一百零四章

「七爺，」季雲流伸手抓了一把之前畫的符塞進玉珩手中，不容他多想地道：「這符要人手一張，能避瘴氣入體。那妖道還在施法，咱們現在就得下去，不然再讓他搞一次，皇上與皇后娘娘必定性命不保。」

「王爺……」之前看見大軍進入獵場的侍衛，這會兒還是心有餘悸，忐忑地開口道：「也許下頭會有重兵把守，不如王爺與王妃先在這兒等一等，讓小的去查探下頭到底有多少人……」

「不必下去，」季雲流伸出手來。「我且掐指一算便知。」

侍衛睜大眼，像見到活菩薩一樣地盯著季雲流。

季雲流的手指修長，掐指的速度又快，眾人只覺一眨眼再睜開的工夫，她已經掐好了卦。

「不必擔憂，此次咱們必定大獲全勝，祖師爺說的。」

有道符在手，又有季雲流的掐指一算，侍衛就像吃了定心丸一樣，雄赳赳、氣昂昂地下去了。

玉珩與季雲流並肩跟在眾人後頭。他深知自家媳婦性子，不禁問道：「適才掐的是什麼卦？」

「大凶。」季雲流不隱瞞。

玉珩目光一動，又聽她聲音傳來。

「放心好了，七爺你紫氣環繞，只要露一點點，也能讓大凶之事變大吉的。七爺等下只要把紫氣借點給他們便好。」

綿山山腳的洞內，段茗瀚那把龍頭枴杖重新燃起火焰，藍色火焰從龍口中噴出，映著他的面孔，越發顯得詭異。

此刻正是緊要關頭，適才施法只差臨門一腳，若皇帝落入了幻境，便能取其身上的龍氣，可是偏偏卻被不知好歹的季六破了

「浩兒，把那個攝魂鈴替我取過來。」段茗瀚舉著龍頭枴杖，一邊伸出手。

「不好了，外頭有人闖進來了！我們已經抵擋不住，國師救命！」段浩剛剛取了攝魂鈴，還未將其交到段茗瀚手上，外頭便衝進來一個披頭散髮、滿臉是血的侍衛，嚇得段浩差點扔了手中的攝魂鈴。

「外頭有士兵，有好多士兵，帶著長劍，一劍又一劍，把我們兄弟全殺了……」滿臉血的侍衛不知是受了控制還是真的嚇得不輕，嘴巴都沒有停過。

「給我閉嘴！到底發生了何事──」段浩那句「知不知道現在國師在緊要關頭」還沒

有說出來，那滿臉是血的侍衛忽然從袖中摸出一把手弩，對著段浩「嗖」一下發出了箭矢。

段浩完全沒防備，一箭沒入胸口時，只感覺到一點點的涼意而已。

「國師在緊要關頭……」他整個人已經倒在地上，攝魂鈴與地面碰撞，發出「哐噹」聲。

「浩兒！」段茗瀚眼見段浩倒在自己眼前，目眥盡裂，大叫一聲，抓起道符向來人直接擲過去。「你——找死！」

那假扮反賊侍衛、滿臉塗血的正是席善。

玉珩帶著十幾人，按季雲流羅盤所指的方向來到山腳時，見到守在山腳的只有十來個侍衛。

雖然道人看著道法高深，有些能者還能與天道溝通，但到底來說，所有的道人都只是個普通人而已，生老病死躲不掉，五穀雜糧也解不了。段茗瀚在外頭這麼凶險的地方作法，怎麼會沒有多帶點侍衛保護？

季雲流想不通，玉珩也想不通。

當然，他們並不知道是因為季雲流的作法，把這兒的侍衛都引走了。

為了探一探山洞裡的情景，眾人殺了這些守洞的侍衛之後，席善糊了一臉的血，穿上反賊衣服，奔進去瞧清裡頭還有多少人？

他真的沒有想到，洞裡竟然除了兩個神棍，連個跑腿的都沒有。

當下，席善抽出手弩，毫不猶豫一箭射穿了段浩。

這會兒眼見段茗瀚手中飛來一張五雷符，席善手腳迅速，縱身向旁邊一撲，整個人趴在地上躲避攻擊。

「轟！」五雷符殺傷力巨大，瞬間在洞中發出巨響，讓整個山洞搖晃起來。

段茗瀚施展道法正處在關鍵之際，此刻被席善打斷，又見段浩這個唯一的姪孫死在自己前頭，整個人怒氣攻心，差點走火入魔，口中湧出一口血。

五雷符的轟炸聲音讓外頭的侍衛擔心席善有危險，全數握著長弓躍入洞中。

段茗瀚正想向席善甩出第二張五雷符，就見外頭衝入十幾個侍衛。幾個侍衛皆是眼疾手快的人物，看見席善在地上，再見段茗瀚右手高揚，便用上全部力道，拉弦開弓。

箭矢出弦，向著段茗瀚射過去。

五名弓箭手，一枝箭矢正中段茗瀚的右手臂，隨後一枝箭矢直插他胸口處，緊接著，每一箭都沒有偏差。

玉珩與季雲流跟著侍衛的後頭進入山洞。

玉珩原本長劍在手，還想與段茗瀚大戰三百回合，但千算萬想，就是沒有料到，自己還沒有動手，段茗瀚便被自己的侍衛射成了一個刺球。

兩人皆是頭一次見到這個段道人的真面目，季雲流見他像病癆之人一樣，又像球一般插滿箭矢，哈一聲。「果然出來混總是要還的，你就算借了槐樹的生機又如何？看，如今還不是要死。」

「你、你們到底是怎麼進來的……」段茗瀚口中嘩啦嘩啦地不斷湧出血，一手捏著五雷符，一手握著龍頭枴杖，瞪著眼盯著季雲流。此次新仇舊恨疊在一起，段茗瀚再也不顧什麼後路，直接捏了道符開始唸咒。

玉珩見這人中了這麼多箭還不死，打算對準他的胸口，忽地，聽見季雲流大叫一聲。

「快跑！他要放大招！」

大招？那是什麼東西？

雖然眾人聽不懂季雲流情急之下甩出來的用語是何意，但她拉著玉珩飛跑起來，於是一眾侍衛頓時如鳥獸散一般，撒開腿就向外跑。

「呵呵，現在才想跑？」段茗瀚湧出更大一口血，笑得尤為陰狠。「女娃娃，本座得不到妳，如此妳就陪本座在這兒長眠吧！」

話落，他一手將五雷符拍進龍頭枴杖中，「轟」一聲，枴杖直接爆開，裡頭那一簇簇藍色火焰直直翻湧而出，同地府冥火一般絢爛至極。

「七爺，借你紫氣一用！」洞口遙遠，逃不出去，季雲流索性也不逃了。她猛然轉身，從腰間扯出一堆符紙，朝空揚起，看見其中的金光神符和五雷符，伸手一抓，口中默唸咒語。「三界內外，唯道獨尊。體有金光，覆映吾身……」一手掌將金光道符貼在玉珩的腦門上。

他對借紫氣自然沒啥意見，但是能不能換個地方貼道符？

季雲流自不知他心中所想，此刻必須爭分奪秒，趕在陰毒煞氣擴散時，用紫氣籠罩住眾人才能保命。

一旁，通明的燭火倏然間全數熄滅，漆黑的洞中，眾人只瞧見那同蛇又像龍一樣的藍色長光，從龍形枴杖中向四面八方擴散。

另一邊，玉珩身上的紫氣不停地冒出，越來越濃重。紫氣帶光，讓玉珩如同謫仙降臨一般……

侍衛見自己無法再跑出去，紛紛向紫氣的地方圍攏。

紫氣範圍越來越廣，籠罩了整個山洞。

「轟隆隆、轟隆隆……」

整個山洞開始坍塌，不過轉眼之間，綿山像是被天錘敲開一樣，連接霧林的這一邊，全數轟塌了下去。

「怎麼回事?!」

在霧林中的玉瑠遠遠聽到轟然的坍塌聲響，身旁的侍衛立即飛躍上樹杈，舉目眺望之後，回稟道：「世子爺，綿山的北面山腳塌了！」

「可有見到段道人？」

「那邊沙塵滾滾，屬下瞧不見誰在那兒，也瞧不見段國師。」

玉瑫沈吟片刻，而後抬首瞧著前頭皇帝受困的方位。「咱們先去瞧瞧那個老皇帝是怎麼個死法！」

需要段道人幫助也是為了今日這一刻，如今皇帝已入圈套，他也不再管什麼段國師了，反正他阿爹成了皇帝之後，這類對自己有威脅之人，亦要除去。

山體轟塌的聲音太過巨大，不只玉瑫聽見了，林中的所有人都聽見了。

那些正在追殺玉琤的刺客見綿山坍方，全數為之一震。

「為何山塌了？」

「國師等人會不會有危險？」

「走，咱們先去瞧瞧！」

刺客被九娘那射一箭便換一個地方的方式弄得煩躁不堪，再見玉琤被自己等人折騰得也撐不了多久的模樣，當即扔下人，往綿山而去。

這頭的玉珩推開自己前方的石頭，從沙石滾滾中鑽出，邊爬邊喊季雲流的名字，待自己雙手都得了自由，立即去扒旁邊的石塊。

季雲流本就在身邊，聽見玉珩一喊，從石堆中伸出一隻手，回應道：「七爺，我在這兒……」

侍衛也都在旁邊，適才季雲流在頭頂扔擲五雷符，就是為了把塌下來的石塊打得再碎一點，減少重量，因此眾人雖受了點傷，倒全是輕傷。

侍玉珩似刨墳一樣刨出了季雲流，其他侍衛也全數都爬出來了，相互瞧了瞧，數了數人頭。

全都在，一個沒少。

「王妃，」席善連頭上、身上的灰土都來不及拍，便問：「那妖道這次應該死透了吧？」他摸出適才抓到的東西。「我這兒還有他的一顆牙齒……」

「怎麼都死透了。」季雲流拍了自己頭上的土，又去幫玉珩拍泥土。「他又不是貓妖，哪裡會有九條命，放心吧！」

席善瞬間丟了手中的牙齒，整理自己的儀容。

此次生死劫難，眾人還未來得及慶幸劫後餘生，又馬不停蹄地往皇帝所在的那頭奔去。十五人策馬而奔，又有羅盤指路，一路過來也沒有遇到往綿山湧來的反賊等人。

再說皇帝這兒，眾人瞧見天空放晴、黑氣退去，紛紛大喜，就往營帳的那個方向走。可尚未走出幾里地，黑氣再次滾滾襲來，不過一會兒，適才醒來、還在渾渾噩噩的侍衛，又開始中邪。

皇帝見妖道故技重施，身為九五之尊的他竟然情不自禁爆了粗口。「他娘的！這個藏頭露尾的混帳妖道！」

「哈哈哈……」

忽然間，一陣馬蹄聲與肆意的笑聲傳到眾人耳中，映著黑氣與一旁喊打喊殺的聲音，顯得更加詭異。

寧慕畫執刀躍到皇帝跟前，嚴陣以待。

「玉瑠！」能清楚識人本就是皇帝的特長，現下聽到玉瑠的聲音，不自覺開了口。

「皇上，這場秋獮，您還滿意嗎？」玉瑠一身騎裝，坐在高頭大馬上，嘴角掛著冷笑，卻與平日的紈袴模樣差了十萬八千里。

「玉瑠，朕真的沒有想過，竟然會是你！」

玉瑠見皇帝直勾勾盯著自己，竟伸出自己的左手來，放在前頭瞧著，笑出了聲。「我這隻手玩過鳥、鬥過雞，卻不想還能是一隻翻雲覆雨的手……皇上，意外嗎？這次要死在我這雙鬥雞的手上，會覺得委屈您了嗎？」

皇帝看著他，久久不語，才緩緩開口，說：「玉瑠，朕想問你幾個問題。」

玉瑠心情甚好。「皇上您問唄，您還不知道我嗎？有問必答的。」

「此次秋獮，你可是與反賊勾結了？」

「那怎麼能叫反賊，」玉瑠奇道：「那是大越軍。皇叔，在大越軍的眼中，你們才是搶他們江山的反賊！」

皇帝沈默片刻，又問：「朕自認對你不薄，為何要做大逆不道之事？」

「你待我不薄？」玉瑠彷彿聽到一個天大的笑話。「皇上，以後琪伯府讓您住呀，以後您與您的五個兒子都住在琪伯府可好？」

皇帝的聲音忽然粗嗄。「玉瑠、玉琪……你、你們大戲作得好啊，作得好啊！」

皇后知他這是急火攻心了，連忙扶住他。「皇上，保重龍體。」

玉瑠卻覺得此刻如大仇得報一樣地痛快。「皇上，二十年了，我阿爹過得是怎麼樣的生活？他裝瘋賣傻二十年，其中日子，你能明白嗎？你能明白他不敢娶京中閨秀、不敢多生子嗣，甚至不敢讓我去國子監讀書……其中酸楚，其中滋味，你明白嗎？」

御林軍忠心，見不過玉瑠這樣咄咄逼人，揚起長刀。「皇上待你恩重如山，你卻聯合反賊造反，你生的是什麼心腸，今日一定要挖出來瞧一瞧！」

一時間，御林軍與玉瑠帶來的人一陣刀光劍影，氣勁滾滾地打在一起，你來我往，鬥得激烈。

寧慕畫沒加入眾人的纏鬥中。皇帝與皇后全都受傷，若被鑽了空子，極為危險。

寒光凜冽中，玉瑠與玉瑜遙遙相望。

玉瑠只要想到，自己每天要三跪九叩的九五之尊，將如喪家之犬一樣地死在眼前，心中的興奮是怎麼都受不住。「皇上，為何還要苦苦堅持呢？也不瞧瞧你那頭還剩多少人，你這樣能撐上多久呢？」

忽然間，林中的瘴氣又散去，兩個適才還在瘋瘋癲癲的御林軍，迷迷糊糊從地上爬起來。

御林軍還未全數清醒，眼見玉瑺那邊的侍衛持刀砍過來，這會兒沒清醒也被嚇醒了，直接與反賊纏鬥在一起。

第一百零五章

玉瑠瞧著散去的瘴氣，神色陰鬱。「那個段神棍到底是道法不夠，還是已經被人殺了？」冷哼一聲。「真是個沒用的東西，早知道就不用這麼費力去接近他，真是浪費本王時間！」

瘴氣已經消散，為免出意外，玉瑠再無心慢慢折磨，一手伸出，從侍衛手上接過長弓，親自上箭拉弓道：「本王要你們在一刻鐘內解決掉這裡的所有人！」

「嗖」——弓上的弦被玉瑠放開，箭矢飛旋而出，寧慕畫右腳腳尖點地，持刀一躍而起，猛然蹦起身，欲一把斬下此箭。

隨後，玉瑠前頭的弓箭手同時向皇帝齊齊射來如雨箭矢。

正激烈之際，一張黃色符紙猛然從不遠處飛來，那黃紙似箭離弦，從侍衛頭頂躍過，落到地上轟然一聲，發出巨響，爆炸開來。

「七哥兒！」皇后與玉珩母子連心，瞧著那頭帶著塵土滾滾而來的眾人，就認出了玉珩。

玉珩騎著汗血馬，一馬當先，身上的衣服在綿山坍方時被磨破了，頭上隨便摸了兩把，也沒有把塵土全數抹過去，除了頭上還有頂玉冠，其餘的跟刨土人也沒啥區別。

這聲巨響，讓纏鬥在一起的侍衛不自覺往地上撲去。玉瑺射出的箭被寧慕畫斬落，劍法又舞得迅猛，他一人竟獨自攔下大半的箭矢。

玉瑺瞧見飛奔而來的玉珩，冷冷笑了一聲，又舉弓上箭道：「那些侍衛真是一群飯桶，這點小事都做不好，竟然連玉珩這一隊小小人馬都殺不死！」

他瞄準之人自然是後頭的季雲流。之前一件又一件的計謀全數壞在季雲流身上，對於這個女人，新仇加舊恨，如何甘休？

季雲流瞥見箭矢的方向，怔了一下，伏在馬背上正想測試一下這人的目標，卻見那箭頭隨著自己矮了下去，瞬間，她在馬背上彈起來，腿夾馬腹，悶頭狂奔。「哎喲，七爺救命！這反賊見不慣我貌美如花，卻是要殺我滅口！」

「保護王妃！」十幾個侍衛全數向季雲流左邊而去，有幾個手快的，同樣舉弓上箭欲射擊玉瑺。

玉瑺一箭出弦，對方四箭還來，他立刻跳下馬在地上滾了幾圈，躲開箭矢。

那頭，季雲流同樣跳了馬，飛身撲倒，躲過一箭。

「雲流！」玉珩一扯韁繩，掉頭直奔而去，猛然間，他又扯住韁繩，將馬兒疾收奔勢。趁著馬的前蹄立起時，玉珩傾身伸手，抓了季雲流一把，將她帶起來，讓她穩坐在前頭的馬背上。

待馬兒又落下馬蹄，向前再奔了幾步，玉珩攏著她一陣打量。「有沒有受傷？」

「有！」小氣如季雲流，立即開口控訴。「我的手、膝蓋的皮都磨破了！很痛！」

玉珩聽見她意思，其餘沒有大傷口，頓時放下心來，伸手抓住她的手，拂過她掌心，緩慢有力道：「既然如此，老公替妳報仇可好？」

「必須的！」

玉珩笑了，放開她，直接抽出背後的弓與箭，對著馬背後頭的玉瑢。「瑢世子，你哪裡來的膽子，幾次三番騷擾本王的王妃！」

話落，手上箭矢如流星般飛馳而出，直向玉瑢而去。

「如今，你還膽大包天到要謀朝篡位？」

一話再落，再次上弦的箭矢又飛馳過去，目標還是玉瑢。

「你也不瞧瞧你帶來的那群烏合之眾，就憑這點本事，還想謀大昭江山？」

箭矢如雨下，兩軍對壘，打得你死我活，玉瑢在人群後逃竄，眼見玉珩手上又一枝箭直直向自己射來，急忙拉了一旁的侍衛擋在前頭，高聲道：「烏合之眾？玉珩，只要今日一過，我這群烏合之眾將會一統大昭天下。而你呢？你在青史上，只怕連個名號都沒有！」

玉珩帶來的救兵讓玉瑢的一眾侍衛亂了陣腳，他冷笑一聲，再次開弓向玉瑢射去，被季雲流一把抓住。

「七爺，這樣沒意思，咱們玩個刺激的！」

說著，掏出五雷符，直接貼在玉珩的箭頭上。

玉珩目光動了動。「妳不怕被天道劈雷嗎？」

「不是有七爺擋著嗎？」季雲流道：「再說了，剛才那妖道都沒有被劈，憑什麼劈我？這五雷符又不是我畫的，是從剛才妖道那兒拿來的——」

剛剛說出來，天際忽地轟隆隆地滾下雷聲。

果然是與天鬥……其樂無窮！

「玉珩，」玉瑲邊躲著箭矢，邊說：「你又算得了什麼東西？當初在國子監，學諭說你寫的那篇《國論》有見地，從此便成了學諭口中的天之驕子，人人覺得你能過目不忘；就算你不可一世，依舊有人跟在你屁股後頭……哈哈，那篇《國論》又算得了什麼！我十五時，早寫出比你好上萬倍的東西！」

玉珩活了兩輩子，這輩子真的從未注意過玉瑲，且這輩子他起先是將心思放在皇位上頭，而後便放在季雲流身上，國子監都不怎麼去。此刻聽見玉瑲說什麼五年前的《國論》，真是半點印象都沒有。

「抱歉，本王記不得什麼《國論》了，你若能寫好上萬倍的，你去寫便是；若能過目不忘，你去記便是；若能不可一世還讓人跟在你屁股後頭……在本王面前講這些，除了讓眾人知曉本王的能耐與你的無能，還有什麼？」

玉瑲的話語都被玉珩噎回了肚子中，心頭大怒，適才咄咄逼人的氣勢一抹而去。「玉珩！只不過玉瑜搶了我阿爹的皇位，讓你成為皇家的第七子，別人才去拍你馬屁而已，你——算個什麼玩意兒！」

玉珩毫不猶豫地開弓拉弦。「既然如此，你若有本事，再來搶我父皇的皇位，讓你成為皇家皇子，讓別人拍你馬屁便是，嘰嘰歪歪個什麼勁……」

他不想再同玉瑲廢話。既然季雲流說上頭的五雷符是從妖道那邊拿來，再者她人在自己懷中，他也不擔心她再有什麼危險。

「嗖！」帶著道符的箭矢從長弓上一飛而出，玉珩立刻放下弓，抱著季雲流，與她一道撲在馬背上。

「趴下！」

所有人都往地上撲。

「轟轟轟！」

段茗瀚靈力深厚，所畫的五雷符果然不同凡響，爆了一聲又一聲，一時間沙飛石揚，兩丈之內景物莫辨，雙眼難張，連林中的泥地都凹陷了。

玉珩在爆炸第一聲響起時，夾了馬腹，帶著季雲流直往玉瑲所在的位置而去。「雲流，自己小心一些！」

他在煙霧中一掠而過，抽出佩劍，腳抽了馬鐙，抬到馬背上一借力，整個人騰空躍起，向著下頭還不清醒的玉瑲撲過去，抓住他，一劍抵在他喉嚨處。「此次秋獮，除了你們琪伯府與反賊，朝中還有誰參與？」

裡。

侍衛剛剛從地上爬起來，只見人影一晃，就見自家主子被玉珩挾持住了，一時愣在那

玉珩見玉瑠不回答，劍鋒抵得更近一些，甚至割破了他一絲皮肉。「瑠世子真是講義氣，死到臨頭還要保他人，就是不知他人會不會對你感恩戴德了。」

「玉珩，」生死面前，玉瑠半點沒有懼意。「成王敗寇，死在你手上，是我運氣不好。不過即使你殺了我又如何？營帳中全是我們的人，今日大昭這個江山，定是要易主的！」

他見玉珩攏著眉，以為玉珩因忌憚營帳中的反賊，不敢對自己下手，冷哼一聲，笑道：「有本事，便殺了我！」

「既然如此，那你便去死吧！」玉珩面上冷冰冰的，沒什麼表情，一劍劃過，直接破了玉瑠的喉嚨。

玉瑠一喉嚨的血全部湧出來，不可置信地退開兩步，見他氣定神閒地握著帶血的長劍站在那兒。

「你且安心地去見玉家的列祖列宗吧。」

玉瑠想抬起一隻手，卻如千斤重，「咚」一聲，睜著眼，栽倒在地上。

一眾侍衛見自家主子就這樣死在玉珩手下，不由自主握著長弓與長劍，對準了玉珩，然後面面相覷，內心忐忑。

「你們要打便快點。」季雲流坐在馬上，緩舉衣袖，手握精緻的手弩，那箭上頭貼著一

張道符。「要跑，也快一點。」

侍衛又是面面相覷。

適才貼符的一箭，死了那麼多人，這一箭再射出來，只怕他們全都是死的分。

反賊正陷入迷惑時，那頭傳來陣陣的馬蹄聲，最前頭的副將遠遠看見這邊似乎兩軍對壘，揚鞭而來，人還未到，聲音先到。「皇上，屬下救駕來遲——」

這下，反賊侍衛不再猶豫，如做鳥獸散，在林中散了個乾淨。

皇帝坐在馬上，目光灼灼地盯著那扶了季雲流下馬，又把她手掌細細翻過在看的玉珩，緩緩喚了一聲。「七哥兒。」

玉珩拿著白帕子轉身，拉著季雲流的手，一道行禮。「父皇，兒臣救駕來遲……望父皇贖罪。」

皇帝看著他與他的人馬全數滿身灰塵，問他。「可是連你們都中了反賊的埋伏？」

「正是。」玉珩站在那兒，目光清明。

他將他們追著白狐，落入陷阱中，而後又上綿山與刺客對決，碰巧發現綿山山腳的洞中有妖道在作法，便一舉衝進去斬殺了妖道的事情通通都說了。

玉珩把季雲流發現白狐不妥，尋了妖道鬥法的事情全都隱下來，另把反賊大軍毫無阻攔地進入獵場的事，一股腦兒全說了。

「毫無阻攔，反賊入獵場居然是毫無阻攔！真是好一個大逆不道的容家，與反賊勾結！」皇帝痛心疾首。

驀然，林中深處傳來陣陣馬蹄聲，眾侍衛立刻嚴陣以待。馬蹄聲越來越近，寧慕畫細細分辨，轉首回稟道：「皇上，來人只有三、四人，且馬蹄聲深淺不一，那些人應該受傷頗重……」

果然，那頭奔過來的正是玉琤與幾個侍衛。

玉琤看見皇帝，「哇」一聲眼淚滾下來。「父皇！兒臣差點就見不到父皇了……」

玉琤嘩啦啦地講，把自己與佟氏在林中追一隻白狐、落入陷阱、被刺客襲擊的事情說了，然後又一把鼻涕、一把淚地講了佟氏與刺客勾結的事，他怎麼都無法釋懷，哭得整個袖子都濕透了。

季雲流聽了，默默抬眼瞟了玉珩一眼。無獨有偶、心有靈犀，玉珩也正轉首瞧她。

瞧，佟側妃為了你，殺夫滅門，可真是癡心無悔呀……

老婆，是那人得了失心瘋，她與我，絕無半毛錢關係的！

第一百零六章

皇帝見玉琤如此模樣，身心極為疲憊，他朝玉珩招手道：「穆王，你且到朕這兒來。」

玉珩行至跟前。

在眾人不解的目光下，皇帝扯下腰中的權杖塞給玉珩，他聲音鏗鏘有力。「穆王，你且帶著朕的權杖出去，調動三千御林軍。若是朕與你母后不幸慘遭毒手——」

「父皇！」玉珩未開口說什麼，皇帝面色一肅，高聲道：「眾人且一道銘記朕的口諭！」

所有人一震，包括在馬上的皇后也下來，恭恭敬敬地跪在地上。

「自古帝王繼天立極，必建立元儲，穩固國本，朕今日便賜封穆王玉珩為大昭儲君，付託至重，以綿宗社無疆之休！」

玉珩抓著權杖，詫異地抬首，眾人同樣仰著頭，好似傻掉了。

這番口諭真的是字字驚心動魄，句句令人神魂劇震啊！

皇帝卻繼續說：「若朕與皇后躲不過今日一劫，爾等必須要誓死保護太子回宮，即刻登基。大昭如今乃危急存亡時刻，為朕守靈凶禮之事都可從簡為之，不必舉國哀悼，一切事宜以新皇登基為先——」

「皇上！」皇后目光盈盈，心頭一陣悚然麻涼。「皇上您必定能安然無恙回宮……」

「皇后，」皇帝放開玉珩的肩，伸手扶起她。「是妳給朕生了個好兒子啊！」見眾人全數還傻呆地跪在那裡，他厲聲問：「爾等都聽明白沒有！」

「吾皇萬歲萬歲萬萬歲！」寧慕畫帶頭跪拜玉珩。「太子千歲千歲千千歲！」

眾人似乎被寧慕畫一語驚醒，連忙紛紛伏地叩首。「吾皇萬歲萬歲萬萬歲！太子千歲千歲千千歲！」

季雲流瞧著前頭的玉珩。他跪在皇帝面前，背挺得筆直，握權杖的手背上，青筋都鼓起來。

今夕何夕，見此人中龍鳳。

她垂下首，張開手，瞧著自己右手無名指上的戒指。

她的老公要當皇帝了……嗯，她以後就可以橫著走了。

玉琤愣愣地聽著眾人高呼「太子千歲」，嘴角想勾個弧度，卻怎麼都勾不起來。他做了二十幾年太子，頭一次覺得，原來太子肩上千斤重。

如今在這兒的全是武將，席善跪地叩首喊完，從懷中掏出捂得雪白的帕子，咬破手指，當即把皇帝的口諭書寫了一遍。

皇帝見狀，也不責怪，將他招過來，掏出隨身小印蓋在帕子上，拍了拍席善，道：「朕若無恙回宮，這血書便是你寫的，你留著，朕自會讓禮部草擬聖旨。若朕不能回宮……你就當這封血書是朕寫的，宣讀給朝中的文武百官聽，讓禮部謹告天地、宗廟、社稷。」

「皇上……」席善心中觸動，面上動容，撲通一聲跪下來。「皇上洪福齊天，必定不會有事的！」

「莫要廢話了，把背讓出來給朕！」

席善立即雙手撐地，將背給皇帝當案桌，皇帝學著席善咬破自己手指，再在席善寫好的帕子上落下幾個字：嫡子玉珩，日表英奇，天資粹美，於仁昭二十年九月二十八，立為皇太子。正位東宮，以重萬年之統，以繫四海之心……

皇帝寫完，抬目瞧過，抓起帕子道：「你們莫要哭喪著臉，此等未雨綢繆之事，乃是穩定我大昭朝心，不可不做，朕如今還好好站在這兒呢！」

眾人立刻收起沮喪。對啊，皇帝還在，這會兒還不能哭喪。

當務之急是要早點離開這裡。這麼多人，大批移動怕是難逃而出，又有多人受傷，最可行的辦法就像皇帝說的，先讓玉珩等人去調御林軍，再來搭救皇帝才是最好辦法。

玉珩這隊人馬與皇帝等人分別，策馬往京城皇宮奔去。

玉珩剛走不久，適才寧慕畫派到營帳那邊打探情況的探子也回來了。

探子飛身下馬，拜倒在皇帝面前。「皇上，屬下到了離營帳外五里之地，便見那邊許多侍衛守著。屬下怕被發現，不敢走近，不過屬下見到，營帳中似乎不大穩定……」

他從懷中掏出自己用石塊在衣角上畫出來的旗幟，雙手呈上去。「屬下看見營帳外頭有幾面旗幟，各占據一角，似乎不止只有一方人馬。」
皇帝示意寧慕畫，寧慕畫抓過那塊布，雙手抖開來。
上頭是侍衛照著營帳中的旗幟所畫，一面是大昭原本旗幟，一面則是將原大昭旗幟略改過的，這兩面全寫著「玉」。另一面便不是了，明明白白寫著「周」，正是大越的旗幟！
眾人紛紛一驚。這是要將天下三分的打算嗎？

像探子回稟的那樣，如今營帳中正是一片混亂。
主位空置在上，底下卻一連坐了三個人。
「琪妹夫，你這番過河就想拆橋，朕也是頭一回所見！你這樣言而無信，日後誰又會信服於你？」大越周康帝握著茶盞，輕輕款款一笑，落了茶盞。
那茶盞將將落下來，他身後的侍衛立即拔刀相向。
「所謂過門便是客，入鄉要隨俗。」玉琳坐在周康帝的下頭，看著那一排拔刀的侍衛，壓根兒不惱不怕，接話道：「周康帝，你在我們大昭之地想為所欲為，那可是不行呀！」
若論人多，大越就算帶了幾千侍衛又如何？狩獵場全都是容家的！
周康帝盯著玉琪，臉色越發陰沈。「玉琪，當初你哭哭啼啼跟朕合作時，可不是這麼表態的；如今朕幫你殺了大昭皇帝，你居然想反過來翻臉不認人？」
玉琪半點沒有動，抬首瞧了周康帝一眼。「大哥，景王出身正統，玉瑜出了事，於情於理都該是景王繼承皇位，咱們不能越俎代庖了。」

「狗屁！」周康帝一拍桌站起來。「什麼出身正統！我大越統治了七百年的江山，你一個種田出身的後代子孫跟朕說正統？」他指著玉琪，眼瞧玉琳。「景王，你可要看仔細了，他今日能對朕翻臉無情，他日必定也會同樣待你，你只不過是枚棋子，用你來對付朕的棋子而已！」

玉琳絲毫不介意。「琪伯爺乃本王皇叔，皇叔使喚小輩做些事又有何不可？本王做小輩的，只要孝敬著叔叔一些……」

玉琪當自己是棋子，他哪裡又把玉琪、玉瑺當回事，用完就殺的人而已。

「好好好！」周康帝一連說出三個好，怒得五官都扭曲了。「你們這是擺明了聯合起來利用朕！」他忽地又笑起來。「玉琪，你可別忘了，我大越可還有三萬人馬在城外待命呢！」

玉琳站起來。「周叔，琪皇叔跟本王商量過，本王登基之後，願意將江夏郡歸給周叔你，其中一切民生作功稅收之事，全憑周叔作主，只要周叔把三萬大軍歸到我大昭來……」

「放——」周康帝自懂事之後就被人當作皇帝奉承，雖早年落魄了一些，假扮過道人住在道觀中，但自從認識玉琪之後，便在江夏郡「一統天下」了。這會兒聽玉琳說讓自己做個太守，剛想說上一句「放你娘的狗屁，你當朕是要飯的乞丐」，便見玉琪攏著眉，在袖子底下做了個手勢。

那是少安勿躁的手勢。

周康帝生生忍下了這股怒火，一屁股再坐回椅子上，喝一口茶，慢慢咬著牙道：「如此，容朕思考幾日。」

話畢，站起來，大步流星地出了主帳。

帳外的草地上，昨日熱熱鬧鬧辦了秋獮宴，今日仍舊熱熱鬧鬧。

一捆一捆的大昭官員與侍衛被綁在一起，像莊稼田中的稻草一樣杵著。

林幕瞧了周康帝一身明黃的龍袍走出來，探過頭去與陳德育交談。

「陳大人，你瞧，那反賊頭子的臉色不好，是不是他們談崩了？」

陳德育一臉嫌棄。他真的不想與這個眼瞎的刑部尚書多談半句。

當初他都拿了項上人頭擔保琪伯爺與瑫小王爺有問題，就是這個林幕，三司會審時，同御史中丞一起說瑫小王爺對景王府姨娘下手，那是玩心過重！是啊，真的是玩心過重，如今他們都被瑫小王爺玩成階下囚了。

「誒，陳大人。」林幕看見帳中再出一人，又撞他肩膀。「琪伯爺也出帳了。陳大人，你說景王與那反賊有勾結，我在這裡坐了這麼久，一直未瞧見景王走出帳中。」

陳德育眼盯著來來回回的人，忽然看見一個衣裳都破了的侍衛奔進來，向另一侍衛低語兩句；那人臉色一變，直接帶著外頭過來的侍衛跑向正邁出帳中的玉琪。

「咦，那人我記得……」林幕有過目不忘的本事，瞧著衣裳破掉的侍衛，低聲道：「之前，我見他跟在玉瑠身後出去的——」

「撞你娘啊！」他還未說完，猛然聽見陳德育殺豬般地叫道：「林幕，你一直撞老子做什麼？你若是想投靠反賊，你去便是了，拉著老子做什麼？老子說了，老子死也不做叛徒！」

林幕有點懵，瞧著一直瞪眼的陳德育，動了動嘴，一咬牙，揚聲道：「陳德育，識時務者為俊傑，本官本來當你知曉好歹，哪知你這般愚昧！本官真是恥於與你為伍！」

顯然，陳德育不是僅僅為了引起玉琪的注意，他雙膝跪在地上，向著林幕就撲過去。「叛徒！皇上提攜你，對你有知遇之恩，你竟然在生死關頭倒戈相向，你如何對得起皇上！」

至於林幕，內心很崩潰，他眼角急急瞄了一眼御史所在的位置，見周君平已經被打暈在旁，才放下心來，大聲與陳德育吵道：「陳德育，不是皇上提攜本官，本官十二歲成為秀才，十八歲考中舉人，二十有三便是刑部侍郎！本官坐到今日之位靠的全是真本事，良禽擇木而棲——」

「放你娘的狗屁！」陳德育再次向他撲過去，還要張嘴咬他，一副要拚命的模樣。

林幕見他又撲過來，弓起身體，讓自己閃到玉琪那頭。「陳德育，你不要不識好歹！」

陳德育的心思全在玉琪那邊，扯無可扯，不假思索地連風花雪月之事都扯出來。「林幕，你這個卑鄙小人！你貪慕怡紅樓如花的樣貌，整日裡送去大把銀子，你還有真本事！」

「陳德育，本官忍你很久了！那如花都說了對你這個老匹夫沒興趣，你這個小肚雞腸之人竟還敢跟本官搶人！」林幕心中越來越崩潰，身體就越發像啃了天上蟠桃一樣，動作矯捷，侍衛還未來，他已經撲倒在玉琪的不遠處。「王爺，救救下官哪！」

「什麼?!」玉琪整個人被侍衛回報的「屬下保護不力，讓瑠小王爺死於穆王手上」驚得面無血色。

「屍首呢?小王爺的屍首呢？」他嚥下這個消息，那迸發的痛一點點湧上來，覺得連呼吸亦是椎心刺骨。

林幕猛然聽見玉瑠死亡的消息，忽然膝蓋一點地，使出全身力氣，綁於身後的雙手一撐，猛然之間，雙腳奇蹟般地著地站了起來。

他整個人向玉琪撲過去，揚聲哭喊道：「王爺！瑠小王爺怎麼就英年早逝了啊？那穆王真是太可惡啦！不僅救了皇上，竟然還殺了瑠小王爺！我心中、我心中……嗚嗚嗚嗚……」真的是太高興了！

林幕與陳德育如此這般不要臉皮地打鬧翻滾，本就讓身後坐在地上的文武百官目瞪口呆，這會兒聽見林幕這麼一吼，原本在落淚哭泣的都靜了下來。

當即，人人心頭全都湧上狂喜。皇上還活著，穆王殺了瑠小王爺！如此，大昭必不會如此覆滅！

副帳中，周康帝聽著下屬的稟告，適才在主帳受的氣忽然間就消散了。

「朕那好外甥死了？哈哈哈，死了好啊，死了才是天意啊！玉琪啊玉琪……哈哈哈哈……」

玉琳坐在主帳中，聽著稟告，手中的茶盞翻了。「我父皇沒事?!玉瑺去殺父皇不成，還被玉珩反殺了？」

這本就是一場性命攸關的謀反，但玉琳要的不是謀反。他不蠢，子若弒父，他就算坐上皇位，日後功績再卓越，大昭再興旺，百年之後，除了青史罵名，他再不能得其他。

他處心積慮，讓反賊入了獵場逼迫朝中文武百官，再引誘玉瑺去殺皇帝，把一切與反賊勾結的名頭全推到玉琪身上，本來打算最後讓容家一舉「解救」了這處，他就可以名正言順地以功坐上皇位。

可如今……皇帝沒死，玉珩沒死！

「飯桶，玉瑺那個飯桶！連點小事都辦不好，還跑來跟本王合作！」玉琳心急如焚，直接踹翻一旁的茶几。「去！立刻派人去取了我父皇與玉珩的首級來見我！絕不能讓他們入營中！」

第一百零七章

霧林的東邊倒是寂靜無聲，幽幽靜靜。

大越的士兵將狩獵場圍得水洩不通，探來探去，只有這頭的侍衛最薄弱，可讓玉珩等十人突圍出去。

遠處，席善同侍衛等人各拿了兩枝砍下的樹枝做掩護，彎著腰慢步往前，慢慢接近獵場的最外邊。

「殿下，」席善用厚厚的樹葉擋著自己，同侍衛擠在一處。他估計了一下距離，轉首道：「咱們若是再往前，可能就會被那些侍衛發現。僅這一處，侍衛便有上百，咱們這樣拚不過。」

玉珩露出半張臉，往前頭一瞧，收回目光。「如此，咱們就在這裡靜候便是。」

席善頷首，透過樹葉瞧了瞧天際的烈陽。

快要午時了，嘿，這一早上過得可真漫長！

「吃些東西。」玉珩轉首瞧了一圈。侍衛忠心，一早上下來也沒有吃什麼，午後要做的事多，不吃東西，體力根本撐不住。

侍衛們鬆下身體，把樹杈插在腰帶中，直接偽裝成灌木林，掏出隨身的乾糧啃起來。

離席善近的侍衛用手肘碰了碰他，道：「席哥，我瞧太子妃娘娘身旁那廚娘人長得好看，心地也好，還有一手好廚藝，你去把蘇姊娶了吧。」

席善頭埋在肉夾饃中，聲音含糊。「娶了她給你們私下開小灶嗎？」

「對呀對呀！」侍衛們樂了。「席哥，這個主意好哇！」

「好個屁！王府中一天吃五頓，不當值都能讓你們來蹭飯，你們個個吃得白白胖胖，竟還想著開小灶！」席善嚥下大口的肉。「趕緊吃，吃完了去拚命！」

正說著，忽然聽見馬蹄聲急切而來。

「來了！」席善低叫一聲，瞬息包好了還沒啃完的肉夾饃，塞進簡易包袱中，抽出插在腰帶中的樹枝，嚴陣以待。

侍衛同席善動作一致，裹了肉夾饃，抽出樹枝。

弓箭手已早早將樹枝插在草地上頭，這會兒，直接抽出背後長弓，上箭瞄準了那些侍衛。

玉珩同季雲流蹲在一眾侍衛後面，看著那匹馬越來越近，而後瞧見那馬上的侍衛跳下馬，抽出一塊權杖。

侍衛腳步踉蹌，聲音倒是很響亮。「不好了、不好了！穆王從獵場跑了，他要去京中搬救兵，王爺下令讓咱們快點派人去追捕他！」

果然，守著的首領一聽，抓著他就急問：「穆王從哪裡逃脫的？不是說你們有道人的陣法困著他，怎麼就讓穆王逃了？」

那侍衛摀著胸口，指著綿山位置，道：「正是從綿山北面逃走的。適才綿山坍方，正是穆王他們搞的鬼，就連我們的道長都被他們斬殺了！我是好不容易才逃出來……」他適時嘔出一口血。「將軍，趕緊派人去把他們抓回來！不然，王爺的大事被攪和，咱們都會沒命的……」

說完，整個人一撲，演技尚可的侍衛直接暈了過去。

「綿山北面……」首領想到之前傳來的坍塌聲響，抓起侍衛帶來的琪伯府權杖，不再猶豫，指揮下屬道：「田勇，你帶上五隊人馬，同我一道去綿山那頭瞧個究竟；餘下五隊人馬在原地守好，不能讓任何人出獵場！」

「是！」

「還剩六十人……」席善看著那首領與眾士兵浩浩蕩蕩地離去，轉首瞧了瞧自己這些人。加上太子與太子妃，他們總共只剩十個人了，現在人人以一打六，很有難度。

「我再去引掉一支人馬！」適才同席善調侃的侍衛神色一肅，自告奮勇想當誘餌。

席善眉一攏，剛想說點什麼，後頭的玉珩出聲阻止道：「都不必去，太子妃自有辦法，你等著便是。」

侍衛紛紛轉首，發現太子妃已經在地上畫了朱砂。

我們真是最喜歡這樣一言不合就作法的太子妃娘娘了！

季雲流被追殺弄得怕了，只要出門在外，就會多帶道符與朱砂。那時為破段茗瀚的法陣，耗了大量道符，就連最後兩張五雷符都用光光，這會兒便打算使個最簡單的障眼法。

將適才砍來的樹枝往自己前頭一插，季雲流便掏出朱砂粉勾陣法。

「金木水火土，雷風雨電……」她也不敢站起來明目張膽地踩七星步，深怕一個不小心就成了下一個刺球。畫完朱砂，她再以道指虛空畫了個符，一把拍入樹枝內。「形如靈霧，上列九星……急急如律令！」

侍衛只覺有什麼東西被季雲流拍進去那枝樹杈中。

而後，就聽見前頭樹林中傳來「沙沙沙、沙沙沙、沙沙沙」的聲音。

眾人瞪著眼，不敢出聲，目光瞬也不瞬地盯著前面，就怕一個眨眼，會從林中衝出大量人馬或一隻巨大猛獸。

「什麼人！」那聲音不只玉珩等人聽到，連守獵場的侍衛都聽到了，為首的高喊一聲，紛紛嚴陣以待。

他們嚴陣以待，玉珩這頭也按劍以待。

「沙沙沙，沙沙沙……」那聲音越來越大，似乎有千軍萬馬，又似乎有千萬隻鳥獸。

玉珩這兒還是靜靜地等待，守衛那兒已經忍不住了。「去看看！」

「是！」一個侍衛騎馬奔過來。

玉珩一個眼色，席善會意，手弩直接對準那人，迅速射出。

「啊！」那侍衛立時翻身下馬，再也沒有爬起來。

「林中有埋伏！」守門人遠遠看見侍衛落馬，再聽林中樹葉搖擺和沙沙聲音，當即變了臉色。「派幾隊人馬去瞧瞧，再派兩個人快馬去追卓統領，告訴他這裡有埋伏！」

「是！」三隊人馬與那兩個人分道衝了出去。

「只剩二十來人了！」席善大喜。這麼一來，一打二，他們保護太子與太子妃出去肯定沒有問題。

「過去！」玉珩輕令一聲，眾人抓起前頭的樹枝，再次往前移動過去。

「灌木林」越來越近，守門侍衛的心思全在沙沙而響的樹林裡，竟然也沒注意會移動的「灌木林」。

待到守衛發現，如驚弓之鳥般彈起來高喊「有埋伏」時，玉珩等人已經移動到只隔了百米的範圍。

這聲「有埋伏」將將喊出來，弓箭手的箭矢已經一箭穿過他喉嚨。頓時，一股血腥味漫開來。

「殺！」席善持劍躍上去，彷彿化成一道青色的光影，飛身撲向那些守衛。

箭矢、刀光交織在一起，玉珩護著季雲流，一路血殺到馬旁。季雲流手腳迅速地翻身上馬，玉珩抬腳重重一踹。「駕！」

馬兒立起身體，揚起脖子嘶鳴一番，直接馱著上頭的人撒腿奔出去。

「七爺！你這是要殺妻啊！」季雲流被這番架勢驚得不自覺抓住馬韁，伏在馬背上，竭盡全力不讓自己掉下馬背。

玉珩腳尖一點，踏上圍欄，再用手中的劍點在一旁木樁上，一個借力，身子飄飄騰騰而起，凌空邁了幾步，直接跨坐在季雲流身後。他一手抓住馬韁，穩住身體，將劍收回劍鞘，夾腿穩住馬身，策馬道：「本太子萬萬捨不得殺愛妃，咱們說好的，得一道賞大昭的江山萬里！」

兩人同騎一匹馬，後頭侍衛也奪了馬，一路追上來。

席善跟著玉珩，一面駕馬，一面掏出金瘡藥往自己的傷口倒。「殿下，死了四人。」

「嗯。」玉珩重重應了一聲，吩咐道：「回去後，厚葬他們，撫恤金再多一倍。」

「是！」

這會兒眾人也沒力氣傷心江山就要易主，就算血流成河，也要勇往直前。

六人卯足了勁往官道上奔馳。頭一個要去的是穆王府，先得回府帶人馬，還要將放在府中的美人蕉帶出來。

玉琳坐在主帳中，聽下頭稟告玉珩已經出了獵場，一下子從頭頂涼到腳底。「飯桶！飯桶！」

容嵐珂一身戎裝，手按著佩劍。「琳哥兒，你須得趕在穆王前頭入宮！」

「舅舅！」玉琳抓住最後的救命稻草。

容嵐珂堅定道：「去阻止穆王！若天黑之前，還沒有人來報皇帝已死，這兒，舅舅會幫你善後！」

玉琳穿上斗篷，從主帳後頭直接讓張禾劃破帳篷，在容家侍衛的掩護下，悄無聲息地出了營帳。

帳外頭，靠著林幕的一番攪亂，讓群臣又開始一番謾罵。

玉琪的侍衛們怎麼都還是大昭戶籍，眼見群臣激昂，也不敢一劍捅死了這群人。

這邊越演越烈，而玉琳這邊的主帳與大越皇帝副帳那邊，卻都是按兵不動的態度。

陳德育扭著脖子去瞧草地上的情景。眾人仍在喧譁吵鬧憤怒，唯獨秦相坐在那裡，雙目緊閉，老神在在，雖然安靜無聲，口中竟然像在默唸什麼。

他在唸咒！

陳德育心中忽然翻起情緒。秦相乃秦羽人的嫡親姪兒，秦羽人肯定贈過他保命的東西！

想到此處，陳德育膝蓋一彎，直接蹦了起來，向秦相重重撲過去。

林幕看著從來不按常理出牌的陳德育，張大了嘴巴。

出了獵場，席善就抓出懷中的煙花彈，放上天際。

皇家獵場，秦相等人可去得，謝飛昂等這些芝麻小官卻去不得。

皇帝帶著朝中大臣、王公子弟「遊玩」去了，朝中自然要「放假」，謝飛昂便邀了幾個昔日的同窗好友在城外的望湖樓上小聚。

這望湖樓顧名思義就是能望湖的意思，建得高才能望得遠。

用過午膳，謝飛昂精神抖擻地往樓上一站，舉目一望……哇，不得了了！

好像瞧見了七爺！

謝飛昂以為是頭頂烈日太晃眼的緣故，又使勁擦了擦眼，再次望過去。

那人就是七爺！還有化成灰他都認得的季六娘子！

謝飛昂提著衣襬跑下樓。「趙萬、趙萬，給爺備馬，快點快點！」

謝飛昂的慌慌張張驚動了樓中的人，一個個探出來頭來。「飛昂兄，怎麼了？為何如此驚慌失措？」

「對啊，飛昂，難不成你見到湖上飄過仙女了？」

「我見到了穆王殿下！」謝飛昂腳不停，聲音由下往上傳。「今日乃是皇家秋獮的第一日，穆王殿下昨日才去了獵場，這會兒怎會帶著王妃在官道跑？定是獵場出狀況了！」

樓中所有人都被謝飛昂這話給驚醒了。

「你見到的真是穆王殿下？」

「對呀，今日是秋獮，我阿爹都去了！」

趙萬跟著謝飛昂下樓，動作最快，此刻已經牽馬過來。謝飛昂之前看見玉珩時，人還在遠處，這會兒趙萬拉了馬，他翻身一上，果然看見了策馬狂奔而來的六人。

「七爺！」謝飛昂顧不得其他人，揚鞭就追了過去，跑近了立刻問：「七爺，你為何會在這裡？可是獵場發生了什麼大事？」

「謝三少爺，您來得正好！」席善拽出懷中，裡包三層外三層的帕子。「這一去，指不定會有危險，這東西先交由您保管著。三少，這東西定不能出任何差錯！」

「給我一團什麼東西——」謝飛昂話未完，帕子被抖開來，上頭正反兩面是密密麻麻一片血紅，他忽然之間一陣頭暈目眩。「血！好多好多血啊！」

他正欲伸手丟了那帕子，就聽見玉珩的聲音隨風飄進耳朵裡。「你拿的是皇上親手寫的聖旨。草擬聖旨之事，本就是你們翰林院該做的，你若丟了它，等著掉腦袋吧！」

謝飛昂一個激靈，瞬間恢復清明，視死如歸，一把將帕子塞進衣襟內。在馬上看字看不清，還是先問緣由。「七爺，獵場裡到底發生了何事？」

「玉琪與反賊勾結，圍困了整個狩獵場。皇上身受重傷，派我來宮中搬救兵——」玉珩在馬上，言簡意賅講了如今形勢，講完又瞧了謝飛昂一眼，開口吩咐。「你且去告訴天下眾人，玉琪在狩獵場造反，大越餘孽在狩獵場殺人奪位。」

說完，「駕」一聲，加快速度往穆王府而去。

第一百零八章

當初謝飛昂只是本著「君子習六藝」才學了騎術，馬術自然不能同玉珩比較，跟不上之後，直接慢下來，想著玉珩那句「告訴天下人」。他去哪裡告訴天下人啊……

還未想出什麼，後頭的狐朋狗友都追了上來。

「飛昂兄，發生了何事？」

「對啊，你見到穆王殿下了？殿下說什麼？」

「獵場到底有沒有出事？我阿爹還在獵場呢！」

他道：「穆王說，琪伯爺還有容家與反賊勾結，圍困了整個狩獵場，皇上身受重傷，文武百官都被扣押在營帳中了……」

「怎麼會這樣！」

幾人在官道上並行，還未來得及震驚，後頭又傳來一陣陣馬蹄聲。轉首一看，正是玉琳帶著大隊人馬策馬而來。

「景王也是去宮中搬救兵的？」

「是不是獵場守衛也不怎麼森嚴啊？景王為何能帶著這麼多人出來？」

謝飛昂靈光一閃，當即道：「攔下他！容家便是景王的嫡親舅舅家，容家與反賊勾結，景王也許不是來搬救兵，是來追殺穆王的！」

謝飛昂這些狐朋狗友其他沒有，義氣這兩字倒是發揮得至極，當下便說：「飛昂，你先走！這邊看咱們幾個兄弟的！」

光天化日朗朗乾坤，他們還攔不住一個景王？

玉珩奔到穆王府前頭時，府裡的死士也已經趕到，但不只有穆王府死士，還有景王府的，兩邊人馬正打得不可開交。

玉琳也不是傻子，既然他敢與反賊勾結，任何事情都要安排好兩手。

「七爺！」席善瞧著那頭打得不可開交的人馬，心急如焚。「只怕通往宮中的那條道上也有埋伏了！」

如此，就更要帶出美人蕉！

「走側牆過。」所謂的走側牆，也就是翻牆。

國事當前，玉珩的速度快如閃電，帶著季雲流翻牆，取了美人蕉再趕往皇宮，這一連串動作真真一氣呵成！

皇宮道上，同樣守衛森嚴，玉琳最後拚死一搏，早早在通往皇宮的路上做了埋伏。

玉珩快速駕馬，把揹在背後的美人蕉往前頭一抓，遞給坐在自己懷中的季雲流。

「美人蕉，前頭全數是伏兵，此次大昭生死存亡全靠你的幻術了！」

大昭生死存亡都壓過來了，美人蕉哪裡還有拒絕的道理？花枝一挺，然後整株花都泛出了絲絲白光……

「七爺，一直往前衝，當這些人不存在！」季雲流瞧著便大喊。美人蕉開始使用幻術了，開了靈識的靈物，來來回回也就是這麼一招。

玉珩策馬狂奔。

這裡離皇宮還有一刻鐘的路程，玉琳把他攔在這兒，才不會引起宮中那頭的注意，所以只要過了這段路程，他必能到達皇宮！

謝飛昂從官道上奔到京城中，仍在思索著玉珩的那句「告知天下人」。

天下人、天下人……讓京中的黎民百姓知曉，讓京中的莘莘學子知曉，可不就讓天下人都知曉了嗎！

「散開、散開！」謝飛昂心中激動，也顧不得什麼城中不能策馬的規矩了，直接駕馬從大道上穿過。

他頭一個要去的地方是城北的茶樓。

這茶樓不是普通販夫走卒的茶樓，國子監許多學生都會來此小聚，文人墨客無所事事，最愛風花雪月，只要哪兒出點「大事」，第二日爭論最激烈的當數這裡。

玉琳這一路出了不少狀況。他在官道上受了十幾個富家子弟攔路，耽誤不少，想到這會兒玉珩或許已經到了皇宮讓御林軍知曉，臉色就越發陰鬱。

他一路疾馳過來，打翻不少攤位，可還未出這條東大道，就見許多文人學子站在路上聲嘶力竭呼喊：「景王滾出京城！」

「景王滾出京城！」

不只呼喊，這些人竟然像吃錯藥一樣，拿起一旁攤位的東西胡亂砸過來。

謝飛昂從茶樓中剛動員了文人學子，小廝趙萬也正好趕到。

謝飛昂將聖旨往趙萬手上一塞。「你快將聖旨送去君府，親自送去君子念手上，讓他將聖旨上七爺被冊封為太子的內容給天下人知曉！我還得讓更多天下人知道皇上被困獵場！」

北城大街混亂不堪，沒有官府的衙差鎮壓之下，如今這齣鬧劇越演越烈。

玉珩與季雲流不知道整個城北已經被謝飛昂鬧得沸騰，現下他們兩人坐在馬上，季雲流抱著美人蕉，在白光一片中策馬奔騰。

在美人蕉的幻象下，旁邊血腥的畫面彷彿都已看不見，天地之間，只剩下兩人一馬一花。

眾人打鬥之際，只覺得白光一閃，亦沒有發現玉珩這匹馬連帶人都不見了。

不知道在白光中跑了多久，眼一眨，前頭就出現了皇城牆。

獵場中亂成一團，城北亦亂成一團，但此刻的皇宮門口依舊安安靜靜，守衛森嚴。

玉珩耽誤不得半點工夫，扯出腰間皇帝給的隨身權杖，胯下的馬卻不停。

「皇上與皇后娘娘被反賊圍困狩獵場，情況危急，本太子奉皇上口諭，進宮調動三千禁軍，爾等速速讓開！」說完，甩出手中權杖。

侍衛接在手中，左右一翻，立刻揚手放行。

這是皇帝的兵符王令，世上僅此一枚，打死都不會認錯。

玉珩暢通無阻，直奔禁軍營。

禁軍營在皇城北面，與皇帝的勤勉殿只有一牆之隔，之前的侍衛早已經衝進去稟告，此刻禁軍首領已經一身戎裝，帶著佩劍，站在禁軍營的大門處等著。

禁軍首領穆淨筠早已年過五十，他本是農家寒門出身，能當上禁軍首領，統領三千皇城禁軍，足以說明皇帝對他的信任。

他站在那兒，目光灼灼，犀利如鷹地盯著越來越近的玉珩，抽出腰間佩劍。「王爺，宮中不可行馬！」

玉珩知他極為古板守舊，跳下馬，讓季雲流也下馬，這才再次抽出腰間權杖，將皇帝被圍困、他要調兵的事情再講了一次。

穆淨筠拿著權杖注視著玉珩，又瞥了一眼抱著一盆花的季雲流，神色有了一絲變化。他囁嚅數次，想問些什麼，可再看了一眼權杖，還是什麼都沒問出來。「屬下這就帶兩千禁軍去獵場！」

穆王調軍令還要帶媳婦兒這種事情，為保他一世英名，還是莫要問出口了吧。

「嗚——」號角吹起，禁軍營中的侍衛不管是在入睡還是在操練，全在半炷香的時間內集合列陣。

戰場局勢瞬息萬變，此次好不容易出了圍困，玉珩自不想讓心上人再涉險，於是幾步上前，抓住季雲流的手。「雲流，此次妳不如在宮中等著我回來……」

季雲流靜靜看著他，眉一挑，又是一聲嗯哼。「七爺打算自己戰死了，讓我再嫁，而後，讓我再與他人同床共枕？七爺……」她上前一步，極輕道：「你能想那個光景是何種模樣嗎？」

玉珩這一世棋逢對手、將遇良才，遇上了她這樣能令鐵樹開花的無恥人物，被這簡簡單單的一句話，嚇得渾身一個激靈，立即決然道：「愛妃還是同本宮一道去獵場吧！」

兩千禁軍從宮門口出來，風馳電掣，聲勢浩大，讓不遠處的百姓都駐足圍觀。

玉琳終於從城北的一團混亂中掙脫，等他狂風一樣颳到宮門處時，正好看見一身鎧甲出來的玉珩。

玉琳咬牙切齒，面目抽搐，只想揮刀而上，一招取下玉珩的人頭。

驀然間，他再看見跟著玉珩身後出來的兩千禁軍，心就像一根火炭掉進冰窟窿一樣，全身涼透了。

父皇果然給了玉珩兵符權杖！

「王爺，」張禾全身黏著雞蛋清、滾著蛋黃，乾了之後就像裹了一層膜一樣地詭異。「咱們現下該如何是好？」

「回去！」玉琳立即揚鞭掉頭道：「放信號彈給容將軍，讓他知曉，我們這兒失敗了！」

他想過了，既然沒有趕在玉珩前頭阻止這件事，也阻止不了他調兵，那麼，就回獵場與玉珩來個生死搏鬥！

只要皇帝不出現，他將獵場中的文武百官全滅口，天下誰又能知曉他玉琳是靠叛變奪了皇位？

夕陽無限好，狩獵場營帳地上卻是一片動亂。

玉琪在玉瑠死亡的打擊之下，終於受不住，抽起一劍捅死了罵得最凶的御史丞。

文武百官憤慨無比，一個武將直接用臂力一震，斷了身上捆繩，衝上來。「玉琪，你這個叛賊，速速受死！」

玉琪身旁的侍衛再也顧不得什麼大昭上下臣，抽出佩劍迎上去，與武將纏鬥起來。

玉琪因玉瑠的死，已然神智不清，拿著劍冷笑。「好，你們全都死了最好……」話還未說完，陳德育便一頭撞過來。

「秦臨源，你若有殺手鐧趕緊使出來，不然咱們全都要死在這裡！」

此話一出，局勢立即改變，所有人都瞧著秦相，眼巴巴且眸中亮閃閃地透著希望。

這會兒，主帳、副帳的侍衛從帳篷中湧出來，打算制住有「殺手鐧」的秦相。

秦相睜開眼，看著前頭原本的侍衛，再瞧瞧那些文武百官，「啊」了一聲。「本官心中擔憂，適才只想替皇上祈個福而已，你們是不是誤會了什麼……」

這話宛如一場傾盆大雨，把在場所有人的希望全哧啦哧啦地熄滅了。

什麼是火上灌大水，什麼是傷口上撒鹽？這就是！

從帳中跑出的侍衛們聽到這話，又停下了步子。

「哈哈哈！」大越周康帝一身明黃地從帳中走出來。「你們大昭的臣子真是讓我大開眼界，大昭靠你們這群窩囊廢竟然還能——」

「本官等這麼久，等的便是你！」周康帝的大笑未來得及收住嘴，不知道何時解了捆繩的秦相忽然站起來，隨著他的聲音，一道黃色符紙從手上飛出，猶如箭矢一樣，直向侍衛群中的周康帝而去。

「趴下！」

侍衛即便眼疾手快，可面對如此出其不意的道符，也只來得及向周康帝撲過去，將將摸到周康帝的衣角，一股無可抵抗的氣勁透體而入，整個身體如被雷擊，所有人都吃不住攻勢，軟倒在地。

「轟！」巨大的爆炸聲響遍整個營帳，還不止一聲，連續響了五聲。

一陣飛沙走石，眾人好半會兒都睜不開雙眼，只感覺到耳邊雷聲滾滾，氣勁如浪般洶湧，讓他們不得不趴在地上躲避。

待到眾人睜開眼，便看見前頭原本綠油油的地上，已是碎石黃土夾雜著血跡，猶如人間煉獄一般。

「陛下！」後頭的帳中湧來一眾侍衛，跑到之前周康帝所在的地方，茫茫一片，被這幕景象嚇得膽裂魂飛。

就這麼一眨眼的工夫，他們的皇上死了？被一張道符給炸死了？

「還愣著做什麼！」秦相手起匕首落下，一刀劃斷一人繩索。「你們還不跑，這是等死嗎?!」

「對，你們趕緊走！」

被解綁的大昭武將與文官，從來沒有像此刻一般和諧，只要有武力之人，抓起能稱手的武器，便迎戰攻來的反賊侍衛。

主帳中，容嵐珂邊聽著外頭喧鬧無比的聲音，邊聽著侍衛稟告，冷靜一笑。「這個秦臨源倒是有幾分能耐。」

「將軍，咱們再繼續袖手旁觀？」

容嵐珂笑著站起來。「不，咱們得去幫一幫那些大臣。」

容家軍個個正對容嵐珂的話語露出不解，一個士兵飛身進帳篷，跪地稟告。「將軍！景王的探子來報，皇宮那頭景王任務失敗，如今穆王已經調兵而來！」

容嵐珂肅穆地站起來，盯著帳篷外頭的一片混亂。

為今之計，只有兩種方法。

一是殺光外頭的文武百官，擁戴玉琳為帝；二是解救出文武百官，殺光反賊與琪伯府的人，把玉琳與反賊勾結的事情埋進泥土中，永不為人知。

但若殺光文武百官，必然向天下人解釋不清，更會牽扯自身……

容嵐珂不多想，扣住腰間的劍，轉身就由適才玉琳出去的「後門」踏了出去。

他帶著人馬一路繞過營帳，到了前方容家軍集合的地方，抽出腰中佩劍，舉劍道：「衝！反賊在獵場困我大昭重臣，此等謀反之人，必定要全數剷除，一個不留！」

他容嵐珂活了足足五十多年，從來只有赫赫功名，即便不能名垂千史，也決計不能留下污點，讓天下百姓唾罵！

皇帝不知身在何處，周康帝也已死，他只要解救這些大臣、殺光反賊，造反與他何關？謀逆又與他何關？

「將軍？」副將聽到軍令，十分不解。

容嵐珂厲聲道：「本將軍適才所說的軍令，難道沒有聽到嗎！」

「衝啊！」

於是，容家軍此刻看著就像從外頭趕來營地，解救文武百官的模樣。

如今營帳之間的空地上，打鬥是極為激烈。

營帳是大昭地盤，周康帝帶來的士兵即便再多，容家也不可能讓其全站在營帳這裡威脅自己。現今兩方對陣，竟然隱隱還有大昭文武百官勝出的趨勢。

「秦臨淵！」陳德育一刀捅穿他身旁的反賊，大聲喊：「你還有沒有道符？」

「你當我是賣道符的神棍嗎？」秦相手持匕首回道。生死在即，潛力爆發，他老當益壯，打得似乎還遊刃有餘。「這五雷符可是我拿著性命，在二十年前從我大伯那兒偷來的！」

林幕心中焦急。腳上解開了，手還被綁著，他一面用肩膀撞開反賊，一面喊道：「偷一張也是偷，摸一把也是偷，你二十年前怎麼沒有摸上一把過來！」

「我、我……」一旁，雙手雙腳還被捆綁的沈漠威坐在那裡，聽到「五雷符」三字，驀然醒悟，叫道：「如果是五雷符……我、我身上也有！」

所有人都向沈漠威瞧去，精光閃閃，如狼似虎。

「你說什麼?!」

「再說一次！」

沈漠威雙腳一蹬，露出腰際，直接道：「快，五雷符在我的腰帶內！」

陳德育與秦相一把向沈漠威撲過去。

「腰帶的哪裡？」

「放在哪裡了？」

「別扯，我褲子快掉了！」

幾人一陣混亂，沈漠威的腰帶直接被扯下來，秦相抓出一疊五雷符，高聲喊道：「趴下！」

第一百零九章

「轟！」

反賊還未奔到前頭，五雷符落地而炸，發出巨響，炸飛了一群反賊。

夕陽西下，殘陽亦如血。

待容家軍假裝趕到此處時，手持五雷符的文武百官，已經差不多把營帳中的反賊殺得一個也不剩了。

容嵐珂瞧著前頭一片宛如廢墟，自己不用再出半點力的營帳地，只覺得一拳似打在棉花上。

他本欲像天神般降臨，拯救這群人，讓其痛哭流涕地感謝……如今，為何他們自己就制住了那些反賊？

「容將軍，」林幕見他帶著人馬趕到，張嘴便問：「你來此，對我們是救是殺？」

話不用多，頂用就行。

文武百官死的死、傷的傷，從來沒有一刻像此時這般齊心。

容嵐珂見眾人絲毫沒有放鬆，嚴陣以待地瞧著自己等人，終於道：「本將乃是大昭正三品平西大將軍，自然是來救各位大人，怎麼會來殺人？」

玉珩一馬當先地帶著季雲流，與穆淨鈞率著兩千禁軍策馬揚鞭出城。

待到出了城，謝飛昂也已等在城外，整裝待發。

夕陽落到西山後頭，玉珩在前，禁軍持火把在後頭，每兩人一馬，同火蛇一樣地蜿蜒著朝狩獵場的方向而去。

穆淨鈞乃是久經沙場之人，對抗敵之事極有經驗。

待眾禁軍距離獵場幾里之內，探子已經打探而回，急急過來報告情況。「穆都統，獵場外頭全數有反賊人馬，容家軍如今已經與反賊對抗，但獵場內情景，屬下打探不到。」

「容家軍與反賊對抗？」穆淨鈞不禁轉首。「殿下，您不是說容家軍與反賊勾結？」

玉珩心中冷笑。容家軍兩面三刀，明白大勢已去就倒戈相向，轉變立場，真是壞人是你當，好人也一起扮演了。

他面上不顯半分憤怒之色，滴水不漏地道：「穆都統，容家軍職責本就是守衛校場，而反賊大舉攻進校場，到此時才被容家軍發現，又是為何？」

這話句句在理，字字直戳穆淨鈞心臟。

玉珩劍指前頭獵場，朗聲喝令。「身後的眾人聽著！前頭，反賊謀逆造反，皇上性命危在旦夕，亂臣賊子，人人得而誅之！本宮在臨危之際被皇上委以為大昭東宮太子，必然要救大昭於危難之際，以昭律治罪反賊和與反賊勾結之人，爾等不得有違！」

「太子千歲！」禁軍揚聲高喊，士氣大振。
穆淨筠不禁對這位七皇子刮目相看。
「衝！」得了指令的眾人一鼓作氣，直接長驅直入進獵場。
大越軍已經知曉皇帝在營帳之地被殺，這會兒大越的人心潰散，而外頭大越軍的潰敗之勢再也抵擋不住，兵敗如山倒。
玉珩見這邊情勢穩定，直奔營帳。
越是深入獵場，反賊越少。眾人正急速奔行，忽然殺聲震天，近千士兵蒙著臉衝出，迎面就向玉珩一眾砍殺而來。
「這是……」穆淨筠瞳孔驟縮。難道是反賊？但若是反賊，為何還要蒙面？
「謀逆之臣，以下犯上，絕不能放過！」玉珩冷笑一聲，持劍衝上去。
容家這場大戲是要得越發好了！
「七爺，刺客埋伏在此地，想半途取你性命，皇上必然還未到營中！」季雲流反應極快，一下子看明白其中關鍵。「咱們得先去尋陛下！」
營帳中火光如晝，玉琳快上玉珩一步到達。
如今容家以皇帝下落不明、軍心渙散為由，要朝中重臣選出大昭儲君來穩定人心。
「容將軍！」秦相上前一步。「皇上如今尚未尋到，咱們私下推舉儲君，有違大昭律法，你是在詛咒皇上無命返回嗎！」

「秦相，」朝中自有景王黨派之人。「此話不是這麼講，正是因為皇上下落不明，咱們才要穩定朝中人心。論功勞、論臨危不亂、論出身正統，景王殿下當仁不讓！秦相這般反對，可是想斷了大昭江山不成？」

「沒錯，景王此次在危難中相救我等，我等必會誓死相從！」

說白了，非常時期誰會按常理出牌？如今誰手中有權力，誰便最大！

適才打鬥得很猛的眾臣見了這麼多倒戈的，全不說話了，捂傷口的捂傷口，替人包紮的替人包紮，幾個尚書、大理寺卿全當自己傻了或重傷一般，躺在地上哀號呻吟。

眾人各懷心思，各不退讓。

官場亦如戰場，要一鼓作氣才能得勝。玉琳手握佩劍，看著帳中的文武百官，面上悲痛道：「諸位，我父皇下落不明六個多時辰，我雖是心中難過，但不能放任大昭任賊人侵犯而不管！容將軍說得對，大昭不可一日無主，我玉琳不才，願擔此重任，振興大昭，擊潰反賊！」

雙方正在對峙之時，忽聞遠處馬蹄聲陣陣而來。

眾人不自覺抬首望向主帳外頭，一陣風吹來，落葉紛飛，玉珩一身青紫戎裝，騎在高頭大馬上，貴胄之氣渾然天成，火光宛如聖光，潑灑在他矯健的身影上，讓眾人全瞪大了眼。

林幕突然激動地道：「那人、那人……」

「那人是我女婿！」季德正看清來人，整個人一下子年輕十歲。「一旁的是我女兒！」

「穆王帶著穆都統與禁軍過來了！」秦相最為通透，腦筋轉得最快。「穆王能調動禁軍，必定知曉皇上在哪兒！」

「說得極是！」

「皇上必定還安然無恙！」

眾人被秦相一提醒，心中「砰」一下被點燃大火，激動之情無法言說。皇帝若在，景王與容家的詭計就無法施展了！

「穆王，」陳德育、林幕、秦相紛紛彷彿得了主心骨，雙眼通紅地向玉珩奔過來。「殿下，皇上如今人呢？」

「皇上與寧世子在一起。」季雲流在一旁道：「寧世子武功高強，必然能護得皇上周全，諸位還請放心。」

適才她用玉珩的血液滴於盆中，尋了皇帝方位，得知帝后尚在人世，穆淨筠也已派上近百的精兵去指定的地方接人。

「王妃娘娘！」沈漠威覺得這個外甥女就是仙女下凡，每次總能在生死關頭拉回自己的性命。「您與穆王殿下來得正是時候。皇上如今下落不明，景王卻逼迫我等推舉他為大昭儲君！」

「大膽景王！」謝飛昂聽了沈漠威的控訴，臉色一變。「皇上早已血書聖旨，冊封穆王殿下為東宮太子，你竟然趁皇上下落不明，就想逼迫重臣選你為皇！」

「你大膽！」玉琳那邊的文人也不是吃素的，見謝飛昂無理，伸手指責道：「景王殿下乃皇家貴冑，可是你一個小小七品翰林能當面指責的？」

「二哥，」玉珩站在那兒，目光冷冷冽冽地注視著玉琳。「大越的反賊可是你勾結而來？適才阻止本宮的刺客可是容家軍？這一切，是否是你想謀反的陰謀？」

他眉目沈靜，口齒清晰，每講一個字，就像尖針深深地刺進玉琳心中。

重臣全睜大眼，震驚地瞧著玉琳。

玉琳面上泛青，整張臉綠成了一片。他一眼瞥見站在一旁的容嵐珂，心中稍定。

「七弟，本王倒是覺得父皇是被你挾持了！你如今好好站在這兒自詡為東宮，那父皇人呢？」

「對啊！」徐盛接話道：「穆王殿下，謝三少爺說皇上賜封您為東宮太子，皇上的聖旨呢？」

「皇上聖旨如今在京中。」謝飛昂道：「待景王到了京中，自能見到聖旨！皇上親手血書，我等瞧得仔仔細細，豈會有假？」

「你口說無憑，不拿出血書，我等怎會相信你？」

氣氛一時之間極其凝重。

玉琳乘勝追擊道：「玉珩，你假傳聖旨蠱惑人心，讓眾人聽信你讒言，你這是要謀反！」

他話還未說完，那頭奔來的禁軍高聲道：「穆都統，小的尋到皇上與皇后娘娘了！」

此話一出，當下人人大喜，而玉琳與容嵐珂的面色卻是瞬息死白一片，大驚失色。

皇帝傷勢重，與皇后被眾人抬進來。

這會兒，即便一腳已經踏進棺材，皇帝依舊狠狠盯著容嵐珂不放。

「好……你們容家好得很哪！」

說完這話，皇帝終於昏迷過去。

重臣瞧見這般光景，紛紛失聲痛哭。

御醫顫抖地替兩人把脈，得出一個皇帝命在旦夕，需盡快請宮中御醫會診的結論。

玉珩心中擔憂，手按在佩劍上，面色卻鎮定。他眼光掃過在場眾人，立即吩咐。「寧統領，你且帶著皇上與皇后，咱們立刻啟程回宮！」

說完，他轉首注視著容嵐珂，眼一抬，目光凜凜。

容嵐珂心弦一顫，竭力想保持住泰山崩於前而色不變，卻只覺心中越來越慌亂。

「將景王與容將軍通通帶回京中，等皇上醒了再定奪。」玉珩說完這句後，玉琳再也禁不住懼怕，冷汗濕了整個背，重重地跌坐在地。

火把光芒漫天，映紅了半片天空，一路從狩獵場蜿蜒到京城。

禁軍在前頭開道，玉珩打頭，除了季雲流，無人再敢與他並肩而行。皇帝轎輦在後，近萬人浩浩蕩蕩地回到京中。

禁軍管轄京中治安，城門一開，他們即可駕馬進城；但容家軍為外將，容嵐珂卻是萬萬不可攜軍入城的。

他瞧著前頭的玉珩，再將目光落在後頭的玉琳身上。

適才在營帳中，他想過一聲令下，讓帳中人全死在那裡，但外頭的御林軍卻這般擁護玉珩……

無數念頭在容嵐珂的腦中轉著，正入神之際，前頭忽然傳來震天喧聲。

眾人抬首一瞧，前頭的城門上，大紅燈籠高掛，燈火通明如白晝；城牆上，掛著龐大紅橫幅，上頭字跡巨大，就算隔得甚遠，亦能看得清楚：嫡子玉珩，日表英奇……

謝飛昂在茶樓中、在眾人面前宣讀過這橫幅上的內容，一望便知，城牆的大紅橫幅上頭寫的，正是皇上賜封玉珩為太子儲君的血書聖旨。

他之前將血書交給君子念，交代他將血書內容讓天下人皆知。只是萬萬沒有想到，君子念竟然使了如此一個招數，讓人寫了巨幅聖旨，還掛在城牆上。

好一個京城盡知！好一個天下皆知！

以商起家的人，頭腦果然不同凡響，這一招比禮部的冊封典禮還要厲害數倍。

城門大開，城牆上與城牆下人頭湧動，遠遠地看見火光，個個跪在地上，齊聲高喊：

「太子千歲！太子千歲！」

玉珩眼見兩旁民眾伏地下跪叩拜、齊聲高呼，嘴角泛起一絲笑意，不自覺去看一旁落後自己稍許的季雲流。見她面上帶笑，亦正瞧著自己，不禁伸出手。

「雲流，」萬民的呼喊聲中，玉珩親口許諾。「咱們一道賞這大昭江山。」

第一百一十章

這日過得特別漫長，這夜卻過得特別快。

皇帝回了宮中，宮中御醫如水般紛至沓來，診脈、灌藥、含參片。

皇帝只覺得自己一閉眼再一睜眼，已經不知今夕何夕了。

對著一旁眾人，他開口便問太監延福。「太子呢？」

太監聽皇帝醒來就問太子，一跪地，眼淚嘩啦啦地道：「皇上，您醒了可真是太好了！太子殿下昨日救了皇上您回宮之後，便連夜去大理寺審問反賊了。」

延福這一稟告的工夫，御醫和皇后都從側殿趕到。

皇后傷勢比皇帝好上一點，醒得也早了那麼一點，此刻見了人，皇后的聲音不自禁哽咽起來。「皇上……」

皇帝看見臉色慘白的皇后，想到之前的共患難，竟然有了一種世間真情無價的念頭來。

「皇后，不要行那些虛禮了，妳過來近一些讓朕好好看看……」

御醫要診脈，皇帝也不管寢殿中眾多宮女、太監，一面左手與皇后交握，一面把右手伸給御醫診脈。

「太子除了那群亂臣賊子沒有？」就算快要命喪黃泉，就算驀然發現世間真情無價，皇帝到死依舊放不下大昭江山。

皇后安撫地道：「皇上您莫要擔心，狩獵場中的那群反賊，已經全被御林軍抓捕。太子同大理寺、刑部連夜徹查，不過幾日，便能將他們全部剷除。」

皇帝滿意地「嗯」了一聲。「太子處事索利，做事雷厲，果然有朕當年的風範。」

這人死到臨頭誇兒子還不忘要稱讚自己一番，果然是萬萬人之上做久了。

皇后從善如流笑道：「太子與皇上相比，還差得遠呢！皇上可得日後提點太子一些，萬不可讓他丟了皇家臉面，誤了國之重事。」

皇帝對這個小兒子，如今是怎麼想怎麼滿意。當初自己與皇后陷入危機，太子力救不說，也不逾越半分，如今更沒有登堂入室，帶著太子妃入住皇宮。

御醫診完脈，皇帝驀然又想到一事。「容嵐珂被處死了沒有？」

「太子讓大理寺將人扣押著，等著皇上定奪。」

「還定奪個什麼！那容嵐珂就是個忤逆的亂臣賊子！」皇帝厲聲一喝，扯動傷口，痛徹心腑。當初他寵愛容皇后便是因為信任容家，在往日，容家年年鎮守邊關，直到三年前，容嵐珂以自己年邁為由歸回京中，皇帝也沒有讓他卸下兵權。

一切的一切都是因為信任，可對容家的信任，竟然讓他還生出造反的心思來，真是死不足惜！

「讓太子來見朕，讓大理寺的陳德育也來見朕，再讓禮部的季德正過來……」皇帝氣歸氣，心中卻是一片清明。

季雲流昨夜才回穆王府，季府便送了帖子過來。

狩獵場中出反賊，季德正受了輕傷回去，季老夫人見了他的傷勢，更擔心季雲流。

在季老夫人心中，就算自家孫女做了太子妃，這般的尊貴還是不能與完好無損相比較。命都沒了，要個身分尊貴來光耀門楣有何用？

季雲流也怕季府的人擔心，翌日便坐了馬車，讓下人帶禮回季府。

幾人把該聊的都聊過，紛紛安心後，二門那處的婆子飛快傳信，說季府的眾娘子都回來了。

反賊之事驚動全城，得知季雲流回季府，季府出閣的小娘子個個也是馬不停蹄地奔回來探一探。

小娘子們全數回府，如今季雲薇的肚子已經很大，再過一個月就要臨盆。現下一看見季雲流，她立刻飛撲過去。「六妹！」

這姿勢身輕如燕到季雲流的臉色都白了。「四姊，妳慢點！我不走，好好在這裡待著呢！」

季雲薇第一時間就從君子念那兒得到消息，擔心得險些早產，此刻見人無恙，她強抑著哭聲，卻抑不住眼淚。「可擔心壞我了！」

這人真心至此，讓季雲流一陣手忙腳亂。「四姊，妳可不能哭，這一哭，我那小外甥可不就也哭了？他若哭醜了，日後指不定要如何記恨我這個姨母呢！」

季雲薇終於破涕為笑。「妳呀，他敬重妳還來不及，哪裡會記恨妳？」

其他姊妹本來對季雲流的太子妃身分還有些拘謹，此刻被季雲薇一哭，倒是放鬆許多。

一眾小娘子出了正院，在邀月院中談姊妹之間的體己話。

季府中，如今尚未出閣的只有季雲妙，但自何氏不明不白地死後，季三老爺對這個女兒也是不聞不問。

幾個小娘子坐在那兒聊得久了，便聊到季雲妙。

何氏過世不算太久，這話題也算新鮮，季五姑娘輕聲道：「我聽翠菊說，三嬸的死還是七妹逼死的？」

何氏怎麼個死法，外頭瞞得嚴實，季府內卻流言蜚語不斷，季五姑娘有所聽聞，不足為奇。

季雲流道：「怎麼說？」

「娘娘沒聽說？」季五姑娘神神秘秘道：「據說三嬸死之前，七妹一直在三嬸面前要死要活，說若真的讓她嫁給張家三郎，她便一剪刀在新婚當夜就直接殺了張三郎！」

季雲流一驚。嘩，這麼狠！

「唉，」季大姑娘嘆息一聲。「我夫君也是瞧過那張三郎的，他說此人一表人才，與七妹相配半分不差，可七妹看不上，可惜了一段好姻緣……」

季五姑娘問：「與張家的親事真這麼退了？」

「真退了，」季大姑娘道：「三嬸投繯的時候留了信，以死逼迫，老夫人念在三嬸真的是死也不願意，便賠償了三萬兩給張家，退了這樁親事。」

季雲薇道：「那如今七妹呢？」

「被祖母禁足在傾雲院中，據說就這兩天，祖母打算將人送到道觀，讓她反省一段時日，若是哪天想開了，再接她回來——」

正說著，外頭一個丫鬟衝進來。「太子妃娘娘！不好了，七姑娘拿著刀挾持了老夫人！」

「什麼?!」

眾人被這個消息炸開了鍋。

季雲流幾步過去，對著那丫鬟劈頭便問：「妳再說一次，七姑娘怎麼就把老夫人挾持了？」

「七姑娘說要給老夫人跪地磕頭，答謝這麼多年的照顧之恩再去白雲觀……」丫鬟顫聲說著，心肝都快嚇沒，魂魄差點都飛了。「七姑娘進了正院不久，一邊磕頭一邊哭著前進，奴婢們只是一眨眼，就見七姑娘已經向老夫人撲過去，拿刀對著老夫人了……」

眾人一路跑出邀月院，季雲妙果然已經挾持季老夫人在那兒。

「七姑娘，刀子無眼，您小心一些，千萬小心一些……」

「老夫人、老夫人……」

正院這兒一片混亂，陳氏、王氏、季德正還有季三老爺正同季雲妙對峙。

「孽障，妳這是瘋了嗎?!老夫人乃是妳親祖母！妳如此待妳祖母，是想被天打雷劈嗎？快點放開！」

「阿娘……」陳氏、王氏拿著帕子，嚇得肝膽俱裂。

「七姊兒，把匕首放下來！」季三老爺指著季雲妙大罵。「妳還嫌挨的鞭子不夠嗎？趕緊放了妳祖母！」

「天打雷劈？」季雲妙冷笑一聲，一抬眼，看到了隨其他姊妹從邀月院過來的季雲流。

宿敵見面分外眼紅，季雲妙的力氣一下子灌滿了，季老夫人竟然就這樣被她一把提起來。「季雲流！妳可算來了！」

季雲妙咬牙切齒的聲音一出，所有人把目光移到季雲流身上。

作孽啊！七姑娘這是因妒成瘋了啊！

季雲流一見她的目標果然是自己，上前兩步，不躲不藏道：「七妹，妳這樣挾持祖母，難道就是為了跟我見上一面？大家同為姊妹，妳若有話對我說，儘管讓下人通傳一聲便是，祖母是無辜的。」

「我自然有話對妳說！」季雲妙見心心念念的季雲流出來，貌若癲狂地道：「季雲流，妳一個鄉下村婦，憑什麼被賜婚給七皇子，如今還能成為太子妃，為什麼我就要嫁給張三郎那樣的市井人物！」

季雲流拖延時間地道：「七妹，妳若不喜歡張三郎，咱們再找便是，天下好兒郎多的是——」

季雲妙冷笑一聲。「好兒郎多的是，那妳把太子讓給我如何？」

季德正在官場摸滾打爬多年，院中的小廝、丫鬟被這幅光景嚇破了膽，任季雲妙為所欲為。他眼見季雲流上前拖延時間，暗暗退後幾步，抓住小廝的手臂，直接低聲道：「你快去讓府中的護衛準備好！」

「老爺、老爺……」小廝嚇傻了，沒了平日那般索利。「您的意思，七姑娘的性命咱們就不顧及了？」

「這種挾持祖母、冥頑不靈的孽障，死不足惜！」季德正毫不留情，附耳在小廝耳邊，這般那般地安排護衛的工作。

「妳個孽障……」季雲妙適才用力將人一提，有些昏厥的季老夫人這會兒又渾渾噩噩地醒過來。「妳已經逼死妳的母親，如今竟然還如此執迷不悟，皇家賜婚這事豈能以死相逼得來！」

季大姑娘含著眼淚道：「七妹！張三郎一表人才，家中殷實，並非妳想的那樣——」

「閉嘴！」季雲妙舉著刀子道：「妳們全是一群落井下石的！妳們哪裡真正關心過我，

一個個只會教訓我而已！」

季雲妙凶狠到六親不認，提著刀子的舉動，更是讓季老夫人的脖子處溢出絲絲血跡。

「七妹！」季雲流又上前一步。「妳既然有話對我說，妳拿著刀子對著我便是，快點放開祖母——」

季雲妙已然全瘋。「季雲流，妳想救祖母嗎——」

話還未完，季雲流便接著說：「我想，妳說吧，要何代價？」

「哈哈，妳若想救祖母，跪下來求我啊！」季雲妙哈哈大笑。「妳跪下來磕頭求我，我便考慮考慮放人。」

「好，我向妳跪，只要妳放了祖母。」

「七妹，妳冷靜一點！」

季雲薇臨盆在即，季老夫人被挾持的消息讓她一陣陣腹痛，此時此刻被這個光景嚇到捧著肚子。

在旁的眾小娘子與丫鬟全部魂魄出竅，向她圍了過去。

季府正是一陣雞飛狗跳、雞犬不寧的光景，謝飛昂拿著馬鞭從外頭跨進來。「好奇怪，偌大一個季府，怎麼連個門房都沒有？」

謝飛昂剛剛一抬首，見到前面的景象，就驚得下巴都掉了。

這是什麼情況？

這邊季德正吩咐完，重重一推小廝，直接道：「快去！」

小廝顫抖著心肝應了一聲，抬眼見季雲妙還在瘋癲，沒有注意到這裡，悄悄從人群中退了出去。

他剛剛退出人群，便看見了從門口被謝飛昂迎進來的玉珩。

小廝一個激靈，雙腿不自覺跪了下去。「太子殿下！」

這邊的喧譁吵鬧聲沸反盈天，讓人聽不見小廝這聲「太子殿下」，只有小部分靠近的人朝著進來的玉珩瞧過去。

這一瞧，人人瞪了眼，不自禁跟著小廝，雙膝跪了下去。

太子手上拿著的不是三百石的弓箭又是什麼？這是要射誰？

季雲妙見著步步走近的季雲流，剛想仰首放聲一笑，「嗖」一下，一枝箭從玉珩手中的弓飛出，橫掠過眾人的頭頂，如流星般勢不可當，直接向季雲妙飛過去。

季雲妙目光瞥見箭矢而來，轉首一望，一眼看見從門口進來、身穿紫袍的玉珩，一如當年在紫霞山中氣宇軒昂之姿。

她嘴一動，只一眼，那枝箭便直直穿過她的喉嚨處，她就這麼盯著目中全無感情的玉珩，握著匕首，直直倒了下去。

突如其來的這一箭讓眾人嚇了一大跳。「阿娘！」陳氏與王氏衝上去抱住季老夫人，那些小廝與丫鬟也嚇破了膽，個個疾走過去。

季德正、季侍郎還有季三老爺，扭頭一瞧，齊齊轉身，撩起袍子跪地道：「太子殿下！」

這時，季大娘子的急切聲響起。「快點來人！」季雲薇的羊水破了……

「叫大夫！快點去叫大夫！」

「請御醫，去請張御醫！」

「快點去君府請君九少！」

院中又是一陣翻天覆地、雞飛狗跳的光景，就連太子殿下親臨都無人顧及了。

玉珩徹夜審查反賊，此次從大理寺來季府，本就是為了接季雲流回穆王府。他一手把弓箭丟給席善，大步向人群中的季雲流走去，到了身邊，伸手抓上她的手，關切地問道：「妳沒事吧？」

那一箭，最靠近的除了季老夫人就是季雲流，差不多是從她眼前飛過，直中季雲妙咽喉，因而玉珩擔心她心裡有陰影。

「七爺，」季雲流伸手反握住玉珩的手，有一絲驚魂未定。「我沒事。」

幾個婆子抱起季雲薇就往花莞院跑。季雲流放了手，隨著人群往花莞院而去。「七爺，我先去瞧瞧四姊。」

季德正臉色鐵青，讓下人把季雲妙的屍體拖下去，陳氏又再三厲聲吩咐下人要把嘴捂嚴實了。

太子殿下當場殺人，誰敢說什麼？況且太子是在情況危急時，為了救季老夫人！

謝飛昂瞧著季雲妙的屍體，小聲探頭問玉珩。「七爺，這人便是太子妃娘娘的嫡親妹妹？」

玉珩「嗯」了一聲。

謝飛昂拍著胸口，大嘆還好。

那時候，他見太子妃風采與性情討喜，還打算上季府求娶太子妃這個妹妹的，還好沒有。這樣一個失心瘋娶進來，他也可以去跳湖了！

說來也巧，玉珩要往季府過來時，謝飛昂在街上與他撞了個正著。當時他死皮賴臉地跟過來，就是想一睹季七娘子是否與季雲流有相似之處？

如今這一見……只能說，天道待他甚好啊！

第一百一十一章

君子念下了衙，聽小廝說少夫人去了季府，也打算去接嬌妻。

可才到半路，季府小廝一頭衝過來，說季雲薇因為季老夫人被季七姑娘挾持，心急之下動了胎氣而要早產的事。

君子念聽罷，策馬如一陣風地颳進季府。下了馬，更是連太子如今在府中的一切禮數都顧不得，腳跟都沒有點地，直奔花莞院。

進了院中，便聽到季雲薇發出撕心裂肺的疼痛叫聲。

「如何了？」說著，君子念就想往裡頭撞進去。

「四姑爺！不可進去哪！」丫鬟與婆子死活不讓人進去。

「讓他進去。」季雲流站在院中，見君子念聽著裡頭季雲薇的叫喊，眼淚都快溢出來了，出聲道：「妳們放開四姊夫，讓四姊夫進去陪著四姊吧。」

「六姊兒……」陳氏這會兒正安頓好季老夫人，出了院中，見季雲流放了君子念進產房，亦是覺得不妥。「這樣日後傳出去……」外頭的人指不定會如何笑話君子念。

「母親，」季雲流道：「都說女子生產是在鬼門關前走上一朝，讓四姊夫進去陪四姊，她心中有了期盼，對她生產更是有利。」

「可是，六姊兒，這事……」陳氏還是覺得不妥。「從來沒有這樣的先例啊！」

「日後不就有了？」太子妃笑了笑。

她這個橫著走的人，真的不是說說的。

這個午後，季府人人過得心驚肉跳，前前後後折騰許久，這會兒已經是掌燈時分。季雲薇尚未平安生產，季雲流亦不放心回穆王府。

季雲流要留宿季府，玉珩哪裡會傻到自己回穆王府獨守空房，自是要娶雞隨雞，留下等著！

謝飛昂之前見識了君子念的厲害手段，與他結了深厚友誼，這會兒同樣陪著玉珩守在正堂等著。

「人都說女人生孩子這事極為危險，一不小心就能丟了性命。」謝飛昂踮著腳尖，往二門裡頭望。「我之前還覺得是那些女人危言聳聽，如今瞧來，這鬼門關前走一遭的說法還真是沒錯。唉！回去之後，我定要給我阿娘磕個頭！」

玉珩瞧著窗外的明月，目光閃了閃。

他與季雲流已大婚，她日後懷有身孕產子都是遲早的事……

季府四娘子產子，其他人可以徹夜等待，但這樣讓太子一道陪同，真是千不該萬不該。

又不是太子妃產子，讓太子空等一夜是何道理？

陳氏當下便趕了季雲流出花莞院，讓她帶著玉珩回邀月院安寢。

院子裡燈火通明，兩人沐浴更衣、上床歇息。玉珩見自家媳婦穿著中衣，那擔憂之情被紅綢中衣襯得越發明顯，大好的「月圓之夜」都讓人沒了興致，握住她的手道：「怎麼，還在擔心四姊？」

他愛屋及烏，大婚之後，不僅隨季雲流稱呼季老夫人為祖母，就連府中姊妹兄弟，都跟著她一道叫，讓季府眾人倍覺與有榮焉，真是人人為玉珩赴湯蹈火、萬死不辭，差點連殺人放火都是小意思。

「擔心肯定是有的。」季雲流坐在錦被中。反正今夜注定是個不眠夜，她索性捋起袖子，乘機一次將日後的毒雞湯一併給自家老公灌了吧！「不過穩婆與張御醫都說四姊此次必定無大礙，我也不算特別替四姊憂心。」

「那妳這般攏著眉頭又是為何？」玉珩見她神情疲憊，伸手搭上她額頭，再問。

季雲流長嘆一聲。「我是想到了七妹。」

這個繼佟氏之後的失心瘋第二人，就算人死在他眼前，玉珩亦沒有半點憐憫。「妳替她惋惜？」

「七妹如此大好年華，說起來，她也是因為一個嫉妒……」季雲流道：「七爺，你瞧，佟側妃便是因妒恨於我，一時錯誤，做出了弒夫與反賊勾結的事來。七妹同樣因為妒恨我，竟然還挾持祖母。她死了，一了百了，我卻要落得個姊妹反目的名頭讓世人詬罵——」

玉珩截住話，道：「兩個都是死有餘辜之人，妳何必在意？還有，她們憑什麼妒恨妳？她們也不瞧瞧自己有幾斤幾兩！」

要的就是你這麼護短的樣子！很好，咱們繼續，讓本太子妃一舉剷了你日後廣納後宮的念頭！

季雲流幽幽再嘆。「佟側妃約莫是見安王瞧一個愛一個，人人都是安王的心頭愛，又覺得七爺一心相待於我……唉，七妹就更好理解了，那張三郎在七妹眼中便是個市井之人，她覺得一個市井之人必定給不了她幸福，心心念念也是想尋個七爺這樣的……京城中，哪家小娘子不想找個像七爺這樣的好兒郎？人人都快望眼欲穿了。」

玉珩看著她那雙黑白分明的桃花眼，又從那清冽的眼中移到她面頰上。

因坐進了被窩中，她的皮膚因熱度透著微紅，這種意外柔弱又稚氣的模樣似仙子自九天而降，讓他更加怦然心動。「京中的小娘子若想找個我這樣疼著她們的人，首先，她們得是妳。」

沒人是傻瓜，會無條件地寵一個人，他玉珩也是一樣。讓自己愛上那個人，首先，那人得入了他的眼，讓他愛上，且心甘情願寵著她。

季雲流側過頭。「七爺說的這些，其他小娘子可不是這般想呀！除了七妹與佟側妃，等七爺日後登基，成就大昭太平盛世，外頭還不知道有多少想將我取而代之，自己與七爺雙宿雙飛的呢！」

「絕對不會。」玉珩不假思索地道：「我當日說過，只與妳一道望九州蒼穹，這世間，唯妳獨一無二。」

女人若多了真是麻煩得很，安王府中那烏煙瘴氣、牛鬼蛇神，他算是徹頭徹尾地見識過了。

季雲流終於眉開，眼睛笑得瞇成一條線。

她傾身向前，拿著不知道從哪裡變出來、五彩斑斕的帕子，在他臉上、嘴角輕輕緩緩地擦了一遍，一面擦嘴，一面使出殺手鐧道：「七爺今日說的話，我一字不漏全記住了呢！七爺乃是日後的九五之尊、一言九鼎，以後可不能因那些朝中臣子的嘰嘰歪歪，就隨意毀了今日諾言。咱們得齊心協力一致對外，而不是窩裡鬥，七爺說是吧？」

玉珩本來今晚沒有準備將她怎麼樣怎麼樣的心，結果被這羽毛般的動作，一把撩出了滿心的火。

那帕子上熏了桂花香，從他的鼻尖一路鑽進去，直甜到心坎裡。「我之前見那幾個下人今年採摘了不少桂花曬著，不如讓下人也做個桂花香囊給我戴著吧，我喜歡妳身上這種香味。」

這人這般專注地注視著自己，分外讓人覺得情深，每次都能讓季雲流整個人陷進去。嘖，這以貌取人的毛病，這輩子應該是改不了了。

既然改不了，那就不改了！

她伸出一隻手，探向玉珩頸處，沿著中衣的衣襟一路向下，最後，軟軟地停在那片堅實的胸口打圈圈。「七爺，何必讓下人做，我乃是七爺的妻，雖針線活的功夫不大好，做個香囊應該還是可以的。」

人若能抵得過情不自禁，那便是天上神明。

玉珩不是天上神明，自家媳婦都這般放肆地撩夫，現在血液從腳底板往上衝的他哪裡甘願克制？他一把探到季雲流腰背後一抱，翻身一壓，便把這人穩穩壓在自己身下。

「如此，為夫便先謝過夫人的香囊了……不過，香囊所需時日太久，為夫此刻迫不及待想沾一沾這桂花香，還望夫人能透一些香氣給為夫了。」

說著，直接對著那嫣紅的嘴吻上去。

邀月院西廂房內，紅燭暖帳，深情纏綿。

季雲流被顏值所欺，每次撩夫都是身不由主，撩完之後躺在床上雙腿發軟時，都悔恨地告誡自己：媽的，下次定不能再撩了！

這情形就像女人說減肥，這次吃完下次定不再貪嘴一樣……不可能！

「來人，抬水！」玉珩大事之後，精神奕奕、紅光滿面地吩咐下人打水，自己則披上中衣，把裹著被子的季雲流抱起來。「想睡了？」

季雲流懶洋洋地「嗯」了一聲。

「腰可疼？」

她又「嗯」了一聲。

玉珩輕輕笑開，抱著人，吻了吻她額頭。「泡一下熱水會好睡一些，等會兒我再幫妳揉揉腰。」

季雲流不應了，靠著他便睡。反正每次滾完床單，後面的事她全都不用管，只管睡就是。既然有人寵，那就恃寵而驕唄！

玉珩抱著心上人將將洗完澡，二門的人高興地來報。「生了、生了！四姑娘生了！母子平安，君小少爺重六斤八兩！」

九娘高興地賞了報喜的婆子，又歡歡喜喜把這事隔著門向玉珩稟告了。

他抱著已經睡死過去的季雲流，應了一聲。「知道了，妳帶上禮單，且先代太子妃去花莞院道喜，說太子妃明日便會過院去瞧君九少夫人。」

「是。」九娘應一聲，下去了。

他將人抱到床上，輾轉反側，卻不大能甜甜美美地入睡了。

按理說，三人之中，他被賜婚最早，也是最早得到好姻緣的。

可如今，人家寧慕畫與君子念膝下都有兒了，自己竟然還是剛剛大婚不久……這不去想也不覺得有什麼，現在一想，覺得那是處處都透著不妥！

自家孩子若是年紀太小，日後季雲流帶出來與這兩家的一道玩耍，被欺負可怎麼是好？若日後生的是女孩子，長得若像了季雲流，每日都被這兩家的男娃娃窺覷，又該如何是好？

但是，女人生產又說是極危險之事，他又不想因子嗣之事讓雲流有危險，還是先讓她養好身子再慢慢來……

他望著床頂的床幔，忽然腦洞大開，突發奇想，覺得真是這也不妥、那也不妥，竟然這樣整整糾結了一整夜。

日出東方，季雲流醒來時，難得發現自家老公還在身旁，沒有出去練功，而且正在熟睡。

昨日那麼猛，今日就歇了？不會是腎不好了吧？

她細思恐極，差點為了自己下半生的「幸福」就要滾下床去請太醫。

不過，這人睡著的模樣她從來沒有瞧過，只見他鼻梁高挺，側身閉目，長長的睫毛如一把扇子般蓋著，忍不住就伸手去摸臉。

手是暖的，臉是微冷的，即便一根手指，亦弄醒了玉珩。

「醒了？」玉珩昨夜一直糾結到三更天才入睡，這會兒見了季雲流，昨日那些亂七八糟的腦洞全湧上來。「雲流……」

「七爺，」這人剛剛睜開眼，黑白分明的眸子分外清純，季雲流心中咯噔一下。「您昨日那什麼太久，不會因而傷到腎了吧？」

兩人同時開口，玉珩後頭那句「咱們也來生個孩子」的話語沒有她講得快，一下子被她吐出來的熱氣全給噎了回去，噎得五臟六腑抖了兩抖。

什麼叫那什麼太久，傷到了腎？

他昨日明明還可以大戰三百回，只因看她體力不支才偃旗息鼓而已。

這種事被自家媳婦懷疑，讓他大早上一起床臉就綠了，用力擁著人，瞇眼道：「夫人要不要現在親自試試為夫的腎到底有沒有傷到了？」

第一百一十二章

皇帝休養了一段時日後，自然要大肆清洗宮中勢力。

曾經的容將軍如今成了階下囚，手上那一萬多的兵權被皇帝剝奪，賜給了太子。

至於玉琳，則被軟禁在景王府。若不是皇帝念在玉琳是自己親兒子，只怕也難逃下大理寺牢獄的下場。

「我為什麼不是那個王！我為什麼會敗給玉珩?!」他踱著腳步，也險些進入瘋癲。

正在怒火滔天之際，門房喘著粗氣跑來稟告。「王爺，長公主過府了！」

張禾對玉琳一片赤誠之心，聽長公主來了，諫言道：「王爺，皇上一向愛護長公主，只要王爺讓長公主替您在皇上面前求個情，皇上必定會從輕發落的！」

長公主一路被人引到書房中。

她許久不來景王府，此時看著書房牆角開得正豔的蝴蝶蘭，笑了笑。「這花倒是被二哥兒府中的下人打理得好。」

「姑姑，」玉琳壓了心中怒火，沒有壓住臉上表情。「怎麼來了？」

「二哥兒，」長公主不請自來，自然不是來說一盆蝴蝶蘭的。她自顧走到一旁的客椅上坐下。「你可知道，皇上將要給你治罪了。」

果然是為了說此事！玉琳沒好氣地道：「多謝姑姑特意過府提醒我。」

「不，」長公主張嘴道：「我不是特意過府提醒你，我過來是想勸你。二哥兒，你還是去你父皇面前認個錯吧。」

「認錯？」玉琳壓住的怒氣一把被釋放了。「我需要認什麼錯？我哪裡有錯？容家與反賊勾結，這事與我何干？誰又看見了我與容家——」

「我看見了，」長公主截住話，回道：「我看見了你與容家還有與反賊一道勾結。」

玉琳氣瘋了，跳到長公主面前。「姑姑可別忘了，當初本王對付玉琤時，暗中幫助本王的可一直是您，就連霧亭那日，本王想要借皇后的運勢，也是姑姑府中的道人作的法！」

長公主到了這裡，就不怕玉琳。她氣勢非凡，面上氣定神閒。「二哥兒，當初本宮一直幫你，只是看在你乃是前太子的嫡親弟弟，又看在已故容皇后的面上才為之。本宮已經規勸你多次，你不僅不聽勸，還私下要脅楚道人，讓他幫你助紂為虐，如今到了皇上面前，你說皇上會信誰的？」

「本王到現在才看清楚，」玉琳眼裡的灼灼之火險些噴出來。「原來大昭的長公主是這種見風使舵之人！」

長公主願意來這裡與玉琳同稚童一般做口舌之爭，便是為了激怒他。此時見他火氣已經冒到頭頂，再添上一把就要把持不住時，她站起來輕笑道：「二哥兒，本宮其實還知道一事，你的嫡親弟弟，三皇子玉玗，便是你在那年的秋獮做了手腳，讓他墜馬而亡的吧？」

「妳……」

「不瞞你說，二哥兒，那時本宮知道之後，又讓人私下添了一些手腳。說起來玉玕一次致命，你還得感謝本宮呢！」長公主走近幾步，盯著玉琳，目光凌厲。「本來，本宮覺得你如此為玉琤，玉琤又孝順本宮，視本宮如長母一般，他日後做了皇帝，本宮還是被捧在高處的長公主，所以你做的那些事，本宮睜一隻眼、閉一隻眼也好，暗中相助也罷，都無所謂。但哪裡知曉，原來你的目的是為了這個皇位啊……二哥兒，你沒有腦子也就罷了，為何就不安分點，協助玉琤登上皇位，好好做你的景王呢？如今非要把大好河山讓給他人！」更讓本宮還要費盡心思洗掉之前與你一道謀害玉珩的罪名。

玉琳忽然抽出匕首，架在長公主脖子處。「妳個毒婦！本王沒有腦子？本王若沒有腦子，玉琤算什麼！」

長公主斜睨著他。「玉琤即便沒有腦子，他還有個仁厚之心，更是皇兄名正言順的嫡長子。你呢，你算什麼？」

「他仁厚？」玉琳拖著長公主走出去。「玉琤不顧民生、不顧天下百姓，只顧自己貪圖享樂，算得上什麼仁厚？他從小就占了這個嫡長子的名頭，若他不是嫡長子，他什麼都不是！」

玉琳憤怒無比，刀子擦過長公主的皮膚，還欲說些什麼，驀然間，腰腹一涼。垂下眼瞧去，原來是自己的腹部被長公主開了個大口子。

長公主放開匕首，推開玉琳，又一把拔出匕首，眼淚說來就來。「本宮好心過來勸你從善，你不僅不聽，還要脅本宮……本宮本來只想脫開你的脅持而已，哪裡知道二哥兒你還要謀殺本宮……本宮出於無奈與你起了爭執，才錯手捅在你腹部……」

「妳……」玉琳丟了刀子，按著腹部，不可置信。「原來妳過府就是、就是為了殺我……」

「人死才能無對證啊，二哥兒。」長公主拾起他之前的那把匕首，插到自己的長靴中，流著淚，卻詭異地笑道：「二哥兒你瞧，本宮還特意找了一把與你一模一樣的匕首。」

「最毒婦人心……」玉琳濺血倒地。「下了地府，我、我……」

長公主踹了他一腳，見他真的死透了，才拔了頭上簪子丟於一旁，散亂著頭髮，跪坐在地上。「二哥兒，你可知道你輸就輸在不夠狠……」當初若是一把殺光了營帳中的所有大臣，如今哪裡來這麼多亂七八糟的事？

世間萬物果然是生生相剋，一物剋一物。玉琳囂張跋扈了一輩子，居然便這般輕易死在自己嫡親姑姑的刀下。

長公主手起刀落，一刀正中要害之處，把人給捅死了，自然也已經想好了脫罪的說詞。她對著門外大叫：「二哥兒！」而後便撲過去抱著玉琳屍體失聲痛哭。

外頭聽到動靜的婢女、侍衛踹開門衝進來。

眾人看見玉琳倒在血泊中，長公主臉色慘白、嘴唇哆嗦地失聲大哭，皆是震驚無比。

「王爺?!」

「怎麼會這樣……」

人人都不相信，但事實擺在眼前，又讓他們不得不信。

翁鴻哆哆嗦嗦地站在門口，死死抓著門框，盯著散亂頭髮、正伏地而泣的長公主，目光不瞬。

謀殺，必定是謀殺！

他在景王身邊這麼久，知道景王雖是性子暴戾一些，但也不會隨隨便便拿著刀子要謀殺長公主。

翁鴻盯著人，長公主似乎有感應一般，抬起了眼眸。

那雙眼中明明含著淚水，但是翁鴻就是從那雙眸子裡看到了警告之意。

他腿一抖，朝著門口暈了過去。

皇子死在府裡，還是死在長公主手中，這事很快便傳到皇帝耳中。

延福慌慌張張跑進宮中，跪地磕頭道：「皇上，景王府來人報，景王被長公主一匕首刺死在府中！」

「你再說一遍。」皇帝半躺在那兒，似乎聽清楚了，又似乎沒有聽清楚。「景王被長公主怎麼了？長公主去景王府又是做什麼?!」

延福知曉皇帝這是怒氣上來的前兆，顫著聲音又說了一遍。

「朕問你，長公主去景王府做什麼！」皇帝霍然挺起背，提高聲音，嚇得延福整個人一個激靈。「景王府、景王府的人說，長公主是不請自去的……」

「讓長公主過來見朕！」

長公主過來的時候，玉珩與大理寺聞言，也一路趕到了。

長公主還是在景王府的那身裝扮，釵掉了也沒有整理，顯然是一路哭過來的，袖子濕了一大片。

「皇兄！」長公主一進來，便跪地磕頭。「皇兄，您一掌打死我了吧！我活不下去了，我、我居然對二哥兒捅了一刀……我明明只是想去勸二哥兒過來跟您認錯而已啊！」

她眼淚噼哩啪啦地往下掉，口中喊著：「皇兄，這都是我的錯，如果我不去景王府也不會發生這種事……」嘴角卻暗暗上翹。

玉珩站在皇帝榻旁，目光盯著長公主，見到她的小動作，冷冷笑了。

真是好一個狗咬狗，一嘴毛！

當初自己在長公主府中被玉琳宣讀了賜婚聖旨，出府後，季雲流又遇上刺客追殺。長公主若「良心發現」想規勸玉琳，只怕早就勸了，哪裡用得著等到玉琳大勢已去之後，才跳出來說自己去他府中是為了規勸他？

只怕長公主暗中有了什麼見不得人的勾當，深怕被玉琳牽扯進來，所以早早就將人殺了。

二兒子造反被嫡親妹妹給殺了，皇帝知曉前因後果之後，重重悶哼一聲，也沒有治這個妹妹的罪。

景王已死，容嵐珂被關在大理寺中，皇帝下令半月之後將他處以絞刑。於是，震驚全京城的反賊之事就這樣告一段落。

玉琳就算死有餘辜，但畢竟是親兒子，皇帝身心疲憊，與禮部的季德正定了太子冊封大典，便揮手讓眾人告退。

玉珩與陳德育邁出皇帝寢殿，那邊太監亦抬了在殿中暈過去的長公主，從兩人眼前走過。一見太子，連忙放下步輦，跪地行禮。

長公主歪在步輦上頭，似乎吸氣少，呼氣多，抬起眼看見玉珩，虛弱地笑了笑。「太子恕罪，本宮不能給太子行禮。」

玉珩站在那兒，一雙黑漆漆的眼睛審視著她。「姑姑好生保重身體。自家人，不必如此多禮。若姑姑熬壞了身體，可對不起父皇的信任之情了。」

說著，帶著陳德育轉身走了。

後一句話讓長公主眼一瞇。這話分明就是知曉她的裝腔作勢了。

長公主抬眸凝視前頭行走的玉珩，心中微微一衡量，抬手道：「起轎吧。」

一子錯，滿盤皆落索。

她也真是沒有想過，最後的贏家會是這個老七。看來，這人走到如今這一步，也不只僅僅有運勢。

長公主回了府中便開始稱病。

京中因反賊之事風聲鶴唳，牽一髮而動全身。長公主誤殺景王，皇帝也沒有將人治罪，足以知曉皇帝對長公主的重視。

因此想過府探病的人險些就踩破了公主府的門檻，然而，長公主謝絕一切探病之人……

冷風瑟瑟，這日，天空難得開了一日的豔陽，寧伯府迎來小哥兒的滿月禮。因為反賊之故，小哥兒的滿月酒都推遲不少。

寧慕畫自從被皇上提為五品帶刀侍衛統領之後，那是步步高升、平步青雲，一路踩著七彩祥雲往上蹭。如今寧慕畫在狩獵場中又因救駕有功，直接被皇帝提了正三品禁軍左都統，寧伯府也因此被提為國公府，升職之快可謂是前無古人，後無來者。

一朝天子一朝臣，想要在朝中立足，首要該做的就是會見風使舵。

這次寧小少爺的滿月禮吸引了京中幾乎所有達官貴婦到場，人人笑容滿面地慶賀寧世子喜得貴子。

玉珩與季雲流也親自過府。他們哪裡有不去的道理，府裡還有個秦羽人呢，指不定運氣好，能得上秦羽人的一卦，問問前程安危。

這一日無人提及大越反賊與容家叛軍，眾人其樂融融，似乎過往那些都同煙霧一樣，隨風消散過去。

杯觥交錯之際，門房帶著宮中大太監延福匆匆進來。

延福後頭跟著幾個太監，一人手捧聖旨，兩人手捧錦盒。

這個御前可隨意行走的四品大太監，可比一些三品大臣都吃香。酒席上的眾人瞧見延福過來，全站起來迎過去。

延福看見玉珩，跪地行了大禮，等玉珩說免禮後，站起來張口揚聲道：「皇上有旨——」

眾人跪地聽旨。延福從後頭接過聖旨展開。「茲聞寧都統之子滿月，此子亦甚得朕喜愛，特賜寧小哥兒寧小世子之稱，再賜雙青劍一把，望其日後能與其父寧慕畫比肩，甚至青出於藍……」

群臣聽完聖旨皆為之一震，紛紛低首，面面相覷一番。

寧伯府被提為寧國公府，府中小哥兒連個正式的大名都沒有，如今已被提為寧小世子，這可是天大的面子了。

寧國公跪在地上接了聖旨，站起來，親手將聖旨放在尚在襁褓的寧小哥兒懷中。見小哥兒不僅不怕，還睜著大眼望著自己，小手欲有抓聖旨之勢，寧國公哈哈大笑道：「好孫兒！

待你再長大一些，翁翁親自教你使皇上御賜的寶劍！」

一旁的眾賓客適切地發出一陣笑意。誰又能想得到，在二十年前，一個媳婦都娶不到的寧宗平，現在能風光到如此地步？

秦氏笑意滿臉地收了聖旨，又將小哥兒交予奶娘，行禮告退後，再去女眷那邊招呼眾人吃酒。

季雲流與她自是坐在首桌。她見那些夫人舉杯示意敬酒，同樣端著杯子虛受了一杯，對著秦氏低笑一聲。「我表姪曾孫才一個多月大，就被各家夫人惦記上了，只怕日後寧國公府的門檻都要被人踩破，妳這個做娘的千萬悠著點。」

「我怎麼覺得各家夫人惦記的，可是師姑婆所生的未來皇子呢？」秦氏自己懂醫，月子坐得好，如今人豐腴了一些，臉色白裡透紅，十分有女子的俏媚。「小世子的親事，我這個當娘的哪裡能作主？日後還不是他看中誰就是誰了。我就期望他長大後懂事一些，只要尋個良家的，我就滿意了。」

「秉承優良傳統啊！」季雲流笑著感嘆。「妳這個做娘的，觀念真不錯。」現在就讓孩子實現自由戀愛，還絲毫不挑媳婦。

秦氏攤開手，一臉「我能怎麼辦」的神情。「我婆婆可不就這般養出我相公，我那小叔子這會兒也是一副自己媳婦自己選的態度。師姑婆妳是不知，世子爺想讓我這個小叔子娶親，頭都想大了。」

季雲流不解。「寧二公子似乎才十七吧，寧表哥這般著急是做什麼？」

秦氏垂首抿著嘴，探過頭去笑道：「師姑婆有所不知，世子爺說，只要我與世子爺再在京中盡孝父母三年，待小叔子成親撐起寧國公府門楣，他就帶著我去遊歷山水，走遍大昭每一處角落。」

那時候她坐月子，寧慕畫也從來沒有因為女子坐月子污穢而與她分房睡。每一晚，他都會與她講京城外頭的各處風土人情，天高雲闊。在寧慕畫的講解下，讓她亦是無比嚮往。

這三年，她如今是要數著日子過的。

第一百一十三章

女賓客這頭喜樂融融，男賓在前頭的西花廳中也正在高談闊論。

玉珩斟滿一杯酒，移到寧慕畫面前，親自對他敬酒道：「這杯，本宮敬你。本宮此次要多謝寧卿相救本宮父皇與母后。」

太子親自向寧都統敬酒，眾人紛紛停下口中交談之聲，向兩人望過去。

眾人見寧慕畫端起酒杯受了玉珩的酒，個個心道一聲：原來如此，莫怪寧世子短短時間扶搖直上，原來此人早已開了雙慧眼，結交太子殿下！

謝飛昂坐在宴席中，同樣是人群焦點。各大臣巴結不到太子的，總要在謝狀元面前晃悠一番。

人家如今不僅是當今狀元，還是太子門生，又與六皇子錦王關係匪淺。家中有女待字閨中的，人人都像瞧自家女婿一樣地瞧著謝飛昂，面上掛著一副慈祥好岳父的臉，讓謝飛昂端著酒應酬的同時，整個人都毛骨悚然。

謝飛昂正應酬著，一人端著酒盞撞進來。「謝三哥，我敬你一杯！」

謝飛昂一抬眼，瞧見了許久不見的莊少容。

自從紫霞山一別，只有一年多前在長公主府中見過他一面而已，如今的莊少容長高不少、黑了不少，十五、六歲的年紀，面上倒是顯出不一樣的穩重老成來。

「聽聞你去了江南歷練。」謝飛昂舉了舉手中的酒杯。「都去了哪兒？瞧著你這模樣，是長了不少見識吧？都說說，一路下江南見識了什麼新奇的？」

莊少容敬了酒，一杯飲盡。「只是隨意走走，瞧了瞧各地風土人情罷了。母親一路讓人將我照顧妥貼，當不得什麼歷練，謝三哥可不能取笑我。」

謝飛昂眉一挑。

當初年幼時，他與自己說話全是謝三、謝三地來，如這樣的謝三哥，倒不是更顯親切，而是更顯疏遠了。

「七爺還在這裡呢，我哪裡會笑話你！」謝飛昂長臂一勾，要搭莊少容的肩膀，本以為能搭上，卻見莊少容一個轉身，不著痕跡地避開了。「謝三哥，那頭還有幾個知交，我且先去那兒敬一敬，失陪了。」

說著，快步離去。

當初為了攔下玉琳，被打得血肉模糊的劉大郎從後頭步過來，看著離去的莊少容，低嘆了一聲。「唉，這莊六公子，亦是個命途多舛之人哪！」

謝飛昂一愣。

「莊家出了那樣的莊四娘子，上次在長公主府中做出那樣又跪又撞的事，明眼人誰看不出她是為了張二郎？據說那四娘子回去之後在府中要死要活，定要嫁給張二郎。莊老夫人同意的那一日，莊六公子便獨自出了京中，去了江南……」

謝飛昂問了一句。「後來呢？張二郎被打入大牢之後呢？」

自從莊若嫻在長公主府的賞花宴上一鬧，皇后除了偶爾召莊老夫人進宮之外，不再插手莊家其他事務。玉珩除了與莊老爺來往幾次，亦漸漸疏遠了莊家其他人，他也沒有再去特意打探莊家的這些事了。

劉大郎撇撇嘴。「張二郎都被陷入牢獄了，張、莊兩家的親事哪裡還作得什麼數？據說莊老夫人因莊四娘子的事，還在床上躺了好些時日，後來還是張侍郎親自拿著庚帖去莊府退了親事、道了歉，這親事才作罷。現下莊四娘子嫁到京外，都快要做娘了吧。對了，好像是西北豫州的王同知家。」

謝飛昂奇道：「這種閨閣秘事你倒知曉得清楚，連莊四娘子嫁了哪家都知道。」

劉大郎嘿了一聲。「我家小妹與莊四娘子亦算手帕交，自然清楚。」他眼一斜，探過頭去。「對了，我家小妹你不是見過，小時候經常繞在後頭，謝哥哥地喊你的那個……所謂肥水不流外人田，你如今鯉躍龍門，又得了太子賞識，怎麼著也該流到我劉家田中吧？」

合著他是那一條肥水啊！

這頭聊閨閣秘事，玉珩與寧慕畫聊的卻是將來大計。

景王敗了，反賊敗了，玉珩如今擁兵上萬，地位穩固，打算讓寧慕畫暫時接任大將一職，讓容家軍真心實意地全歸順於他。

「殿下厚愛，下臣必定竭盡全力。」寧慕畫領了命令，又道：「只不過下臣不才，卻想在今日的大喜之日，想跟殿下討個賞。」

這人忠心耿耿，又助他甚多，如今第一次在自己面前說要賞，玉珩自然不會拒絕。「寧卿請說，金銀權位，只要本宮能給得出，必定不拒。」

寧慕畫瞧了女客那頭一眼，含笑收回來。「下臣所求之物非金銀權位，下臣只求三年之後，殿下准許下臣辭官歸隱山田。」

「歸隱山田？」玉珩旋即一怔。「你乃寧國公府世子，肩負整個寧國公府的榮辱，如何能夠隨心所欲地歸隱山田？」

寧慕畫笑了。「如今寧國公府已有另一世子，屆時，下臣願卸下世子稱謂。」

玉珩想出口斥喝一句：胡鬧，世襲稱謂乃是想卸便能隨便卸下的嗎！可一見寧慕畫嘴角含笑，一副憧憬模樣，他又生生忍住怒火，問了一句。「為何？三年後為何要歸隱山田？」

寧慕畫抬眸，眼中微亮，也不隱瞞。「下臣本就不是意在京中，且下臣答應了內子，三年之後，待小哥兒長大一些、臣弟繼承了家業，下臣便帶著她去遊歷大昭的山河。」他目光緩緩往上，越過玉珩，瞧向天際。「雖說約莫不可走遍世間的每一角落，但總要瞧一瞧這世間到底是怎樣。」

玉珩背著手，沈默無聲，看著寧慕畫。

在反賊與容家還未圍困狩獵場時，他已經淡去了心中對皇位的執念，到現在，身為萬人口中的太子，他的欣喜之意倒也沒有那般濃烈。他也曾無數次親口承諾季雲流，與她一道瞧江山萬里。

寧慕畫見玉珩沈默，深深作了一揖，又道：「還請殿下成全，三年之內，下臣必定會盡心盡力做好分內之事，讓殿下羽翼更豐！」

玉珩蹙著的眉頭鬆了，心頭微動，道：「寧卿不必擔心，本宮答應你，三年之後，朝中若人心大穩，定忍痛割才，放你離去。」

所以在三年中，誕下子嗣，穩定人心，肅清朝綱，他也可帶著季雲流一道去真正瞧一瞧大昭的萬里河山？

回去的馬車上，因玉珩喝了不少酒，與季雲流同坐一輛馬車。

九娘讓人早早備好醒酒湯，上了馬車，玉珩端著喝了一碗，等季雲流接過碗收放好，他望著她，開口問道：「不大高興？」

秦氏亦算她的手帕交，按理說，這一趟滿月酒宴，應該喜氣盈盈才是。

季雲流幽幽地看了玉珩一眼。「有啥好高興的？」又不是自己兒子滿月，又不是自己三年後出門浪，被秀了一臉幸福還歡歡喜喜不是找虐嗎？

玉珩不愧與她才子佳人、惺惺相惜甚久，只這麼一眼、半句話，深知季雲流為人的他便想明了前因後果。

「莫要急，咱們正年輕，子嗣總會有的。」他伸手攬了人，解釋說：「上次四姊生產，我見著女子妊娠凶險萬分，想著妳年紀尚小，咱們不如再等幾年……」

季雲流微微詫異。「嗯？七爺打算晚幾年？」

「嗯，」玉珩道：「這事不急，若是妳擔心母后與父皇那邊，有我。」

季雲流親啄一下他嘴角。「我還以為七爺會想早點要子嗣。我若晚些生，對孩子更好一些，既然七爺要去母后那邊頂著，咱們便再過兩年的二人世界！」

玉珩笑了。「二人世界？」

季雲流點點頭，解釋道：「就是七爺與我，獨獨夫妻二人共同擁有的時光。」

他目光一動。

「雲流，寧慕畫適才與我辭官，他想三年之後帶著秦氏走遍大昭的每一處。」玉珩伸手拂過她的髮鬢。「如今大昭將將平定了反賊，父皇經此一難，身子大不如前，我身為大昭太子，肩上之責與寧慕畫不可相比。但寧慕畫說得對，人生在世，總要瞧一瞧這世間到底是如何？」

見季雲流漆黑的目光注視著自己，他又道：「適才妳說二人世界，夫妻共同擁有的時光，咱們亦定個三年時日可好？三年之後，若大昭朝局穩固，父皇身子又好轉，咱們同樣做一對閒雲野鶴的神仙眷侶，快意江湖。」

「七爺，你的意思是，三年後咱們就不坐那至高之位了？」季雲流有些發愣。那是他執著了一輩子的夢呀！

「美人蕉的幻境中，我試過了。」玉珩雲淡風輕地一笑，伸開手看著掌心。「江山在手的感覺，其實還是什麼感覺都沒有，不如珍惜眼前人。」

這句話不是勉強、不是違心，也不是都為了季雲流。約莫他經歷了兩世，這一世見得更透澈一些，誰也不能保證，他玉珩登上那至尊之位便能創造太平盛世。

季雲流雙手捧著下巴。

「怎麼了？」

「我下巴掉了，在找我的下巴。」

沒想到自己居然讓玉珩做了一回「衝冠一怒為紅顏」，真是罪過罪過！

第一百一十四章

蘇家在佟府造反這件事情上推波助瀾，不過佟相久居高位，自然也不是吃素的，不可能坐等著讓蘇家盡出么蛾子而不管不顧。

林幕趁著寧國公府滿月宴時，在秦羽人那兒得了一卦後，告知佟相。佟相左思右想，直接去穆王府求見玉珩告罪。

都說太子仁德，必然能見自己的赤子之心。

玉珩果然也沒為難佟相，都說子不教，父之過，但女兒一絲鬼迷心竅也不需要讓整個佟府一起陪葬。

佟相辭官歸鄉，蘇紀熙被罷免職務，三大當朝一品大員之中只剩秦相。皇帝養了一段時日，在延福遞上的名單中，勾了兩人為右丞相與內閣大臣，右丞相是禮部尚書季德正，內閣大臣是陳德育。

天氣一日涼過一日，狩獵場反賊之事已經過去近一月。

東宮在皇帝醒來之後便命人重新修繕，前太子玉琤極盡奢華，景王給的二十萬兩銀子也全用在修繕上頭，穆王府與東宮自是不能比擬。

因此，如今這重新修繕，季雲流也只是讓人把正院擺設全換過而已。

太子於十月二十一正式搬入東宮，東宮由兩座五進宅子合併在一起修建而成，裡頭亭臺樓閣、小橋流水，草木繁茂，進了裡頭若不坐轎子，尋常人走上兩個時辰，估計還不能走完各個院落。

季雲流選了東宮的琉璃殿為正院，工部在修繕時，就讓人把穆王府的花木都移過來，季雲流在院子與屋裡繞了一圈，頗覺不滿意。

這個東宮裡沒有天然的溫泉，不能與自家老公來個戲水鴛鴦，怎麼瞧著是怎麼不合她胃口！

不過，罷了。她默默告誡自己要知足常樂。沒有戲水鴛鴦，登高望月觀星也是一件詩情畫意的雅事。

而皇帝臥榻養病期間，除非玉珩特意讓人呈上摺子，不然尋常摺子轉不到皇帝面前，全數歸到穆王府裡讓他批閱。

出了反賊的事，朝中原本站在玉琳或其他皇子那邊的大臣們自要表示忠心，人人那是下足勁頭，寫出一本又一本關於民生作功的長篇大論來。

玉珩處理完大典的章程事宜，每日坐在案桌前，都得挑燈批閱一番奏摺。

就算明日是冊封大典，這批閱奏摺的事還是沒有落下。

自古後宮不得干政，玉珩倒沒這麼多講究，他不僅直接在東宮寢殿批閱奏摺，若見到上頭有趣的事，還會給季雲流讀一讀。自然，若是遇到民生疾苦之事，他也要向季雲流念叨一番。

「五日後，四姊出月子了，君府要擺滿月宴。」季雲流從九娘手上接過托盤，放在桌上，親手倒了兩杯茶。「七爺到時候可有空一道同我去賀喜？」

玉珩抬起眼。「五日後？」

「正是。」

玉珩接過她遞來的茶。「可真快，那小哥兒都滿月了。」

他抬眼看了看眼前眉目如畫的嬌妻，心頭安然。成親之前，總覺得度日如年；成親之後便覺得時光飛逝。

其實都是因為此人。

季雲流不知他腦中自我嚼嚥定心丸，笑了一聲道：「小外甥滿月都好些日子了，前些天我去季府探望四姊時，她還打算讓我替小哥兒取個名呢！四姊夫的意思是，七爺冊封大典乃普天同慶之事，所以他也沾沾喜，把滿月宴延到大典之後。」

玉珩亦笑了一聲。這是君家不想與大典撞日的緣故吧？倒也是極有心、極為有禮了。

「咱們的小外甥滿月，到時我自要與妳一起去道賀。」玉珩吃了一口茶，放下茶杯，看向她。「至於君府禮單的事，交予妳，我便做這個甩手掌櫃了。」

「七爺可不能做甩手掌櫃，」季雲流順手從書架上取了一本詩集。「四姊要我為她家的小哥兒取名呢，我可不能取個太隨便的丟了七爺臉面，所以這名字還得七爺幫我一道想想。」

那正是一本《詩經》。

玉珩目光從季雲流面上移到《詩經》上頭，伸出手接過，笑道：「君子念一個探花郎，初為人父，定是對這個孩子寶貝得緊，只怕那名字都寫滿一本冊子了，咱們便取個小名給小哥兒便好，大名還是留給妳四姊夫吧！」

季雲流略一想，覺得甚是有理。自家孩子還沒影子呢，與自家老公一起歡歡喜喜給別人家孩子取名做什麼？

她果斷道：「七爺說得對，咱們還是取個小名就好。」一頓，再道：「前人都說有個賤命好養活，又有言虎父犬子，既然如此，就給小哥兒取名大狗吧！」

玉珩拿著《詩經》的雙手一抖，頓時把書給合上了。

大狗，日後可莫怪你姨父沒有阻止姨母！

她喜氣洋洋地問：「七爺，你也覺得此名甚好？」

玉珩看著偌大的「詩經」兩字，一本正經地頷首道：「《春秋・考異郵》有云，狗，鬥之精所生也。《茅山卦易》亦云，大狗這名有辟邪御凶之威，確實是個極好的名字。愛妃想得甚是巧妙，想必四姊定會喜歡這兩字。」

為了給自家老婆兜底，他也是把老臉豁出去，放下架子，一溜到底了！

季雲流聽了，腳一崴，差點就把自己給摔死在這裡。

誰說百無一用是書生？這種冠冕堂皇的胡說八道，黃河之水都能被說回天際的振振有詞，分明很帶感啊！

君府小少爺的乳名於是成了「大狗」二字，這二字乃太子親口長篇大論一番，又說這是個極好的名字，君府上下誰敢不用？

不僅要大聲地叫，還得高高地喚一聲「狗哥兒！」

當然，這些都是後話。

玉珩一本正經完了，想到另一件喜事。「再過兩月，六哥的大婚就到了，到時，咱們宮中的禮可不能少了。」

「嗯，」季雲流高高興興地應了一聲。「妾身記得呢，六哥的王妃乃謝府三娘子，那三娘子我見過幾面，是個與六哥極為般配的。」

六皇子她也見過，不看八字，就單單面相來看，兩人確實極般配。

玉珩笑了一聲。「妳說他們般配，那應該是段好姻緣了。」

十月二十六，晨曦剛出，玉珩便睜開了眼。

這一日為精神充足，他難得放棄早晨的武練，沐浴後讓丫鬟與季雲流幫自己穿戴整齊。

冕旒頗重，九娘這習武之人捧著它欲交給季雲流時，雙手都是顫抖的。

重的並不是冕旒，重的是它所含的意義，東宮太子之位。九娘心中只覺得一顆心如急鼓一般地亂跳。

季雲流從九娘手中接過冕旒。玉珩坐在銅鏡後，略略轉過首，看著後頭的紅巧小心翼翼端著的、托盤上的太子妃鳳冠，盈盈一笑。「雲流，待會兒讓本宮親手給妳戴上這頂鳳冠。」

季雲流托著那九旒貫五彩玉的冕冠，輕輕戴到玉珩頭上。「七爺，冕冠上為何要置旒呢？」

長型冕板上，垂下的九旒上頭串了十二塊五彩玉，按朱、白、蒼、黃、玄的順序排列。玉珩伸手搭上那顆玄色玉石，道：「置旒是為了遮上雙眼，蒙蔽明察的意思，是想告誡高位之人，需洞察大體而能包容細小的瑕疵，不要事事都計較得仔仔細細。」

「金無足赤，人無完人。」季雲流一笑，固定好了冕冠。「確實如此，那七爺日後也不能對臣子太苛刻，不然七爺登基之後，無人敢如實諫言，那便得不償失了。」

「他們敢不敢如實諫言，屆時又與妳我何干？我與妳屆時應該已在——」玉珩話到一半，由銅鏡中望著裡頭映出的人。「可是有話要說？」

「七爺，」季雲流伸手取過紅巧端著的鳳冠。「我確實羨慕秦二娘子與寧表哥三年之後能快意江湖，亦想與七爺做一對閒雲野鶴的夫妻，不過，七爺與寧表哥卻是不同的……」

她見玉珩詫異地轉首望過來，笑著把鳳冠放在他手上。「人生在世，有句話怎麼說的？

天生我材必有用。既然如今皇上與天道給了七爺一身權勢，七爺怎可辜負皇上對七爺的期許，與天道給七爺的運勢？七爺背負了天下萬民的責任，若丟下不管了，天道估計是不肯的。」

「雲流……」玉珩捧著鳳冠，微微動容。

季雲流坐下來，轉過首，笑了。「咱們為啥要去學他人的神仙眷侶？天下熙熙，浮生攘攘，在紅塵中浮沈，做一對食人間煙火的平凡男女也挺好的，我還等著七爺說的那頂皇后鳳冠呢！」

待玉珩站起來，將鳳冠鄭重地戴至她頭上時，聽見她的聲音輕輕傳來。「七爺，我相信你會創一個太平盛世。」

玉珩成為太子，在君子念的「大肆宣揚」下，京中可謂無人不知、無人不曉，今日冊封大典，街上張燈結綵，百姓人人笑盈盈地站在街上翹首企盼。

還有商家因今日的大喜之日來了個大酬賓，年關未至，京中已經熱鬧得如同過年。

宣和門外旌旗獵獵，寧慕畫帶領禁軍侍衛，威風凜凜地列在東西兩側，儀仗森嚴。

街道上，百姓人頭湧動，只為了見一見太子的車輦。

玉珩頭戴九旒冕冠，身穿玄服，肩部織日、月、龍紋，背部織星辰、山紋，袖部織火、華蟲，坐在那兒不苟言笑，十分莊嚴肅穆。

季雲流頭戴九翬四鳳冠，身穿玄色褘衣，纓絡垂旒，同玉珩一道坐在車輦上。

車輦不同轎子，四周錦緞帷幔，卻能讓百姓一覽無遺。

百姓見太子車輦行來，紛紛跪地磕頭高呼「太子與太子妃千歲」。偶有一人鼓足勇氣抬起頭，瞧了車輦上的至尊之人，都要忍不住讚嘆一聲，好一對璧人！

玉珩坐在車輦上，瞧著下頭跪地高呼或熱淚盈眶的百姓，伸手抓住一旁季雲流的手。兩手疊在一起，他略轉首，見季雲流笑著望過來，晶瑩剔透的眸子光華流轉，眉目間，那抹柔情似水全屬於自己，亦跟著笑了。

國家政治清明，百姓安居樂業，官盡其職、民盡其力、物盡其用，路不拾遺、夜不閉戶，風調雨順、無災無難，才能成就太平盛世。

而眼前的人信誓旦旦相信自己，說「你會創一個太平盛世」。

在其位，謀其政，行其權，盡其責。

雲流，他在心中道：我不負妳所期。

第一百一十五章

太子冊封大典從晨曦裡的陽光初出時開始，直到日暮西山才結束。

皇帝接受眾人三跪九叩之禮，玉珩跪地接受冊、寶，一切妥當，皇帝又帶著玉珩與各皇子，一眾皇親國戚、文武百官祭天地、太廟、社稷，並頒詔天下，太子正位東宮的詔書。

冊封、祭祀活動耗神耗力，群臣面上喜笑盈盈，身體卻誠實得已經累了。

好在皇帝普天同慶，大赦天下，群臣全數放了三日假，在家中好好當大老爺，舒舒服服被自家夫人伺候了三日，這才又滿血復活。

三日後，便是君府小哥兒的滿月宴。

這滿月宴比起寧國公府的那次，同樣門庭若市，隱隱還有過之無不及之勢。

玉珩已被冊封入住東宮，如今三省六部有一半的事全權交由他掌管，早朝由每三日一次改成每七日一次，還有一次，皇帝便讓群臣去東宮上「早朝」。

玉珩大權在握，今日與季雲流紆尊降貴來君府道賀，群臣就算臥病在床，爬也得爬來君府賀喜。

辰時剛過，君府就迎來客人。眾人不敢落後在玉珩後頭，給他落下臉面，早早趕來。

「林大人，趕快裡面請……」

「嚴世兄，來得這般早？趕快裡面請，招呼不周……」

君子念站在大門口，從未想過，有朝一日迎客竟然能迎到口乾舌燥的。

待宴席開始不久，延福帶著小太監跨進門來。「聖旨到——」

眾人呼啦啦地跪了一地。

延福聲音鎮定地朗讀。「積善之家，必有餘慶。茲聞君府狗哥兒大難時出生，太子笑曰狗哥兒乃是有福之人，朕過天命之年得一表皇孫，特賜狗哥兒星雲劍一把、《三字經》一本，再賜晨曦二字為其名，日出天地正，煌煌辟晨曦，望晨曦能文武兼全！」

嘩啦！眾人一聽這聖旨內容，個個心中滔滔江水恍若一瀉千里，覆水難收。

什麼情況？皇帝竟然親自認了這個八竿子都打不著的君家小哥兒為表皇孫？皇上這是膝下無孫，想孫子想瘋了吧！

自也有腦頭清醒的大臣，瞧了激動到無法言語的君三老爺一眼，暗嘆一聲。

太子真是夠有心機、夠有城府、夠聰明，能成大業哪！

君家為江南第一富商，據說全國君家錢莊裡的銀子加起來，比整個國庫還充足。而君家世世代代從商，經商亦是有過人之處，與其殺雞取卵，以莫須有藉口抄家滅族這等傷人心手段取得君家財富，還不如給了足夠尊貴、足夠甜頭，讓君家世世代代為大昭皇室賺銀子。

只是不管太子與皇帝的真正目的如何，這君府的狗哥兒怕是要……慢著！

想到此處的朝中大臣們不禁抬起頭，望著滿目喜氣洋洋的君三老爺，對望了一眼。

真沒有聽錯名字，真是自己心中所想的那個「狗」字？

「君三老爺，在下之前聽皇上聖旨，皇上給小哥兒取名晨曦，那小哥兒的小名是……在下聽著，好像是、是狗哥兒？」林大人最好奇，被眾人推上來做代表。

君三老爺手接聖旨，臉上露出笑容，恭敬地展開聖旨，自豪道：「正是大狗二字！」

眾人面面相覷。如此粗俗不堪、難以入耳的名字，哪裡來的自豪講得這般自信、正氣浩然？簡直土爆了好嗎？

君三老爺似乎看出眾朝臣心中與面上那種糾結的想法，又笑了一聲，十分引以為傲地道：「狗哥兒的小名正是太子殿下親自取的。」

太子給他孫兒取小名，皇上取大名，他覺得自家孫子似發出萬丈光芒，讓人移不開眼。

眾朝臣又震驚無比地望向玉珩。太子殿下您的才高八斗、出口成章呢？

在眾人面前的玉珩挺起背，抬起首，負了手，面色鎮定如昔地張口道：「俗言道，賤名好養活，取個賤名，日後狗哥兒只生歡喜不生愁。」

君子念見狀，也立刻出來打圓場，把之前玉珩那些引經據典的意思全數又解釋一遍。

眾人聽了那些「精髓中的精髓」言論，恍然大悟，一副「原來如此」的模樣。

太子殿下真是有先見之明，能成大業之人果然不同凡響！

於是，自從太子取了「大狗」二字，又說了「賤名好養活，只生歡喜不生愁」的言論後，京城中便颳起了一陣取賤名的風潮。而這又是後話了……

今年是玉珩正位東宮的第三個年頭，春風吹過，樹頭的杏花洋洋灑灑往下落。這兩年京中移種了許多花木，鋪著青石路的街道上，全是一片一片的杏花瓣，有哪家小婦人提著籃子小心撿著，準備帶回去釀造杏花酒或做些杏花糕，而孩童們則在花下玩耍。

從外地進京趕考的學子見到這幅景象，總要忍不住讚嘆一番，真乃天上人間。

這兩年京城的治安在大理寺與順天府的協力下，好到百姓路不拾遺、夜不鎖門。

席善騎著馬一路從東宮奔出來，直奔到翰林院。

寧石見他咧嘴傻笑而來，攏著眉問道：「怎麼，你一個勁兒笑什麼？」

「殿下呢？」席善眉梢都掩不住喜悅。

「在裡頭正與謝翰林、君翰林商議修築水壩和水渠之事。」寧石說完了，側首又奇怪道：「何事讓你匆忙而來，還笑成如此模樣？」

「你覺得還有什麼事？」席善一拍寧石肩膀。「我從東宮趕來，自然是為了報喜！」

寧石似乎有所悟，亦跟著喜上眉梢。「難不成是娘娘……」

席善不等他說完，喜笑盈盈地截話道：「嘿嘿，看看！這事是不是大喜？」

寧石跟著笑道：「殿下與兩位大人商討有一會兒了，我料想不久便會出來，你且等等。」

「好！」

席善在兩年前娶了蘇瓔為妻，雖伺候著玉珩，小廝、管家、車夫什麼職務都由他來做，但他其實是個有品階的侍衛，而不是家奴。兩人成親之後，夫妻雙雙仍舊在東宮伺候季雲流與玉珩，本想在東宮不遠處買座小宅子，卻被季雲流阻止，她直接在東宮劃出了幾個院子，讓人修繕一番，賞給這幾人做了宅子。

玉琤住在東宮時，小妾、通房那是一打一打地算，如今玉珩搬入這兒，裡頭除了他與季雲流住著正院，其他反正空著也空著，不如賞給忠心的侍衛當宅子。

一年前，玉珩把九娘許給寧石。九娘與寧石一樣都是有品階的侍衛，兩人倒也是天作之合，跟席善成了鄰居，偶爾不當值的時候，還能串個門子。

就算兩人成親都比玉珩晚，卻都比他要早當爹。

這三年來，不只東宮個個下人對太子妃的肚子翹首以盼，就連皇帝都時不時唸著想要皇孫了。

五皇子成親比玉珩早，前年生了個女兒，皇帝高興下，賞了那姊兒縣主的封號。兩年前，玉瓊與謝飛昂嫡親妹妹大婚，年前，錦王妃亦懷上了，如今也有六個來月。

等來等去，只有玉珩這邊半點動靜都沒有。有些好事的宮中妃子蠢蠢欲動，時不時給皇帝吹枕頭風，要把自己什麼姪女、表姪女、外甥女……抬進東宮伺候太子殿下。

玉珩三年來獨守季雲流一人，她卻沒生出一個蛋來，玉珩可不就成了各妃嬪眼中的香餑餑？只要自家什麼姪女、表姪女、外甥女……下了個蛋，日後能尊貴到天邊！

妃嬪們心中盤算的同時，還要暗暗祈禱一番，這錦王妃肚子中的是一個女兒才好，讓自己什麼姪女、表姪女、外甥女……抬進東宮，生下一個皇長孫才行啊！

宮中的女人的確閒。皇帝自從狩獵場後，大部分都待在坤和宮，讓一眾不用宮鬥的妃嬪能把無影無蹤的事都想出滿滿希望。

皇帝這幾年眼看玉珩起朱樓，眼看玉珩興改革，眼看大昭一日榮一日，眼看案桌上頭的摺子一日少一日，卻半點不見他有半點鬆懈，心中欣慰的同時，自然也有一事不大滿意。

那就是太子沒有子嗣！

每每皇帝只要有想給玉珩抬側妃的意思表露出來，玉珩還未有所表示，玉琤總要先一步跪出來，痛哭流涕磕頭道：「父皇，您忘了當初兒子的側妃佟氏了嗎？太子與太子妃琴瑟和諧，您又何必讓外人橫插一腳呢？對太子不公，對那小娘子也是不公的呀！」

皇帝不能在眾目睽睽下，踹突然「改邪歸正」的玉琤一腳，只好將此事按下不提。

外頭的有心人已把腦洞開到天際，季雲流這頭照樣算好安全期避孕，直到過了十八，想想再拖下去指不定就要成為大昭千古罪人，便讓太醫開了調理藥，自己沐浴齋戒七日，誠心請了一道求子符，開始備孕。只不過正月初她才開始備孕，二月席善就能報喜了！

日頭略偏西，君子念打開門，玉珩從裡頭邁出來。

大昭如今國力昌盛，各地之間的貿易自然更繁榮，官道大肆修築的同時，各地水渠亦在開鑿。這種灌溉與行船一起的水渠乃是大工程，玉珩定要與眾人商討妥當才頒布令法。

「殿下！」席善見他出來，連忙迎上去。「殿下，娘娘讓您回宮，說有要事要講！」

那兩個「要事」被席善咬得特別重，惹得謝飛昂與君子念都好奇上了。

玉珩轉了首，瞧著席善，目中漆黑。「太子妃讓你媳婦兒做了什麼新菜式？」

如今席善娶了蘇瓔，季雲流這兒若有了什麼新菜式，席善那頭可是半分不落下，每日都可另開小灶，還能請府中的那些侍衛一道在院子中吃吃喝喝，好不痛快。

「嘿嘿嘿！」席善笑得瞇了眼。「不是什麼新菜式，是……」他拖著長長的音，深深作了揖。「今日娘娘胃口不大好，吐了午膳，夏汐請了張御醫，張御醫說是娘娘有喜了！」

「呀！」君子念與謝飛昂紛紛喜笑盈盈，拱手賀喜道：「恭喜太子殿下！」

在外頭守著的小廝趙萬與顧賀也是齊齊跪地賀喜。「恭喜太子殿下！」

不容易呀，不只皇上與皇后，就連天下百姓都在翹首以盼大昭何時有皇長孫呢！

「嗯。」玉珩淡淡應了一聲，鎮定如昔地邁步往門口走去。「回府。」

席善與寧石面面相覷，只得快速跟上去。

君子念與謝飛昂也相互對望一眼。

不對呀，太子成親三年無喜，這會兒聽到自己要做爹了，卻不見半點欣喜之色，難道太子不期望自己有兒有女、承歡膝下？

剛這般想時，就見玉珩「咚」一聲，從翰林院的臺階上滾了下去……

——全書完

文創風
667

老婆急急如律令 4 完

國家圖書館出版品預行編目資料

老婆急急如律令 / 白糖著. --
初版. -- 臺北市 : 狗屋, 2018.08-
冊 ; 公分. --（文創風）
ISBN 978-986-328-904-3（第4冊：平裝）. --

857.7 107009609

著作者	白糖
編輯	張蕙芸
校對	黃薇霓　簡郁珊
發行所	狗屋出版社有限公司
地址	台北市104中山區龍江路71巷15號1樓
電話	02-2776-5889～0
發行字號	局版台業字845號
法律顧問	蕭雄淋律師
總經銷	知遠文化事業有限公司
電話	02-2664-8800
初版	2018年9月
國際書碼	ISBN-13　978-986-328-904-3

本著作物由起點中文網（www.qidian.com）授權出版

定價250元
狗屋劃撥帳號：19001626
網址：love.doghouse.com.tw　E-mail：love@doghouse.com.tw